I0831244

TEA
BOOKS

Naslov originala
Kate Frost
One Summer in Monte Carlo

Za izdavača
Tea Jovanović
Nenad Mladenović

Glavni i odgovorni urednik
Tea Jovanović

Lektura / Korektura
Agencija Tekstogradnja / Agencija TEA BOOKS

Prelom
Agencija TEA BOOKS

Dizajn korica / Crteži za korice
Debbie Clement Design / Shutterstock

Izdavač
TEA BOOKS d.o.o.
Por. Spasića i Mašere 94
11134 Beograd
Tel. 069 4001965
info@teabooks.rs
www.teabooks.rs

ISBN 978-86-6142-176-1

DŽENIFER BONET

JEDNO LETO U MONTE KARLU

Sa engleskog prevela
Milica Cvetković

Posvećeno Iv Pejdž, koja je volela svoje posete Monaku.
Počivaj u miru.
Mama.

1.

– Nanet, dan je bio savršen. Mnogo mi je drago što si pristala da nam budeš organizator venčanja. Sjajno si to obavila. A što se tiče ovog mesta – Vanesa je pokazala rukom oko sebe – nema romantičnijeg. Ralf i ja ne možemo dovoljno da ti se zahvalimo što si ga pronašla – rekla je i čvrsto zagrlila prijateljicu.

Stajale su u velelepnom predvorju hotela *Dajmond park*, gospodske kuće iz osamnaestog veka koju je pronicljivi hotelijer kupio i pretvorio u najpoželjnije mesto za venčanja u Južnom Devonu. Nekada dom lokalnog aristokrate, kuća je stajala na kraju prilaza oivičenog visokim srebrnim brezama, na čijim granama danas, doduše, nije bilo srebrnastog lišća koje leti šušti poput žubora vode. Privatna kapela, smeštena usred poljane pokrivene visibabama, s pogledom koji se pruža niz devonširska polja prema udaljenoj reci Dart, koja blista na kasnom popodnevnom zubatom suncu, istakla se kao savršeno mesto za Vanesino i Ralfovo zimsko venčanje.

Nanet se osmehnula svojoj prijateljici i poslodavki. – Moram priznati da me je priprema tvog velikog dana zabrinula. Odavno nisam radila ništa slično – rekla je i dodala: – Pitala sam se da li sam i dalje sposobna za ovo.

– Sjajno si obavila posao. U to nema sumnje – rekla je Vanesa.

– Bila si prelepa mlada – odvratila je Nanet.

– Dobro, a sad je dosta uzajamnih pohvala. Moram hitno da razgovaram s tobom.

Nanet ju je zabrinuto pogledala. – Zar to ne može da pričeka dok se ne vratiš? Bićeš odsutna samo za vikend, a trebalo bi da kreneš za deset minuta – rekla je Nanet, pogledavši na sat. – Ralf se sigurno pita gde mu je nevesta?

– Zna da sam s tobom. Važno mi je da porazgovaramo pre nego što odemo. Moram nešto da te zamolim. – Vanesa je pogledala Nanet. – Znaš da Ralf priprema onaj veliki filmski projekat za Amazoniju?

– Rekao mi je da mu je to dosad najveći projekat – rekla je Nanet, setivši se kako je Ralf bio sav oduševljen. – Zaista je zagrejan za taj film, jelda?

– Želi da pođem s njim. Proveli bismo jednonedeljni zakasneli medeni mesec u Brazilu, a onda bih se pridružila njegovoj ekipi na snimanju dokumentarca u prašumi.

– Svih pet meseci? – Nanet je pogledala prijateljicu razrogačenih očiju. Lično nije mogla ni da zamisli da provede toliko vremena u prašumi, daleko od civilizacije.

Vanesa je klimnula glavom.

– Šta ti misliš o tako dugom odsustvovanju? Šta je s blizancima i tvojim poslom? Oh... – shvatila je. – Želiš da te zamenim dok nisi tu? – Nanet je duboko udahnula. – Ne smeta mi da brinem o blizancima, na to sam navikla, ali da vodim posao? Ne verujem da bih to mogla. – Nanet je odmahnula glavom. – Prirediti venčanje uz podršku čitave tvoje kancelarije je jedno, a vođenje posla dok tebe nema bilo bi nešto sasvim drugo. – Vanesa je vodila veoma uspešnu firmu za odnose s javnošću s raznovrsnim klijentima, od zvaničnih vladinih tela do malih preduzeća i medija. Nanet je posmatrala Vanesu s nelagodom. – Znaš da nisam radila u kancelariji još od... – Slegnula je ramenima i nije dovršila rečenicu. – Razmišljala sam o tome da te posle venčanja zamolim da dođem i neko vreme redovno radim u kancelariji kako bih se vratila u štos, ali da vodim posao...

– Ne, ne. Ne tražim da vodiš posao – prekinula ju je Vanesa. – Kerolajn je više nego srećna da se u moje ime stara o poslu. Ionako je u poslednje vreme već preuzela više odgovornosti. Ali želela bih da nastaviš da mi čuvaš Pjera i Oliviju.

Nanet joj se osmehnula sa olakšanjem. – Naravno, paziću na blizance dok si odsutna, to nije problem. Ipak, pet meseci je dosta vremena. Šta ako se desi nešto nepredviđeno? Imam li potpunu odgovornost? Šta je s Matjeom? – Nanet nije mogla da ne pomisli na

Matjea, oca blizanaca. Zar ne bi trebalo da on vodi računa o devetogodišnjoj deci dok im majka nije tu?

Nastupila je kratka tišina dok je Vanesa petljala oko frezija prikačenih za venčanicu, a onda je uzdahnula i pogledala Nanet u oči.

– Znam da mnogo tražim, ali potrebno mi je da se staraš o blizancima u Monaku. – Vanesa je pomirljivo podigla ruke jer je Nanet delovala užasnuto. – Znam, znam. Zaklela si se da se tamo nikad nećeš vratiti, a ja sam te ubeđivala da nećeš morati. – Oklevala je pre nego što je nastavila. – Matje je pristao da blizanci žive s njim šest meseci pod uslovom da i ti kreneš i paziš ih kao što to ovde radiš za mene. Kaže da je suviše zauzet kako bi pratio decu u školu i dočekivao ih posle nastave.

Nanet se okrenula i ćutke posmatrala kako se gusta magla podiže s reke, prekriva sve i polako se penje prema kapeli i hotelu. Bilo je sve hladnije tog poslepodneva jer su iščezli i poslednji zraci sunca. Vlažan vazduh je strujao oko njih, a stara kapela, čija blizina je inače unosila spokoj – zaogrnuta maglom – pretvorila se u sablasan obris. Nanet je bezuspešno pokušala da spreči drhtaj odbojnosti i na samu pomisao da se vrati u Monako. Bolne uspomene na mesto koje je gurnula u najmračniji kutak uma uskovitlale su joj se u svesti.

– Zar ne može Matje da dođe ovamo? – pitala je i okrenula se prema Vanesi. – Ovde bih drage volje pripazila na blizance.

Vanesa je odmahnula glavom. – Izgleda da ne može. Kaže da trenutno nije u mogućnosti da na tako dugo napusti zemlju. Upravo treba da zaključi neki posao i mora da bude tamo. – Vanesa je obgrlila Nanet oko ramena. – Shvatam da mnogo tražim. Znam koliko ti je teška i sama pomisao na ponovni odlazak tamo, pa ako ne možeš da se suočiš s tim, razumeću. I Ralf, takođe – rekla je Vanesa. – Ali molim te, razmisli preko vikenda, dok smo Ralf i ja na putu?

Nanet je uzdahnula. – Dobro, obećavam da ću razmisliti. Čak ću to pomenuti Petsi i videti kako reaguje, ali devedeset devet posto sam sigurna da će reći isto što i ja. Jedno gromko: *ne dolazi u obzir.*

* * *

Pošto je srećni par krenuo na vikend na ostrvo Berg, gde će odsesti u čuvenom hotelu u art deko stilu, Nanet je ubacila blizance u taksi koji ih je čekao, pa su pošli na stanicu da uhvate voz za Totnes i tamo svi troje provedu vikend s njenom starijom sestrom Petsi. Kako je razlika između njih dve samo deset meseci, a obe su nasledile majčinu kestenjastu kosu i smeđe oči, i za njih su često mislili da su bliznakinje. U njihovom svetu nije bilo sestrinskog suparništva i još odmalena su bile nerazdvojne. Kasnije, kad su ih razdvojile studije – Petsi istorije umetnosti, a Nanet poslovne administracije – i dalje su svakodnevno razgovarale preko *Skajpa* i vrlo brzo su prešle na *Votsap*. Petsi je sa svojom diplomom uspela da dobije posao u britanskoj Nacionalnoj fondaciji, pa je radila kao kustos na nekoliko imanja pod njenom zaštitom. Nanet, koja je volela da putuje, ubrzo se obrela u visokooktanskom svetu trka Formule 1 – na oduševljenje njihovog oca, koji je obožavao taj sport.

Kad su im pre sedam godina roditelji stradali u nesreći na brodu, Petsi i Nanet su tešile jedna drugu i, ako je to uopšte moguće, postale još bliskije. Kad je Petsi upoznala devonširskog farmera Brajana i udala se za njega, pa se skrasila u ulozi farmerove supruge kao da je rođena na selu, insistirala je da Nanet farmu *Blekberi* smatra njihovim porodičnim domom. – Dok se ne udaš, naravno, i ne stekneš vlastiti dom. – No to se nije dogodilo.

Dok je voz jurio devonširskim pejzažom, a blizanci igrali igrice na ajpedu, Nanet je zurila kroz prozor ne videći ništa, duboko utonula u misli. U glavi joj se vrtelo jedno jedino pitanje. Usuđuje li se da se vrati u mesto koje je i dalje progoni u snovima? Povratak u Monako otvorio bi stare rane i podsetio je na ono što je izgubila. Vanesa će svakako razumeti kad joj kaže da nema šanse da se tamo vrati.

Njih dve su se upoznale prvog dana na smeru poslovne administracije na koji su se obe upisale, i odmah su sklopile trajno prijateljstvo. Mnogo toga su prošle otkad se poznaju: potragu za poslom, Vanesinu udaju, rođenje blizanaca, razvod od Matjea i sad udaju za Ralfa. Ne treba ni pomenuti Nanetinu veliku životnu traumu, koju joj je Vanesa pomogla da preživi. Petsi je Nanetina sestra i najbolja prijateljica, ali Vanesa je izbila na drugo mesto i čak malo iznad.

Nanet je bila zadovoljna životom u poslednje vreme, iako je, ruku na srce, vodila jednostavan život, maltene životarila. Osećala se sigurno na poslu s ljudima koje voli, doduše posao s malo uzbuđenja. Taj život se sasvim razlikovao od onog u koji je uložila mnogo truda kad je bila mlađa, pre nego što joj je pre tri godine okrutno oduzet.

Pjer i Olivija su imali devet godina i još malo pa im neće biti potrebno njeno stalno prisustvo, no potrebu da donese odluku o svojoj budućnosti odložila je dok oni ne porastu. Vanesina molba ju je podstakla da pomno razmisli i misli su joj se uskovitlale. Uzdahnula je. Razgovaraće o tome s Petsi. Proveriće da li ona smatra kako je povratak moguć i da li je uopšte dobra ideja.

Kad je Nanet izvela Pjera i Oliviju iz voza, Petsi ih je čekala na peronu.

– Zdravo. Ide li sve po planu? Dobro. Olivija, u toj haljini izgledaš kao princeza. Jesi li uživala kao mamina deveruša? Naravno da jesi, pitam koješta. A ti, Pjere, kako si? Deluješ veoma elegantno u tom otmenom sakou. Auto sam parkirala odmah ispred. Kod kuće smo za petnaest minuta. Pretpostavljam da jedva čekate večeru – ili ste se najeli đakonija na svadbi?

Nanet je bilo dovoljno da samo sluša svoju sestru pa da ostane bez daha. Oduvek se divila brzini kojom Petsi govori, a ponekad joj je bilo teško da ubaci pokoju reč, a kamoli da odgovori na pitanje.

– Venčanje je bilo divno. Baš šteta što nisi mogla da dođeš. Vanesa te pozdravlja. Kako si ti? Ima li novosti? Čini mi se da si se malo ugojila otkad sam te poslednji put videla – brzo je izgovorila Nanet kad je Petsi konačno uzela vazduh.

– Dobro sam. Moje novosti mogu da sačekaju. Kad smo kod težine, ti bi mogla malo da se ugojiš, žgoljavija si nego ikad – reče Petsi sestrinski, bez ustručavanja. – Nadam se da jedeš kako treba, ili ti je organizovanje venčanja bilo stresno?

Nanet se načas zapitala kakve li sestra ima novosti i odgovorila joj: – Dobro sam. – Pogledala je sestru kad su blizanci otrčali prema automobilu. – Posle moram da popričam s tobom. Treba mi tvoj savet.

Petsi ju je zabrinuto odmerila. Stigli su do automobila, ona ga je otključala, a blizanci su uskočili na zadnje sedište i vezali se. – Dobro.

Nanet se zaista radovala tom vikendu. Shvatila je da je verovatno pod stresom. Bila je zauzeta mnogo više nego što je navikla u poslednje tri godine, i umorila se od silnog uzbuđenja tokom pripremanja i organizovanja venčanja. Blizanci su uvek uživali kad ih vikendom, kad Vanesa mora da putuje zbog posla, ona čuva i dovodi ovamo. Satima bi istraživali šumu i okolna polja i pomagali Brajanu na farmi dok bi ona i Petsi provodile vreme kao što to sestre čine. Petnaest minuta kasnije Nanet je zadovoljno uzdahnula kad su skrenuli na put prema farmi.

– Kako je Brajanova mama? Uživa li u novoj kući? – pitala je Nanet kad su prošli pored besprekorne prizemne kućice na vrhu puta prema farmi.

– Mislim da uživa, ali znaš ti Helen. Prvih nedelju-dve je izluđivala Brajana jer je zahtevala da joj postavlja police i premešta kuhinjske elemente, ali na kraju je dobila sve kako želi, premda kuhinja nikad neće biti kako treba – premala je! Osim toga, naravno, nikad neće uživati tamo kao što je uživala u kući na farmi, iako je godinama jadikovala kako je prevelika, a promaja je na sve strane. U nedelju će, kao i obično, ručati kod nas, pa ćeš čuti sve o manama života u modernoj prizemnoj kućici. – Petsi se osmehnula sestri.

Pošto su blizanci večerali i smestili se svako u svoju sobu, a Brajan se povukao u radnu sobu da svodi račune s farme, Nanet i Petsi su se u dnevnom boravku udobno smestile za sestrinski razgovor.

– Čašu vina da nazdravimo srećnim mladencima? – ponudila je Nanet držeći bocu šampanjca koju je Vanesa insistirala da ponese.

– Malu čašu – rekla je Petsi. – Zapravo, ne bih smela, ali gutljaj neće škoditi malcu, tetka – osmehnula se vragolasto.

– O, čestitam – kazala je Nanet i skočila da zagrli sestru. – To je tvoja novost? Postaću tetka. Mora da ste ti i Brajan oduševljeni. Znam da ste žarko želeli porodicu. Kad je termin? – Ljubomora joj je žacnula srce, ali brzo ju je odagnala. Doći će i njeno vreme, zar ne?

– Krajem jula, početkom avgusta. Još ne znamo tačan datum, ali znajući kakve sam sreće, biće tačno usred kosidbe. Hoćeš li moći da budeš ovde? Stvarno bih želela da budeš uz mene. Helen je već pripretila kako će se ponovo doseliti da bi pomogla. Obećaj mi da ćeš reći Vanesi kako moraš da budeš ovde. Možeš dovesti i blizance. – Petsi ju je pogledala sa iščekivanjem.

– Biću ovde – obećala je Nanet. – Čak i ako Vanesa i dalje bude kanuom jezdila po Amazonu.

– Vanesa ide na Amazon? – Konačno je jednom izgledalo da je Petsi ostala bez reči.

– Aha. – Nanet je ispričala sestri kako Ralf želi da novopečena supruga postane članica filmske ekipe. Za Petsi se podrazumevalo da će Nanet paziti blizance dok je Vanesa odsutna.

– Vas troje ćete moći redovno da dolazite. O, zaista se radujem narednim mesecima.

Nanet je odmahnula glavom. Ukazao se savršen trenutak da kaže Petsi za Vanesin zahtev. – Bojim se da nećemo moći, Petsi. Matje je pristao da blizanci žive s njim u Monaku dok je Vanesa na putu. – Otpila je gutljaj šampanjca, pa tiho dodala: – Jedini uslov je da i ja dođem s njima.

Petsi je u neverici iskolačila oči. – Nisi valjda ozbiljna? Znam da je prošlo skoro tri godine, i verovatno si se oporavila od traume, ali jesi li sigurna da si duševno dovoljno jaka da se suočiš sa svim tamo? Sigurno ćeš sresti određene ljude, a neke situacije će ti bez sumnje probuditi bolne uspomene.

Nanet je klimnula glavom. Znala je i sama da je Kneževina poput sela, i da se tračevi lako pronose tim ulicama koje odišu bogatstvom. – Znam. Kad je danas posle podne Vanesa to pomenula, prva reakcija mi je bila: *ne, ne* i *ne*. – Nanet je zamišljeno vrtela piće u čaši. – Vanesa je bila tako dobra prema meni, mnogo joj dugujem. Ako ne prihvatim, činiće mi se da sam je izneverila. Znam da očajnički želi da pođe s Ralfom.

– Ipak sam ubeđena da će razumeti ako joj budeš rekla da ne možeš to da uradiš – kazala je Petsi. – Matje sigurno može tamo da pronađe nekoga ko bi pomogao oko blizanaca po nekoliko sati svakog dana posle škole. Zar ne živi u blizini njegov otac, kako se ono zvaše, Žan-Klod? Sigurna sam da bi sa uživanjem provodio vreme sa unucima. Lično smatram da uopšte ne treba da ideš.

Nanet je kratko ćutala, pa je pogledala sestru. – U vozu na putu ovamo razmišljala sam o tome kako bi možda trebalo da odem, da se na izvestan način vratim na mesto zločina. To što su me odande onako brzo otpremili avionom ostavilo je brojna pitanja na koja nikad nisam dobila odgovore. Ima i mnogo ljudi s kojima nisam stigla da se oprostim.

– Nije mnogo njih ostalo u kontaktu s tobom, zar ne? – navaljivala je Petsi. – Čak ni on, čije ime neću ni pomenuti osim u psovci, iako je tvrdio kako postupa u tvom interesu.

Nanet se trgla. – Možda bih, ako odem, mogla konačno da zatvorim to poglavlje svog života i počnem da gledam u budućnost. Ne mogu zauvek da budem Vanesina domaćica i bebisiterka, blizanci rastu – rekla je tiho.

Petsi je odmahnula glavom. – O, Nanet. Ako se tako osećaš, ne znam šta da ti kažem ili da predložim. Samo ne želim da ponovo budeš povređena. Bojim se da će ti povratak tamo pasti mnogo teže nego što očekuješ. Da li bi mogla da se nosiš s mogućim optužbama? Ako odeš i bude ti preteško, obećaj mi da ćeš se odmah vratiti ovamo, ako je potrebno i s blizancima.

– Kuda bih inače otišla? – rekla je Nanet tiho. – Pitanje je šta bih radila ako ne pristanem da odvedem blizance u Monako? Bila sam toliko zabezeknuta da se nisam setila da pitam Vanesu šta bi se desilo ako ne pristanem. Šta ako odbijem, a blizanci svejedno odu u Monako? Izgubiću i posao i dom, pa ću morati da pronađem nešto drugo.

– Ma hajde, Nanet. Vanesa se prema tebi oduvek odnosila kao prema članu porodice. To se neće promeniti – kazala je Petsi. – Verovatno će ti ponuditi posao u kancelariji. Svakako te neće izbaciti na ulicu.

– Verovatno si u pravu. – Nanet je uzdahnula i odmerila sestru. – Jesi li dobro? Malo si bleda – kazala je zabrinuto.

Petsi je spustila čašu s praktično netaknutim šampanjcem. – Izvini. Ne znam zašto ovo zovu jutarnjom mučninom kad mi je muka ujutru, u podne i noću – pa je otrčala prema kupatilu. – Odmah se vraćam. – Nekoliko minuta kasnije vratila se pepeljastog lica. – Ako nemaš ništa protiv, otići ću u krevet. Sutra ćemo nastaviti razgovor.

2.

Nanet je pošla za sestrom uza stepenice jer je rešila da i sama rano legne. Dok je raspakivala kofer u dobro znanoj spavaćoj sobi, ušuškanoj pod strehom, setila se nedelja koje je posle saobraćajne nesreće tu provela uz Petsinu majčinsku brigu i negu. Saobraćajne nesreće koje se sama slabo sećala. Pamtila je samo telesni i duševni bol koji je pretrpela u avionu iz Monaka, dok su njeno telo i njena uspešna karijera ležali u krhotinama. Isto tako razbijeni bili su joj i snovi o udaji i porodici.

Vanesa ju je posetila nekoliko puta. Prilikom jedne posete nekoliko meseci posle nesreće, stigla je s predlogom.

– Izgledaš bolje nego kad sam te prošli put videla – rekla je.

– S obzirom na to da sam bila sva modra i delimično ufačlovana u zavoje, to i nije tako teško. – Nanet se nasmešila. – Kako su blizanci? Posao?

– Pjer i Olivija su dobro, a posao zaista odlično napreduje – odgovorila je Vanesa. – Matje ih je vodio na nekoliko dana u Diznilend. Bio je bedan muž, ali moram da mu odam priznanje – trudi se da bude dobar otac. Jedino žalim što je odlučio da se trajno nastani u Monaku. To pomalo otežava pristup. – Pogledala je Nanet. – Jesi li već smislila nešto za budućnost?

Nanet je odmahnula glavom. – Nisam. Trudim se da prikupim snagu i opet se suočim sa svetom, ali naprosto ne znam odakle da krenem. Telo mi je izubijano i skrhano, nemam posao, a ušteđevina brzo nestaje. Ne znam da li da se prvo oporavim, pa počnem da tražim posao kako bih stala na noge? Ili da ostanem ovde s Petsi i Brajanom i pronađem posao u kraju. Ili nešto treće? – Bespomoćno je gledala Vanesu. – Povrh svega ostalog, osećam se kao obična budala.

– Hej, nisi budala. Kad se dogodila nesreća bavila si se veoma složenim i stresnim poslom. Da je Zak Juart imao mrvu čestitosti, podržao bi te, postarao se da ti sačuva posao, a ne bi te šutnuo pre nego što je slučaj stigao na sud. Stvarno, Nanet, prosto ne mogu da verujem da se onako poneo. Pa još sipa so na ranu. Zaboga, pa bili ste vereni. Trebalo je da bude na tvojoj strani.

Nanet je grizla usnu dok je slušala prijateljicu i uzalud pokušavala da spreči suze da joj se slivaju niz obraze. I sama je očekivala da bude tako. Umesto toga, nekadašnji verenik se nije oglasio otkad je otišla iz Monaka. Doduše, videla je naslove povodom nesreće u kojima njega nazivaju herojem, a nju nesmotrenim vozačem.

Vanesa se odmah pokajala i zagrlila prijateljicu. – Izvini, Nanet. Nisam htela da te uznemirim. Samo, uvek se strašno naljutim umesto tebe. – Zastala je pa nastavila: – Šta misliš o tome da se preseliš u Bristol i radiš za mene?

Nanet ju je iznenađeno pogledala. – Potrebna ti je pomoćnica za posao?

Vanesa je odmahnula glavom. – Ne. Kerolajn je sjajna. Potrebna mi je domaćica i neko da pomogne s blizancima. Znam da se nisi za to školovala, ali možda bi ti na izvesno vreme prijala potpuna promena? Predstoji mi nekoliko veoma napornih meseci, pa mi kod kuće treba neko u koga imam poverenja da čuva blizance i vodi računa o svemu.

– Ne nudiš mi posao iz sažaljenja? – pitala je Nanet.

– Nikako. Žongliram između kuće i posla, i očajnički mi je potrebna pomoć. Dovoljno je teško biti samohrana majka, a kamoli kad pokreneš posao i održavaš se iznad vode. Potrebna si mi, Nanet.

– Šta se dešava kad blizanci treba da odu u Monako kod Matjea? Ja ne bih mogla da ih vodim tamo. Ne mogu ni da ih vozim u školu pošto sam ostala bez dozvole – dodala je tiho.

– Matje će morati da dolazi po njih. Nešto ćemo smisliti tako da ne moraš da ideš tamo. A što se tiče vožnje do škole i nazad, ona je samo na deset minuta od nas. Za njih je svakako bolje da šetaju. Ne mogu izdašno da te platim, ali imaćeš svoju sobu, hranu – doduše, bićeš zadužena za kuvanje! Mislila sam da bi to bilo dobro za obe.

Za tebe da opet staneš na noge i povratiš se od nedavnih događaja, a za mene da imam nekog od potpunog poverenja, pa da se usredsredim na posao i učinim ga uspešnim.

– Možda bismo mogle da probamo na nekoliko meseci? Da vidimo kako ide – rekla je Nanet zamišljeno. – Samo da te upozorim, nisam neka kuvarica.

– Odlično – rekla je Vanesa. – Škola počinje sledeće nedelje, pa kako bi bilo da sutra pođeš sa mnom? Taman da se smestiš i imaš nekoliko dana da se uhodaš.

Petsi je naredna dvadeset četiri sata bdela nad njom, zabrinuta da još nije spremna da napusti utočište farme, ali zadovoljna što će Nanet opet imati svrhu u životu.

Nekoliko probnih meseci brzo je prošlo i Nanet je, otkrivši da u kućnim poslovima uživa više nego što je smatrala da je moguće, radosno pristala da ostane zastalno. Svakako je bilo manje stresno nego njen prethodni posao lične asistentkinje vozača Gran prija. Obožavala je da čuva blizance i vodi kuću, posebno kad je Vanesa bila na nekom od svojih čestih poslovnih putovanja. Bilo je to kao da ima sopstveni dom i decu, što je oduvek želela i zamišljala da će dotad već steći, samo da se sve nije izjalovilo.

Na dečje oduševljenje, Matje ih je često posećivao. Razdvojeni, pa razvedeni dok su deca još bila sasvim mala, Vanesa i on su uspeli da ostanu prijatelji uprkos različitostima i oboje su davali sve od sebe za blizance. Pjer i Olivija su se već sasvim navikli na život podeljen između roditelja i Engleske i Monaka, pa su naprosto prihvatili da njihova porodica jednostavno tako živi.

Prilike su se, naravno, promenile kad je pre osamnaest meseci Vanesa upoznala Ralfa, ali svi su vodili računa da blizanci budu srećni i da znaju da ih i majka i otac vole. Današnji obred venčanja trebalo je da učvrsti njihovo srećno porodično jezgro. Nanet ih je volela sve troje, a već je zavolela i Ralfa. On i Vanesa su bili kao stvoreni jedno za drugo.

Iznenada je svetlo koje je spolja obasjalo sobu trglo Nanet iz razmišljanja i vratilo je u sadašnjost. Bacila je pogled kroz prozor i ugledala Brajana, srećnog budućeg oca, kako ide dvorištem da poslednji put pre spavanja obiđe životinje u štali. Prethodno su mu blizanci pomogli da napuni jasle senom i sad, kad je Brajan otvorio vrata štale, Nanet su zapahnuli miris sena i kiselkast vonj krava koje zadovoljno preživaju.

Zamišljeno je navukla zavese i vratila se raspakivanju. Da li bi zaista mogla da okrene leđa svemu što je Vanesa za nju učinila i odbije da joj pomogne? Osim toga, šta joj preostaje ako ne pristane da vodi blizance u Monako? Znala je da bi je Petsi prihvatila raširenih ruku kad bi rešila da se useli i trajno živi na farmi s njom i Brajanom. Ipak, oni će uskoro postati mala porodica, a zazirala je od pomisli da se preobrazi u ostarelu tetku usedelicu koja naprosto životari i nema sopstveni život.

Petsi je bila u pravu kad je rekla da se Vanesa prema Nanet odnosi kao prema članu porodice, ali rođaci se razilaze i zbog manjih razloga, pa se Nanet plašila i da pomisli da izgubi vezu s Vanesom i blizancima samo zato što bi odbila da ode u Monako i suoči se s prošlošću.

Uzdahnula je. Pred njom je stajala velika, neočekivana odluka, a imala je tako malo vremena da razmisli o svim mogućnostima, sredi misli i donese ispravnu odluku. Mogla je samo da se nada da će joj dobar san pomoći da razbistri um i da će ujutru biti bliže odgovoru. Ako uopšte uspe da zaspi nakon svega.

3.

Miris sveže filter-kafe dočekao je Nanet kad je te nedelje ujutru sišla u prostranu kuhinju. Petsi je grančicama ruzmarina i čenovima belog luka špikovala veliki jagnjeći but da ga ispeče za ručak.

– Zdravo. Jesi li lepo spavala? Blizanci pomažu Brajanu da nahrani telad. Posluži se kafom. Znaš gde stoje pahuljice. Imaš dosta hleba za tost. Možeš li, molim te, da mi dodaš teglu s medom? Hoću malo da ga nakapljem po jagnjetini. Ponudila bih ti jaja sa slaninom, ali trenutno ne podnosim miris pržene slanine.

– Kafa i tost će biti sasvim dovoljni. Da ja posle pripremim povrće za ručak? – pitala je Nanet, dodajući sestri med.

– Hvala. Helen uvek insistira da donese desert kako ja ne bih morala da brinem o tome, bar tako kaže. Pre će biti da ne voli moje poslastice! Mislila sam da odemo u šetnju posle ručka, možda da odvedemo blizance do jezera. Helen voli da je Brajan nedeljom posle podne odvede u obilazak farme, kao što su radili dok je Albert bio živ. – Petsi je uzdahnula. – Stvarno, Nanet, ponekad mi dođe da zadavim tu ženu, ali mislim da ima dobre namere. Činilo mi se da će sve biti bolje kad se konačno iseli. Da će opet voditi nezavisan život i ostaviti Brajana i mene malo na miru. – Odmahnula je glavom. – Zapravo se ništa nije promenilo. Svakog dana dolazi ovamo pod nekim izgovorom, a nedeljni ručak svake nedelje postao je ritual kojeg se čvrsto drži. Nisam sigurna kako ću se nositi sa svim „bapskim" savetima kojima sam sigurna da će me zasipati. Stoga si mi ti potrebna ovde kao saveznik kad mališan stigne. – Petsi je pogledala sestru. – Jesi li iole bliža odluci šta ćeš povodom Vanesinog zahteva?

Nanet je odmahnula glavom. – Još se premišljam. Možda će mi poslepodnevna šetnja razbistriti glavu, pa ću bolje rasuđivati. – Tome se svakako nadala. Kao što je i očekivala, san joj je izmicao skoro čitave prethodne noći, pa se satima okretala i prevrtala po krevetu i bezuspešno pokušavala da donese odluku.

Helen je stigla taman kad je Petsi stavila meso u rernu, i odmah iznela sumnju da će ono biti gotovo na vreme.

– Ja uvek stavljam meso u rernu najkasnije u deset. Za ručak je spremno tačno u jedan. A vi mladi se pak zgražavate na ustaljen raspored, jel' tako? Samo da znaš, kad beba stigne, brzo ćeš promeniti ploču.

– Helen, drago mi je što te opet vidim – brzo je rekla Nanet pre nego što je Petsi uspela išta da kaže na svekrvinu kritiku. – Kako je u novoj kući? – Nije joj bilo jasno da li je Helenino podbadanje postalo gore otkad je glavnu kuću na farmi predala Brajanu i Petsi, ili je ta žena oduvek bila tako... naporna.

– Drugačije je od onog na šta sam navikla, ali lepo se snalazim, hvala na pitanju. Čim Brajan završi još neke posliće, biću sasvim zadovoljna i spremna da se posvetim pomaganju Petsi s prinovom. – Helen je iskosa pogledala Nanet. – A ti? Pamćenje ti se sasvim vratilo? – upitala je hitro. – U nedeljnim novinama sam nedavno videla sliku... kako se on ono zvaše? U svakom slučaju, tvog bivšeg verenika. Ruku podruku s nekom plavušom. Navodno je odnedavno ponovo sâm, pa se ne upušta u ozbiljne veze. Zakari – tako se zove.

– I ja sam videla tu sliku – rekla je Nanet tiho. – A što se tiče pamćenja, još se ne sećam ponečeg za šta mi kažu da se pre tri godine dogodilo. Možda je tako i bolje – dodala je i naterala se da se osmehne Helen. – Inače sam dobro. Sad me izvinite, idem da vidim gde su blizanci. – Dok je izlazila, Nanet je Petsi usnama oblikovala reči: – Izvini. Videćemo se kasnije – pa zatvorila vrata kuhinje za sobom.

Posle pomalo usiljenog ručka, kao što je planirano, Nanet, Petsi i blizanci pošli su u šetnju do jezera na kraju farme. Blizanci su trčali ispred.

– Žao mi je što je Helen pretpostavila da ti se pamćenje sasvim vratilo – tiho je rekla Petsi. – I što je pominjala znaš već koga. Znam da teško podnosiš i jedno i drugo.

Nanet je umorno odmahnula glavom. – Ne brini. Volela bih da mi se vrati sećanje na ono veče, ali počinjem da verujem da se to nikad neće desiti. A što se tiče Zaka, e pa ne mogu zauvek da se krijem od vesti o njemu. – Otvorivši tešku kapiju kako Petsi ne bi morala da je preskače, kao što su to blizanci uradili, Nanet je rekla sestri: – Zapravo, mislim da su mi Helenine opaske pomogle da se odlučim. Od prošlosti ne mogu zauvek da bežim, pa ću zato – duboko je udahnula – potvrditi Vanesi da ću ići u Monako. Najzad, tu je Matje ako iskrsnu poteškoće s blizancima, a i imaću ga kao prijatelja.

Međutim, te noći su se svom žestinom vratili košmari koji su Nanet proganjali mesecima i godinama posle nesreće.

Nanet je osećala kako joj vetar šiba u lice dok se suludom brzinom spuštala na skijama niz planinu. Adrenalin joj je kolao venama kad je po hučanju snežne lavine iza sebe shvatila da je sve brža i da guta sve pred sobom. Iz pluća joj se oteo užasnut vrisak. Ne može ovako da umre, ne...

– Nanet, Nanet, probudi se. Opet imaš noćnu moru – prodrmala ju je Petsi blago.

Nanetinim telom prostrujao je drhtaj kad je došla sebi.

– Evo, uzmi gutljaj. – Petsi joj je pružila čašu vode. – Šta je bilo ovog puta? Opet je neko čudovište provalilo u kuću? Zemljotres?

Nanet je odmahnula glavom. – Ne. Zasula me je snežna lavina. – Otpila je gutljaj vode, a Petsi ju je zamišljeno posmatrala.

– Dugo nisi imala košmare.

Nanet je klimnula glavom. – Znam. Nadala sam se da su konačno prošli – rekla je, a telo su joj i dalje potresali drhtaji.

– Terapeutkinja mi je prošlog meseca rekla da je dobar znak to što ih tako dugo nije bilo. Pitam se kako bi rastumačila noćašnju epizodicu? – dodala je Nanet, cvokoćući zubima. – Bilo je užasno.

– Stres zbog planiranja venčanja? A možda je zbog pomisli na povratak u Monako? – rekla je Petsi zabrinuto gledajući sestru. – Jel' ti hladno? Da ti donesem termofor?

– Ne, hvala. Za tren ću se opet uvući pod jorgan i brzo se ugrejati. – Nanet se nasmešila sestri. – Vrati se u krevet. Seti se da si u drugom stanju. Ne želim da imaš tamne podočnjake sutra, bolje rečeno... danas. – Pogledala je na sat na noćnom stočiću. – Izvini što sam te probudila.

– Ako si sigurna da si dobro – rekla je Petsi. – Mogla bih još malo da ostanem s tobom.

– Dobro sam. Vrati se u krevet – naložila joj je Nanet. – Ostaviću upaljeno svetlo neko vreme.

Petsi ju je uznemireno pogledala pre nego što je izašla i za sobom zatvorila vrata.

Kad je ostala sama Nanet je sela na ivicu kreveta i nekoliko puta duboko udahnula trudeći se da umiri uzdrhtalo telo. Nikad joj nije bilo lako da otera strah i užas koje su donosili košmari.

Dok je sedela tako i gledala noćnog leptira koji je kao opčinjen svetlošću na stočiću mahnito leteo ukrug, slično su i njene misli lepršale oko najnovijeg košmara.

Već skoro tri godine su ti užasavajući snovi povremeno bili deo njenih noći. Od saobraćajne nesreće u kojoj ona – i Zakari Juart – umalo nisu poginuli.

Terapeutkinja, koju je na Petsin nagovor počela da posećuje kad su krenule noćne more prvih nedelja posle nesreće, bila je u pravu kad je rekla da će, kako vreme bude prolazilo, one biti sve ređe. Noćašnji košmar, međutim, bio je zaista zastrašujući. Gadan kao i svaki pre njega.

Polako je, sedeći tako, prestala da drhti, a osećaj propasti povukao se u podsvest. U noćašnjem košmaru postojala je još jedna dimenzija, nešto što je zaostalo kad se probudila.

Dok je jurcala niza strminu ispred lavine i vrištala od užasa, nije bila sama. Nejasna prilika bila je pored nje, i podsticala je.

Brže, brže, seti se, seti se...

Čega da se seti? Utučeno je u mislima ponovila ceo san, trudeći se da izvuče neko stvarno sećanje iz te epizode, ali mozak je odbijao da sarađuje.

Umorno se uvukla pod jorgan i pružila ruku da ugasi svetlo. Nadala se da će ostatak noći proći mirno. Pošto je donela odluku i namerava da se vrati u Monako, biće joj potrebna snaga da prođe kroz uspomene koje će je narednih nedelja i meseci zasipati. Mogla je samo da se moli da je donela ispravnu odluku mada, istini za volju, šta bi drugo mogla da uradi?

4.

Vrativši se s blizancima kod Vanese posle vikenda na farmi *Blekberi*, Nanet se posvetila uobičajenim dužnostima koje čuvanje Pjera i Olivije podrazumevaju. Vanesa i Ralf su se vratili kasno istog dana i Vanesa je sa iščekivanjem upitno pogledala Nanet. Ova joj se osmehnula i klimnula glavom, pa rekla: – Treba da razgovaramo o tome. – No tek joj se sutradan uveče ukazala prilika da čestito popriča s Vanesom i Ralfom.

Njih troje su večerali za kuhinjskim stolom i Vanesa je pričala koliko je uživala u vikendu na ostrvu Berg.

– Hotel je divan. Tako luksuzan. A prostorija za spa tretman pravo blaženstvo – zadovoljno je uzdahnula Vanesa. – Nikad me nisu tako razmazili, čak ni u Monaku. Pripazi se, mogla bih na to da se naviknem – osmehnula se Ralfu, a on ju je veselo pogledao.

– Mislim da će te amazonska džungla brzo spustiti na zemlju – rekao je.

– Ah – zaustila je Nanet kad je odgurnula tanjir i uzela i dalje polupunu čašu crnog vina. – Kad smo kod toga. – Otpila je velik gutljaj, pa spustila čašu na sto i pogledala Vanesu. – Najpre, jesi li i dalje sigurna da Matje i Žan-Klod ne mogu da se snađu tamo bez mene?

– Matje uporno tvrdi da sledećih nekoliko meseci ima previše posla i ne može da garantuje kako će svakodnevno biti prisutan. Znam da će Žan-Klod priskočiti u pomoć, ali i on je zauzet svojim poslom. Iskreno govoreći, bila bih mnogo srećnija da ih ti paziš dok smo odsutni. Već si postojano u njihovom životu. A verujem i da su ti oni na prvom mestu bez obzira na okolnosti.

Nanet je duboko udahnula. – Zbog tebe i blizanaca ću otići u Monako i pripaziti ih. Ne mogu reći kako istinski uživam u pomisli da se vratim tamo, ali... – Pomirena sa sudbinom, slegnula je ramenima.

Vanesa je skočila na noge i požurila oko stola da zagrli Nanet. – Hvala ti, hvala ti, znam da je to bila teška odluka. Uveravam te da će Žan-Klod dati sve od sebe da ti što više olakša boravak, čak iako Matje bude često odlazio na poslovna putovanja – rekla je. – Ne mogu dovoljno da ti se zahvalim na tome što si pristala.

– Ne mogu ni ja – tiho je Ralf dodao svoju zahvalnost Vanesinoj. – A sad zdravica, rekao bih. Za Nanet u Monaku i za nas u Amazoniji!

Nanet se uz osmeh složila sa zdravicom, pa su se sve troje kucnuli. U sebi je, međutim, bila užasnuta i borila se sa strašnim porivom da uzvikne: – Šalila sam se. Nisam tako mislila. Nikako ne mogu da se vratim u Monako.

A uopšte nije imala odgovor na drugu veliku, paničnu misao koja joj se uporno vrtela po glavi: *Šta sam to uradila?*

Posle dve nedelje mahnitih priprema, Vanesa i Ralf su otputovali u Brazil, ne ostavljajući Nanet ništa drugo nego da s blizancima odleti u Francusku.

Dok se avion spuštao u pripremi da sleti na aerodrom *Azurna obala* u Nici, Nanet je načas ugledala čuveni kompleks ogromnih piramidalnih zgrada u Zalivu Anž u Vilnev Lubeu. Sagrađene tako da podsećaju na talase sedamdeset metara visoko nad morem, stambene zgrade su gledale na marinu i Sredozemno more. Prizor koji joj je u prošlosti toliko puta izazvao radost pri povratku u Monako nakon poslovnog putovanja. Danas pak nije osetila sreću, samo nalet neželjenih uspomena.

Kad je nekoliko minuta kasnije avion dotakao zemlju i zarulao po pisti koja se pružala duž mora, Nanet je više puta duboko udahnula. Bilo kako bilo, ponovo se obrela na jugu Francuske.

Sredozemno more blistalo je na toplom martovskom suncu i prisetila se kako je u prošlosti svaki povratak osećala kao dolazak kući i uvek bila srećna što se vratila. Međutim, ne i danas. Danas je bila prožeta nespokojem i pitala se sa čime će biti primorana da se suoči narednih dana i sedmica. Šta god da joj se sprema sledećih nekoliko meseci, molila se da joj potresi iz prošlosti ne probiju u budućnost.

Otkopčala je pojas i počela da prikuplja stvari. Blizanci su već poustajali uzbuđeno iščekujući sledeći deo puta. Obično bi do Monaka sa aerodroma krenuli tramvajem, a onda iz Nice vozom, ali Vanesa ih je počastila time što je uredila da njih troje lete helikopterom.

Dok su prolazili hodnikom za putnike u dolasku, Nanet je stavila velike naočari za sunce. Iz iskustva je znala da se tamo uvek nađe poneki fotograf, pa čak i grupa paparaca koji vrebaju na aerodromu s nadom da će uslikati nekog poznatog ko se uputio na helikoptersko sletište radi prevoza do Monaka. Znala je da ona verovatno nikog neće zanimati, ali osećala se bolje kad je sakrila oči i zaklonila lice tamnim naočarima.

Ipak, dok je išla prema šalteru za prijavu na let helikopterom, nisu je dočekali paparaci već velika tabla s najavom Gran prija u maju u Monaku.

Međutim, dah joj je zastao kad je ugledala manji poster s fotografijom lica, u stilu filmske zvezde, čoveka kojeg su smatrali tamošnjim herojem i natpis: *Je li ovo Zakova godina?* Pri pogledu na poznato lice koje joj se smešilo, Nanet je poželela nemoguće: da otrči i uhvati sledeći avion za Veliku Britaniju i sigurnost. Nemoguće, doduše, dala je reč Vanesi i Ralfu. Jednostavno će morati da, kao što je pristala, provede jedno leto u Monte Karlu, a posle toga više nikad ne mora da se vrati tamo.

Okrenuvši leđa posteru i trudeći se da odagna slike i sećanja koje joj je on uskovitlao u glavi, Nanet je pružila karte radniku za šalterom.

– Divno – uzbuđeno je zaustio Pjer. – Bićemo ovde za Gran pri. Misliš li da će tata moći da nam nabavi propusnice za boks?

– Ne bi me iznenadilo – rekla je Nanet neraspoloženo. Potpuno je zaboravila da će se njihov boravak u Monaku poklopiti s trkama. Da će određena osoba svakako biti u gradu. Pjer, kao i svaki dečak, prirodno je bio opčinjen trkačkim automobilima i vozačima, i želeo je da bude u žiži tog vikenda kad se bude održavala trka i da vidi što je moguće više.

– Ja ne želim propusnicu – kazala je Olivija. – Mrzim buku koju ti automobili prave. Od nje me bole uši.

Nanet se u sebi složila sa Olivijom. Ne zbog buke, već zato što ni sama nikako nije želela kartu za bilo šta što podrazumeva susret sa Zakarijem Juartom. Možda će Matje biti tu u vreme Gran prija i povesti Pjera u boks, a ona i Olivija će se držati podalje.

Blizanci su radosno zauzeli svoja sedišta u helikopteru i ostavili Nanet da sedne pored pilota. Kad su turbine zagrmele, a propeleri zamahnuli kroz vazduh, helikopter se bučno podigao, a Nanet je nekoliko puta duboko udahnula da se umiri.

Pilot ju je saosećajno pogledao. – Prvi let helikopterom? Izgledate pomalo nervozno. Trajaće samo petnaest minuta.

Nanet je odmahnula glavom. – Ne. Nije mi prvi let, ali jesam nervozna.

Dok je kroz prozor posmatrala nekad tako poznatu obalu, oćutala je kako nije nervozna zbog letenja već zbog činjenice da se vraća u Monako.

Pošto su sleteli na heliodrom u Fonvjeju, produžetku Monaka izgrađenom na zemljištu otetom od mora, Nanet i blizanci su pošli taksijem do Matjeovog stana u Bulevaru Albera Prvog, iznad stare luke. Vozeći se taksijem kroz jedan od brojnih tunela kojim su, kao krtice, prolazili ispod ulica Kneževine, Nanet se setila kako je prvi put bila iznenađena zbog tog podzemnog sistema puteva, isklesanih u stenama koje su oivičavale njihove zidove. Uopšte nije očekivala da ispod Monte Karla postoji takav lavirint tunela.

Nekoliko minuta kasnije opet su bili nad zemljom, a taksi se zaustavio ispred Matjeove zgrade. Časak kasnije, blizanci su pokucali na vrata njegovog stana na devetom spratu.

Na Nanetino iznenađenje otvorio im je Žan-Klod, Matjeov otac, Francuz.

– *Bonjour mes petits*[1] i dobro došli – rekao je grleći blizance, pa se okrenuo Nanet i ovlaš je poljubio u obraze.

Dopadao joj se Žan-Klod i lepo se slagala s njim onih nekoliko puta kad su se videli, iako se potajno pitala kako je moguće da je

---

[1] Fr.: Dobar dan, mali moji. (Prim. prev.)

on Matjeov otac. Stariji brat – da, ali otac? Nije ni izgledao, niti se ponašao kao da je dovoljno star za to.

– Gde je tata? – upitala je Olivija razočarano.

– Doći će kasnije, *ma petite* – odgovorio je Žan-Klod. – Danas posle podne je morao da sredi nešto na poslu. Vas dvoje možete odneti stvari u svoje sobe, a ja ću pokazati Nanet njenu. Limunada i keks na terasi za deset minuta.

Kad su blizanci otišli na bezbednu udaljenost, Žan-Klod se bojažljivo okrenuo Nanet.

– Matje se izvinjava, ali iskrslo je nešto što nije mogao da izbegne. Nada se da će stići kasnije uveče. U međuvremenu ću se ja pobrinuti za sve. Pomoći ću vam da se smestite, dati vam ključeve i sve to. Ostaću ovde preko noći za slučaj da se on ne pojavi. – Podigao je Nanetin kofer. – Dosad niste bili u ovom stanu, jel' tako?

Nanet je odmahnula glavom. – Nisam. Kad sam poslednji put bila ovde, Matje je imao stan blizu kazina. Bio je mnogo manji od ovog.

– Hajde onda da vam ga pokažem.

Stan s pet spavaćih soba i kupatilom uz svaku, s velikom dnevnom sobom i vratima ka terasi bio je raskošniji od svih u kojima je Nanet ikad bila. Potajno se zapitala kako je Matje mogao da priušti takvu raskoš. Nikad nije saznala čime se bavi, ali možda mu je pomogao Žan-Klod, za kojeg je znala da veoma uspešno trguje vinom.

Njena soba je bila divna. Provansalski nameštaj pomešan s modernijim komadima, a bili su tu i balkon s pogledom na luku i kupatilo u mermeru, s pozlaćenim slavinama.

– Ovo je veoma otmen stan – rekla je Nanet polako.

Žan-Klod se osmehnuo. – Imam osećaj da će zbog toga što će blizanci živeti ovde nekoliko meseci umesto da su u kratkoj poseti još više ličiti na dom. Nego, siguran sam da je Florans spremila čaj i keks za terasu. Da se pridružimo blizancima?

– Ko je Florans? – pitala je Nanet dok su se vraćali u dnevnu sobu.

– Matjeova domaćica.

Nanet se okrenula i iznenađeno pogledala Žan-Kloda. – Ali delimično sam zbog toga ja ovde. Matjeu zaista nisam potreba kad već ima domaćicu i vas da pomognete.

– Vi ste ovde samo da biste pazili na blizance. Da biste im ispunili vreme kad nisu u školi, kao i uveče i vikendom, naravno.

– To mi i dalje ostavlja užasno mnogo vremena – negodovala je Nanet. – Kad neću imati ništa da radim.

Žan-Klod nije odgovorio. Jednostavno je izvio obrve i pogledao je upitno. – Siguran sam da ćete imati mnogo toga da radite kad se smestite. *Merci*, Florans – rekao je domaćici koja je donela poslužavnik. – Sad možemo i sami.

Nanet je rasejano prihvatila šolju s čajem koju joj je Žan-Klod pružio.

– Vanesa i Ralf su lepo otputovali juče? – upitao je.

Nanet je klimnula glavom i naterala se da se usredredi. – Blizanci i ja smo u cik zore otišli na aerodrom *Hitrou* da ih ispratimo. Sad verovatno spavaju da prevaziđu promenu vremenske zone. Vanesa je rekla da će večeras telefonirati da proveri je li kod nas sve u redu.

– Neti, Pjer hoće da se igra na računaru, a ja želim da gledam televiziju u svojoj sobi – kazala je Olivija. – Jel' smemo?

– Pola sata – saglasila se Nanet i osmehnula se kad su blizanci odjurili.

– Nanet, moram da porazgovaram s vama – rekao je Žan-Klod. – Da objasnim nešto.

Nanet ga je iznenađeno pogledala.

– Biću iskren. Ništa nisam rekao pred blizancima, ali mislim da imate prava da znate. Izuzetno je malo verovatno da će Matje doći večeras.

Nanet je čekala, dok je očigledno neraspoloženi Žan-Klod prošao šakom kroz kosu.

– Veći deo poslepodneva proveo sam sa advokatima – rekao je – i trudio se da sve sredim, ali... – Žan-Klod je slegnuo ramenima i neveselo je pogledao. Zastao je, pa dodao: – Matje se nije zadržao zbog posla – uhapšen je.

5.

Tri dana kasnije Nanet je uživala u kafi i kroasanu u jednom od kafea uz La Kondamon Monako pijacu sa cvećem i povrćem, kad joj je zazvonio mobilni.

– Zdravo, Petsi. Jel' sve u redu? – brzo je upitała pošto je na ekranu ugledala sestrin broj.

– Jeste. Samo me zanima kako si ti. Poruke su u redu, ali potrebno mi je da ti čujem glas. Zabrinem se kad ne razgovaramo. Pitam se šta mi prećutkuješ – kazala je Petsi.

– Izvini. Nisam namerno ćutala, samo ovde je od našeg dolaska sve pomalo naglavačke, ali sad je sve u redu.

– Kako to misliš *sad* je u redu? – pitala je Petsi. – Šta se dogodilo? Jesu li blizanci dobro? A ti?

– I blizanci i ja smo dobro. – Nanet je zastala. – Matje nije bio ovde kad sam stigla. Bio je uhapšen. – I pre nego što je Petsi uspela da uzme vazduh, Nanet nastavi. – Izašao je iz pritvora. Držali su ga dvadeset četiri sata, pa su ga pustili uz kauciju. Mora da se javlja jednom nedeljno.

– Šta je uradio?

– Ne znam tačno. Ima veze s njegovim poslom – rekla je Nanet. – Izgleda da je Žan-Klodu rekao samo to da nema zbog čega da se brine i da je sve sredio.

Nije dodala da je Žan-Klod bio besan na sina zato što nije od njega tražio novac za kauciju. Umesto njega, jamstvo je položio neimenovani inostrani poslovni partner. Nanet je pomislila kako to zvuči više nego sumnjivo, ali je te misli zadržala za sebe i rešila da Vanesi, kad se budu čule, ne pominje taj izgred. Matje se uglavnom ponašao kao i obično, što je shvatila kao dobar znak.

– Izvini što te nisam ranije zvala, ali možeš zamisliti koliko sam se trudila da zabavim blizance i od njih sakrijem da im je otac uhapšen, pa mi ni za šta drugo nije preostalo vremena. Srećom, danas ih je Matje odveo u akvarijum *Marinlend* u Vilnev Lubeu, pa imam nekoliko slobodnih sati. Žan-Klod je obezbedio još jedan računar za njih, pa će od ovog vikenda moći da prate Vanesino i Ralfovo napredovanje.

– Jesi li se čula s njima?

– Dobila sam samo kratku poruku u kojoj kaže kako je pokušala da se javi sinoć, ali iz nekog razloga nije mogla da nas dobije. Uglavnom, bezbedno su stigli u Brazil i lepo im je. Medeni mesec se završava sledećeg vikenda i tada će odleteti u prašumu i naći se sa snimateljskom ekipom spremnom za dokumentarac.

– Kad blizanci kreću u školu?

– U ponedeljak, pa smo i oko toga bili zauzeti: sređivali odeću, kupovali knjige i sveske i dovoljno velike rančeve da sve to ponesu. Stvarno je neverovatno koliko stvari svakodnevno moraju da nose.

– A ti? – upitala je Petsi. – Kako ti je ponovo u Monaku? Jesi li već srela nekog iz prošlosti?

– Ako misliš jesam li srela Zaka, odgovor je *ne*. Kako tvoja mučnina? – upitala je vešto skrenuvši razgovor.

– Hvala bogu, proređuje se – kazala je Petsi. – Bolje da idem. Helen će uskoro doći i ako vidi da pričam telefonom s tobom, sledi mi predavanje o traćenju Brajanovog teško stečenog novca na inostrane telefonske pozive, bez obzira na to što pričamo preko *Votsapa*!

– Pozvaću te za vikend – rekla je Nanet smejući se. – Čuvaj se.

Zamišljeno je stavila telefon u tašnu i osvrnula se na živopisan prizor. Meštanke i kućne pomoćnice Filipinke s korpama od rafije žurno su obavljale svakodnevnu kupovinu svežeg povrća, a primetila je da je šetalište prema dvoru prepuno turista.

Nije mogla da poveruje kako je opet tu. Da joj je neko prošle godine rekao kako će opet živeti u Monaku, odgovorila bi čistom nevericom. U to vreme su ožiljci bili još suviše sveži da bi čak i pomislila na povratak. A sad, pošto se smestila, i pored nevolja prethodnih nekoliko dana, već je uživala u tome što se vratila. Kneževina je za nju oduvek bila posebno mesto i rastužilo ju je što se sve na onako stravičan način završilo.

Posle razgovora s Petsi shvatila je da je zaboravila da joj ispriča kako ju je prethodne večeri Matje izveo na večeru pošto su blizanci legli, a Florans ostala da ih čuva. Delom da joj se iskupi što nije bio kod kuće kad je stigla i naprosto: „Zato što bih to voleo" – rekao je uz razoružavajući osmeh. Veče se ipak završilo prilično čudno.

Odveo ju je u poznati mali, porodični bistro, skriven u sporednoj ulici, daleko od nasrtljivih turista. Nanet je odbacila misao o tome kako je poslednji put tamo bila sa Zakom i potrudila se da „živi u trenutku", kao što savetuju sve knjige samopomoći, i da ne dozvoli da joj uspomena pomuti veče.

– Mnogo mi je drago što si rešila da dođeš s blizancima – rekao je Matje dok su čekali da im stigne predjelo.

– Ne shvatam zapravo zbog čega si hteo da dođem – odvratila je Nanet. – Florans živi u stanu, a Žan-Klod izgleda više nego srećan da pomogne oko blizanaca.

– Vanesa je smatrala da je važno da Pjer i Olivija imaju nekakvu postojanost u životu. Navikli su da ih ti čuvaš kad je Vanesa odsutna. Meni je svakako lakše kad znam da ti vodiš računa o njima. – Osmehnuo joj se i dodao: – Znajući da su s tobom, imao sam brigu manje početkom nedelje. – Kratko je poćutao, pa tiho nastavio: – Moram da priznam i jedan skriveni motiv. Nadao sam se da ćemo se malo bolje upoznati. Da ćeš možda prestati da misliš o meni naprosto kao o ocu blizanaca i da bismo mogli postati bolji prijatelji.

U tom trenutku je konobar stigao s predjelom i poštedeo iznenađenu Nanet odgovora. Nadala se da je Matje na umu imao samo to da postanu bolji prijatelji. Ne bi joj bilo ni na kraj pameti da se spetlja s njim. Pa zaboga, on je bivši muž njene najbolje prijateljice. Srećom, kad ih je konobar ostavio same, preusmerio je razgovor na uopštenije teme.

– Uskoro će teniski turnir Monte Karlo Masters – rekao je. – Sećam se da ste ti i Zak često igrali. Pružila mi se prilika da dobijem karte za otvaranje, da li bi možda pošla sa mnom?

– Da, molim te – odgovorila je Nanet zanemarujući što se bolno štrecnula na pomen Zaka. Njih dvoje su obožavali tenis, i da igraju i da ga gledaju. Bilo bi zaista divno otići na meč Mastersa. Zak je uvek bio vezan trkama u aprilu kad se turnir održavao, pa nikad nije uspevao da ga uglavi u raspored.

– Dobro. Potvrdiću da uzimam karte pre nego što otputujem sledeće nedelje.

– Ideš poslovno ili iz zadovoljstva? – upitala je.

– Idem poslovno u Švajcarsku – tiho je rekao. – Samo da me vlasti ne spreče da odem.

– Da li to može da se desi? – Nanet ga je pogledala trudeći se da ne pokaže zabrinutost, ali i da ne ispadne ljubopitljiva.

Matje je slegnuo ramenima. – Nadam se da će u narednim danima shvatiti kako su pogrešili, pa će se sve srediti. Nisam onaj koga traže.

– Znaš li ko je? – tiho je pitala Nanet.

Matje je klimnuo glavom. – Još kako. – Ali ništa više nije rekao, pa su skrenuli razgovor.

Taman su završili večeru i spremali se da krenu, kad se vrata restorana otvoriše i uđe dvoje ljudi. Muškarac krupnog stasa u skupom crnom kaputu i sa šeširom na glavi prišao je pravo Matjeu. Rukovali su se i kratko popričali, ali tek kad je čovek upitao: – Matje, ko je tvoja šarmantna prijateljica? – sa stranim naglaskom koji je Nanet prepoznala kao ruski, Matje ih je, učinilo joj se nevoljno, predstavio jedno drugom.

– Borise, ovo je dadilja moje dece. Neti, ovo je Boris, poslovni poznanik.

– Ah, ma ajde, Matje, od prošle nedelje i više od poslovnog poznanika. Seti se kako sam ti pomogao s tvojim problemčićem? – Boris se načas okrenuo prema Nanet i kratko je pozdravio odsečnim: – *Bonjour*, madmoazel – pa ponovo skrenuo pažnju na Matjea. Nanet nije mogla da ne čuje kad je kazao: – Reci Zaku da treba hitno s njim da popričam.

Matje mu je klimnuo glavom, spustivši dlan na njena krsta i blago je poveo prema vratima, oprostivši se od Borisa.

Znajući kako funkcioniše društvo u Monaku, Nanet se nije iznenadila što je Boris prestao da obraća pažnju na nju čim je čuo da je dadilja. Što se njega tiče, ona je samo sluškinja i nema značaja da se bakće njome.

Međutim, pitanje je zbog čega ju je Matje predstavio kao dadilju, pa još uz detinjast nadimak kojim je blizanci oslovljavaju, a nešto ranije je predložio da se bolje upoznaju. Mora da je shvatio kako delotvorno da spreči za ubuduće njeno povezivanje s njim i tim određenim poslovnim saradnikom.

Dok je sad posmatrala užurban svet na pijaci i pila kafu, morala je da se zamisli o onoj poruci Zaku. Kakva je veza između Zaka i Borisa? Koliko dugo Matje poznaje Borisa? Na pamet joj je palo kako se za Monako kaže da je „sunčano mesto za smutljivce". Šta su Zak i Matje smislili, pa su se udružili s Rusom kojem ona lično i na prvi pogled uopšte ne bi verovala?

Zamišljeno je dovršila kafu, ostavila dovoljno novca na tacni da pokrije račun, pa se zaputila prema staroj luci. Mnogo toga se promenilo od vremena kad je živela u Monaku, a ponešto joj je bilo umirujuće poznato.

S balkona u spavaćoj sobi mučila se da se priseti granica stare luke. Što se nje tiče, novoizgrađeni deo krcat bleštavim barovima na brodićima u vlasništvu bogatih i poznatih, besprekorno se uklopio u prethodni izgled marine.

Dok je polako hodala kejom, Nanet je prepoznala neke jahte, ali laknulo joj je što nije bilo ni traga *Pol poziciji*, jahti kojom se pre nekoliko godina Zak počastio pošto je osvojio Gran pri Indijanapolisa. Znala je kako voli da se usidri u Monaku i koristi brod za zabave pre i posle Gran prija, tako da, kad se *Pol pozicija* ponovo pojavi u luci, neće proći dugo pre nego što i Zak bude u gradu.

Dok se uspinjala uzbrdo, načas je bacila pogled ka poznatom prizoru iza hotela *Pariz* i nešto joj je zagolicalo pamćenje. Trebalo joj je sekund-dva da shvati kako je vilu iz devetnaestog veka u kojoj je imala mali dvosoban stan zamenila izuzetno moderna betonska zgrada.

Šteta. Ta zgrada, jedna od retkih preostalih vila, davala je određen šarm obrisu grada i odražavala *bel epok* atmosferu Rivijere iz starih dobrih dana, a ona je to volela. Za razliku od nje, Zak se uvek žalio na odsustvo savremenih pogodnosti i retko je tamo ostajao s njom.

Njegov prostrani stan nalazio se u jednoj od tih izuzetno modernih stambenih zgrada dve ulice od Trga kazina. Nanet se odsutno zapitala da li i dalje živi tamo ili se, kao Matje, preselio u još velelepniji stan. Bilo kako bilo, tog prepodneva nije imala nameru da odšeta ni blizu tom kraju.

Skrenula je u Aveniju Monte Karlo, pa prošetala njom radosno ugodivši sebi žudnim razgledanjem izloga skupih butika duž te male ulice. Jednom davno je s radošću sebi ugodila time što je u jednom od njih kupila kožnu tašnu. Onu koja trenutno trune u ormaru u njenoj sobi na farmi *Blekberi*. Drugo vreme, drugi život.

Izbegavajući red uzbuđenih japanskih turista, Nanet je prešla ulicu i strčala niza stepenice u besprekorno održavan vrt Kazina. Prethodne večeri Matje je pomenuo izložbu skulptura koju je postavila slabo poznata francuska umetnica, pa se obradovala da provede sat-dva lunjajući oko eksponata.

6.

Dok je sedela na krevetu u hotelskoj sobi rashlađenoj klima-uređajem, Vanesa je pritisnula taster za čuvanje teksta na Ralfovom laptopu, koji su morali da dele zbog transportnih ograničenja. Njihov medeni mesec je prošao i tog dana je počeo pravi bračni život. Onaj koji narednih nekoliko meseci neće biti ni nalik životu koji je poznavala. Blizancima je obećala da će mnogo slikati i voditi dnevnik za njih, da ga čitaju kad se vrati. Ralf joj je ranije rekao da što dublje budu zalazili u džunglu među starosedelačka plemena, verovatno neće biti nade za redovnu satelitsku vezu.

Teško joj je palo saznanje da je prethodne večeri veza s blizancima preko *Skajpa* verovatno poslednji put za više nedelja kako je u mogućnosti da razgovara s njima. S druge strane, videla je da su oboje, iako im je nedostajala, zadovoljni i namireni u Monaku s Matjeom i Nanet. Olivija je bila uzbuđena zbog nove drugarice koju je stekla u Međunarodnoj školi, a Pjer nije mogao da dočeka vikend Gran prija. Vanesa je primetila i da se Žan-Klod često javlja u razgovoru. Blizanci su sad, otkad žive u Monaku, svakako postajali sve bliskiji s dedom, a to je dobro. Ona se uvek lepo slagala sa Žan-Klodom, a posle razvoda od Matjea prilično ju je grizla savest što deca gube vezu s dedom.

Pošto su blizanci zaposeli računar, Vanesa je jedva uspela da bar malo porazgovara s Nanet. Prijateljica ju je uveravala kako je sve u redu i da se ne brine za njih, već da uživa u pustolovini u džungli. Vanesa se setila kako se osećala rastrzano kad joj je Ralf predložio da ga prati na tom putovanju. Iako je volela njegovo oduševljenje i strast prema projektu i podržavala njegovu odluku da napravi dokumentarni film o džungli, plašila ju je pomisao da pođe s njim i ostavi decu na tako dug period. Naravno, griža savesti je pomolila glavu. Presudno je bilo to što je Nanet pristala da s Matjeom pazi na blizance dok je ona odsutna. Ostavila bi ih u najsigurnijim rukama s dvoje ljudi koje znaju i obožavaju. Vanesa je znala da je to što traži od Nanet značajno jer zanemaruje prošlost i vraća se u Kneževinu, pa se i zbog toga brinula, ali nadala se da će to biti korak napred za Nanet. Svakako se činilo da to trenutno funkcioniše.

Vanesa je odlučno potisnula misli o blizancima i kući, uzela laptop i ubacila ga u putnu torbu. Za nekoliko minuta biće na putu prema aerodromu i avantura će zaista početi. Prethodna nedelja je bila divna, ali sad mora svu energiju da usmeri na to da sledećih nekoliko meseci provede s mužem na jednom od najegzotičnijih, najopasnijih i najnepristupačnijih mesta na svetu.

Više neće biti sami već će postati deo ekipe. Još nije upoznala kamermane Harija i Nika, ali Ralf ju je uveravao da će se svi dobro slagati. Radio je sa obojicom i ranije na prethodnim dokumentarcima.

– Obojica se jednako kao ja vatreno zalažu za životnu sredinu, i znam da će dati sve od sebe kako bi film prikazao džunglu u sadašnjem očajnom stanju.

Kad su počeli da razgovaraju o ideji o pravljenju dokumentarnog filma, Ralf joj je pričao kako se uporno uništava najznačajniji svetski ekosistem. Usrdno je želeo da učini nešto i pomogne da se obustavi zagađivanje okoline.

– Ako svet ne preduzme nešto zbog krčenja i propadanja šuma, u narednih pedeset godina šezdeset pet procenata šuma je u opasnosti od nestanka. A gde je priča o gubitku autohtone populacije i tradicionalnog načina života, i o vrstama koje će izumreti jer im je uništeno stanište.

Vanesa je znala da je Ralf rešen da njegov dokumentarni film zabeleži život „pravih“ autohtonih Amazonaca, koji se muče da opstanu u izmenjenoj šumi, pa je to jedan od razloga što je odbio sponzorstvo koje mu je ponudila velika multinacionalna kompanija.

– Ako ostanem nezavisan, mogu da prikažem istinu – rekao je Vanesi kad joj je iznosio svoje planove. – Niko mi ne može reći šta da snimam ili šta da kažem. Mogu da razgovaram s kim god hoću trudeći se da otkrijem pravu istinu. Budžet će nam biti skroman, ali jedino tako može.

Uvidevši da ima vremena za još jedno osvežavajuće tuširanje pre nego što se Ralf vrati i krenu na aerodrom, Vanesa se brzo skinula i stala pod mlaku vodu. Posle se uvila u velik hotelski peškir, prišla prozoru i pogledala napolje na uzavrelu ulicu. Misli joj je obuzelo bojažljivo uzbuđenje. Sutra će ta soba biti samo uspomena, a haotične prizore napolju zameniće šuma i vegetacija nastanjene životinjama neobičnih glasova.

Prvih nekoliko dana u amazonskoj džungli provešće u udobnosti „eko-turističkog" kampa pre nego što oni i ekipa, uz pomoć starosedelačkog vodiča, pođu u istraživanje i smeste se u zabačenijoj oblasti. Hari i Nik su sa opremom stigli avionom ranije da pripreme sledeću etapu putovanja dok ona i Ralf ne stignu.

Vanesa se okrenula i osmehnula kad je Ralf zatvorio vrata za sobom.

– Sve je spakovano? Odlično – rekao je Ralf kad je klimnula glavom. – Za deset minuta krećemo. Mislim da ću se i ja na brzinu istuširati. Možda prođe neko vreme pre nego što opet budemo uživali u raskoši neograničene količine vode.

Pošto su se oboje obukli, uzeli su rančeve za koje je Ralf tvrdio da su za džunglu mnogo prikladniji od kofera, pa su krenuli do taksija koji će ih odvesti na aerodrom.

Na rubu uzletišta bila je kancelarija kompanije s malim cesnama, od kojih je Ralf iznajmio jednu da ih preveze do ispostave na Amazonu. S te propale piste poletali su samo domaći letovi, pa se Vanesa, dok je išla prema oronulom kućerku gde treba da se čekiraju, brinula za bezbednost aviona u koji će se ukrcati.

– Redovno ih održavaju i proveravaju bezbednost, zar ne? – pitala je Ralfa.

– Naravno. Ne brini. Žoze i Karloš su veoma ponosni na svoje avione. Karloš mi je rekao da su najbolji u Brazilu. A, evo Žozea.

– Senjor Ralf i senjora. Spremni smo za vas. Idemo i... – Prekinula ga je prodorna zvonjava telefona i bacio je pogled prema stolu.

– *Bom dia*[2] – javio se i odmah ućutao. Kad je nekoliko trenutaka kasnije spustio slušalicu i okrenuo se prema Ralfu i Vanesi, oči su mu bile ispunjene suzama. – Bio je to drugi pilot, da mi kaže kako nam je zajednički prijatelj oboren kod Manausa. – Besno je opsovao. – Vlasti su ga očigledno zamenile za avion koji prevozi drogu. Budale! Ovog puta su napravili veliku grešku. U avionu su bili američka misionarka i njena porodica. Sad će biti istrage.

Vanesa se užasnuto upiljila u njega. Manaus je mesto na Ralfovoj maršruti. Za nekoliko nedelja treba da stignu u njegovu blizinu. Prišla je Ralfu, a on ju je zagrlio da je umiri.

– Da li često pucaju u avione u vazduhu? – upitala je.

Žoze je odlučno klimnuo glavom. – Dešava se – kratko je rekao.

Vanesa je zadrhtala. Naravno, znala je da idu u oblast u kojoj se krijumčari droga, ali ona se time nije bavila, niti je poznavala nekog ko to radi, pa joj nije ni palo na pamet da će trgovina drogom imati uticaja na njen život.

U glavi joj se javila slika blizanaca. Šta ako ona i Ralf... Ne! Ne može i neće da prati tu misao. Ralf ju je upozorio na opasnosti na ovom putu, od komaraca do aligatora, ali obaranje aviona nije pominjao.

Ralf je pogledao Žozea. – Treba da popričam nasamo sa ženom. Molim te, daj nam nekoliko minuta.

Žoze je klimnuo glavom. – Čekaću kod aviona. Treba da poletimo u sledećih četvrt sata, zato nemojte dugo.

Kad je izašao da pripremi avion i obavi poslednje provere, Ralf je nežno zagrlio Vanesu.

– Jesi li sigurna da hoćeš da nastaviš sa ovim? Znam da razmišljaš o tome kakve bi posledice bile za blizance da smo mi bili u tom avionu. Posle letenja do džungle, uveravam te da ćemo istraživati samo peške ili po vodi. Tako da će posle ovog danas, sledeći avion u koji se ukrcaš biti onaj koji nas vodi kući. – Nežno ju je poljubio u čelo. – S druge strane, razumeću ako bi radije da nastavim sâm, a ti odmah da se vratiš kući.

---

[2] Port.: Dobar dan. (Prim. prev.)

Stojeći u Ralfovom naručju, Vanesa je nekoliko puta duboko udahnula. Da li stvarno shvata kako se ona oseća? Koliko je rastrzana? Treba li da kaže Ralfu kako ipak ne može da ide s njim pa da, umesto da odleti duboko u džunglu sa Žozeom, uhvati prvi avion za Englesku i vrati se deci. Jedino je ona mogla da donese tu odluku.

7.

– Znate li u koje vreme možemo očekivati Matjea iz Švajcarske? – pitao je Žan-Klod. – I očekujemo li ga uopšte?

– Ne – kazala je Nanet. – Čini mi se da se nadao povratku večeras pre nego što blizanci pođu na spavanje.

Bila je nedelja pre podne, a Žan-Klod je pozvao Nanet i blizance na plivanje i ručak. Nanet i Žan-Klod su sedeli na terasi njegove vile u brdima iznad Monte Karla s divnim pogledom na Sredozemno more. Ispod terase je plava voda bazena svetlucala na vrelini sunca, a blizanci su se veselo zabavljali predmetima na naduvavanje za vodu koje su pronašli u kućici uz bazen.

– Govori li vam išta o nedavnoj nevolji? – pitao je Žan-Klod.

Nanet je odmahnula glavom. – Izgleda da se sve stišalo. Brinuo se da ga vlasti neće pustiti da ode, ali... – Slegnula je ramenima. – Izgleda da se to nije dogodilo.

– Sa mnom odbija da uopšte razgovara o tome – kazao je Žan--Klod vrteći glavom. – Samo kaže da se ne brinem. Sve je pod kontrolom i sređeno je. Voleo bih da znam o čemu se radi. Prijatelji mi spominju da se upustio u loše društvo.

Nanet je ćutala jer nije znala šta da kaže. Poslednji put kad je bio kod kuće Matje je delovao veoma raspoloženo i pričao je kako mu sve ide dobro – i život i posao, ali kao i Žan-Kloda, brinulo ju je s kim posluje. I kakvim se poslom uopšte bavi. Uz to, zabrinula se i zbog njegove i Zakove povezanosti sa onim Borisom.

– Ja sam posrednik – rekao je Matje kad ga je nehajno pitala o poslu pred taj najnoviji put. – Broker, ako ti se više sviđa. Saznam šta je ljudima potrebno, ko može da im pruži uslugu i onda ih povežem. Najveći deo podataka držim u glavi tako da ima vrlo malo papirologije.

Što je zgodno jer se ničemu ne može ući u trag, nije mogla da ne pomisli Nanet.

Pogledala je Žan-Kloda i upitala: – Znate li nekog Borisa?

– Samo po čuvenju. Nikad se nismo upoznali – rekao je Žan--Klod. – Zašto?

Nanet je oklevala pre nego što je odgovorila. – Mislim da je on poslovni saradnik koji je položio kauciju za Matjea. Nekako je povezan i sa Zakom.

Pre nego što je Žan-Klod uspeo išta da kaže, pojavila se domaćica i rekla da će ručak biti gotov za petnaest minuta.

– Hvala, Aneka. Treba da dovedemo blizance – rekao je Žan-Klod.

Oboje su ustali i pošli s terase kroz vilu, do bašte i bazena. Dok su prolazili pored otvorenih vrata Žan-Klodove kancelarije, Nanet se zaprepastila kad je ugledala gomilu papira i fascikli rasutih po stolu i popadalih na pod. Znala je da vodi izuzetno uspešan posao sa izvozom vina, ali očigledno se nije oslanjao na sinovljevu filozofiju kako papirologiju treba svesti na minimum.

Žan-Klod je opazio njen pogled i rekao: – Moj lični pomoćnik je otišao pre nekoliko nedelja, a nisam stigao da mu pronađem zamenu. – Zastao je. – Da nemate možda vremena da mi pomognete da sredim kancelariju? Matje mi je pričao kako je Zak srećan što ima vas za asistentkinju. I da ste *très*[3] efikasni.

– Svakako ću vam pomoći – rekla je Nanet prenebregnuvši pominjanje Zaka. – Volela bih to. Florans vodi računa o svemu u stanu i učtivo odbija svaku moju ponudu da pomognem. Doći ću sutra kad odvedem blizance u školu i odmah početi. – Rad joj je uvek pomagao da odvrati misli od svega, a kako su blizanci veći deo dana u školi, ispostavilo se da joj je teško da pronađe nešto čime će se zanimati. Nije mogla po ceo dan da ispija kafu za stolom na trotoaru kafea *Pariz*.

– Zamolio bih vas za još jednu uslugu – rekao je Žan-Klod. – Ove nedelje moram da idem na poslovni koktel u hotelu *Pariz*, a treba mi pratilja. Možda mogu da vas ubedim da pođete sa mnom?

[3] Fr.: veoma. (Prim. prev.)

To je samo na nekoliko sati. Posle možemo da odemo nekud na večeru ako želite.

Nanet se dvoumila jer nije bila sigurna želi li da se ponovo upetlja u društvenu scenu Monte Karla. Nije joj se naročito dopadala u vreme kad je pratila Zaka na razne zabave koje su priređivali prijatelji i sponzori Formule 1. Nikad nije osetila da ima mnogo zajedničkog s tim ženama, veoma skupim za održavanje, koje su visile oko ruku bogataša neizostavnih na takvim mestima.

Žan-Klod ju je posmatrao, iščekujući odgovor. Uostalom, to je samo koktel, nije Bal Crvenog krsta, jedan od glavnih društvenih događaja u kalendaru. Ostalo je još više od mesec dana do Gran prija u Monaku, pa je izuzetno malo verovatno da će na toj zabavi biti neko iz sveta trka.

Osmehnula se Žan-Klodu. – Volela bih da idem s vama.

– *Très bien.*[4] A sad da ručamo.

Ručak koji je Aneka spremila i poslužila bio je ukusna mešavina začinjene pržene piletine, ratatuja, zelene salate i hrskavog pomfrita u činiji za blizance, mada ni Žan-Klod ni Nanet nisu odoleli da malo uzmu. Za desert su dobili mus od malina, poslužen u pojedinačnim čašama s puslicama.

– Ručak je bio divan, hvala – rekla je Nanet. – Zaboravila sam kako se ovde ozbiljno shvata spremanje hrane kod kuće. – Zaboravila je i kako je tog poslepodneva prvi evropski Gran pri u sezoni sve dok, uz desert, Pjer to nije spomenuo.

– *Papa* Žan-Klode, mogu li da gledam Gran pri San Marina, molim te? Zak je na pol poziciji.

Na pomen Zaka, Nanetino srce se steglo, pa je prekorela sebe. Bio je jako daleko, u Italiji, a sad joj ionako više ništa ne znači.

Olivija je prenaglašeno zastenjala.

– Naravno da možeš, a ja ću ti malo praviti društvo – rekao je Žan-Klod. – Ako želiš da gledaš uvod i intervjue s vozačima, požuri i pojedi mus. Program počinje za pet minuta – dodao je kad je pogledao na sat.

---

[4] Fr.: vrlo dobro. (Prim. prev.)

– Mogu li ja da odem opet u bazen? – pitala je Olivija. – Ne želim da gledam glupu trku.

– Ne možeš da plivaš odmah posle ručka. Moraćeš malo da sačekaš – rekla je Nanet.

– Dobro. Dotle ću čitati knjigu *Lav, veštica i orman.*

– A vi, Nanet? Hoćete li s nama da gledate trku? – pitao je Žan-Klod.

Nanet je odmahnula glavom. Godinama već nije gledala prenos Gran prija, a njeno zanimanje za Formulu 1 dotaklo je dno kad ju je Zak ostavio. Što je zapravo šašavo, jer su ih upravo njena ljubav prema Formuli 1 i posao lične pomoćnice zbližili.

– Neka hvala. Malo ću procunjati po bašti ako je to u redu – rekla je. – Onda ću se možda pridružiti Oliviji u bazenu.

Dok je šetala baštom shvatila je da misli o trci koju je Zak uvek zvao svojim domaćim Gran prijem. Iako su preostale još dve trke pre nego što putujući cirkus Formule 1 stigne u grad na najglamurozniju trku u kalendaru, ulice Monaka već su bile u procesu zatvaranja i pretvaranja u trkačku stazu. Sledećih nekoliko nedelja one će se preobraziti pomoću čeličnih bezbednosnih barijera, a oko staze će nići ogromne tribine.

Nanet je znala da će svakodnevni život postajati sve teži jer se sve podređuje tome da glatko prođe najveći događaj godine u kojem se vrti ogroman novac. Znala je i da će poslednje nedelje pred Gran pri i tog vikenda mogućnost da, idući po gradu, izbegne ljude iz prošlosti biti mala. Vrativši se na terasu, spustila se u jednu od trščanih fotelja i pokušala da protera negativne misli na boravak u gradu u vreme Gran prija.

Nešto kasnije na terasi se pojavio Žan-Klod sa šoljama kafe za njih dvoje. – Hvala. Kako ide trka?

– Kao i obično – rekao je Žan-Klod. – Potrebno je nekoliko zaustavljanja u boksu da bi se promenio startni poredak automobila i da sve malo živne. – Pogledao ju je. – Nanet, znam da me se to ne tiče, ali hoće li biti u redu što ste u gradu za Gran pri sledećeg meseca? Pretpostavljam da znate bolje od većine ljudi koliko je Formula 1 nametljiv događaj. Ona potpuno obuzme Kneževinu. Biće teško izbeći neke ljude.

Nanet je klimnula glavom jer je znala da je to tačno. Horde ljudi navaljuju na mesto, ne samo vozači i njihovi timovi već i televizijske ekipe, turistički karavani, fotografi, novinari i, naravno, desetine hiljada navijača. Zahvalno se osmehnula Žan-Klodu kad je shvatila da se brine za nju. Zaista je divan čovek. Pre nego što je uspela išta da kaže, on je nastavio.

– Vanesa mi kaže da imate noćne more. I dalje se ne sećate kako je došlo do nesreće. Možda ne bi trebalo da budete u gradu u vreme Gran prija. Ako hoćete da ostanete ovde gore, ili čak da se na nekoliko dana vratite u Britaniju, ja mogu da se brinem o blizancima ako Matje bude negde drugde. – Žan-Klod je zabrinuto gledao kako Nanet otpija gutljaj kafe.

– Hvala vam – rekla je – ali mislim da moram da ostanem. – Ćutala je nekoliko sekundi, pa tiho dodala: – Nedelja posle Gran prija biće treća godišnjica moje nesreće. Još nemam jasno sećanje na to šta se tačno dogodilo te večeri. Možda će mi povratak na mesto zločina razmrdati pamćenje. Kao kad policija pravi rekonstrukcije u nadi da će naći nove svedoke. – Nadala se da njene reči zvuče optimistički i da ne odaju strah koji je osećala pri pomisli na to.

– Pa ne znam, Nanet – rekao je Žan-Klod. – Možda će izazvati više štete nego koristi ako se podvrgnete nečemu takvom. Hoću samo da kažem da, ako ikad osetite potrebu za... mislim da Englezi kažu rame za plakanje? Znajte da sam tu.

– Hvala vam – rekla je. On je zaista jedan od najljubaznijih ljudi i instinktivno je znala da će joj, ako ikad zapadne u nevolju, među prvima priskočiti u pomoć.

– Olivija i ja bismo zaista mogle da prihvatimo ponudu i dan trke provedemo ovde.

8.

Vanesa je drhtala u Ralfovom naručju i žudela da šapne: *Da, želim odmah da se vratim kući, s tobom. Ne želim da se nešto dogodi ni meni, ni tebi. Želim da budem na sigurnom zarad blizanaca.* Dok ju je Ralf mirnim glasom uveravao kako je izuzetno malo verovatno da u bliskoj budućnosti obore još jedan avion zato što će „izvući pouke iz učinjenog“, molila se da je u pravu.

Dok su bili u Britaniji ništa nije umanjivalo njen entuzijazam pri pomisli da se pridruži ekspediciji, ništa od onog što je Ralf pominjao, čak ni ujedi otrovnih insekata ili zmija, ni uganule ili slomljene noge pri padu po neravnom terenu u džungli, ni vrućina, ni neobuzdane kiše ni groznica. Međutim stvarnost je mnogo drugačija a oni još nisu ni došli do džungle. Pa ipak, znala je kako su za Ralfa značajni ta ekspedicija i njeno prisustvo. Zar bi zaista mogla da ga izneveri na prvi nagoveštaj opasnosti? Ne.

Duboko je udahnula i stisla petlju da nastave pustolovinu onako kako su nameravali. Čvrsto mu je stisnula ruku, pa ušla u mali avion.

Na sopstveno iznenađenje, opustila se čim su poleteli i uživala je u dugom letu. Žoze je leteo preko vulkana, reka i nepreglednih hektara džungle. Pošto je Ralf brzo shvatio kako je izuzetan poznavalac svoje zemlje, veći deo puta je proveo ispitujući ga o životu u džungli.

Vanesi je pri pogledu s visine iz aviona zelena džungla ispod njih ličila na ogromne čvornovate glavice brokolija koje su samo puštene da rastu.

Naposletku, Žoze je sleteo na zemljanu pistu koja je izgleda bila usred domorodačkog sela. Kad su se vrata aviona otvorila i čim je izašla, Vanesu su potpuno preplavile vrelina i vlaga, a iznenadni talas mučnine zapretio je da je savlada. Užasnuta i postiđena, znala je da će – ne nađe li brzo hlad – biti u opasnosti da se ispovraća pred svima.

Videvši da joj nije dobro, Žoze je odmah pozvao jednu od domorodačkih žena okupljenih oko aviona da je odvede u zaklon kolibe i dâ joj hladan napitak. Deset minuta kasnije, pošto je pogledom ispratio kako Žoze bezbedno uzleće kako bi se vratio nazad, Ralf se pridružio Vanesi u kolibi.

– Kako ti je sad? – upitao je zabrinuto.

Vanesa je klimnula glavom. – Mislim da mi je sad dobro. To je samo zbog vrućine.

– Jesi li spremna za sledeću etapu? – pitao ju je. – Čamac čeka.

Uzeo ju je za ruku i pomogao joj da se spusti niz nekoliko klimavih drvenih stepenika do malog pristaništa gde je bio ukotvljen veliki drveni kanu s motorom.

Kad su se ukrcali, skoro čitavom dužinom kanua pružala se nadstrešnica i štitila putnike od jake vreline, i kad je kanu polako zabrektao po vodi, Vanesi je prijao laki povetarac koji joj je hladio lice. Plovili su uzvodno, a buka brodskog motora mešala se s kreštanjem velikog jata papagaja. Pošto je kišna sezona bila u punom jeku, vodostaj reke je porastao i veći deo okolnog niskog zemljišta bio je poplavljen.

– Vidi – nasmejao se Ralf i pokazao ka balvanu koji je plutao nizvodno. Vanesi je trebalo nekoliko trenutaka da i ona primeti porodicu kornjača kako se vozi na natopljenom deblu. Brzo je podigla novi satelitski telefon i slikala ih za blizance pitajući se da li će joj baterija izdržati dok se u sledećem kampu ne postavi solarni punjač.

Gledala je preko široke vode i trudila se da vidi kuda idu, ali reka je uporno krivudala kroz bujnu džunglu i nije odavala šta leži ispred njih.

Plovili su više od dva sata, a kad su stigli do kampa gde je trebalo da provedu nekoliko dana i prilagode se okolini, Vanesina odeća je bila vlažna i neprijatno joj se lepila za telo. Kanu je privezan uz mali kej i odjednom su svud okolo bili domoroci Amazonije, pomagali im da izađu iz kanua i da pređu drvenu izdignutu stazu koja je vodila do sela.

Izgrađeno tradicionalnim materijalima i tehnikama, ono se sastojalo od nekoliko drvenih građevina različitih veličina, pokrivenih slamom i na šipovima, što je doprinosilo izgledu izvornog, autohtonog sela u prašumi. Tek kad je Vanesa u gostinskim kućicama primetila dodate zapadnjačke detalje u vidu privatnih kupatila s tuševima grejanim solarnom energijom, shvatila je kako je to mesto građeno za turiste. Vrlo civilizovano.

Iscrpljena Vanesa se popela u kolibu dodeljenu Ralfu i njoj, rešena da se bar istušira i presvuče pre nego što se pridruži ostalima na obroku.

U zajedničkoj trpezariji sreli su se sa ostalim gostima koje je zaprepastila Ralfova namera da nevestu povede neobeleženim putevima u negostoljubivu džunglu.

Dok su uživali u okrepljujućoj domaćoj čorbi, pa u ribi pečenoj u vinovom lišću, Vanesa je čula nekog čoveka kako Ralfu užurbano, ali tiho govori: – Zapamti, sav novac ovog sveta neće u nuždi izvući tebe i tvoju ženu iz džungle.

– E pa, ja nemam sav novac ovog sveta, tako da se nadam da neću morati u nuždi da napustim džunglu – odgovorio je Ralf.

Dok su na kraju večeri išli prema kolibi, Vanesa je pitala Ralfa na šta ga je taj čovek upozoravao.

– Uobičajena priča o narko-bosovima i krijumčarima zlata. – Ralf je slegnuo ramenima. – Izgleda da ne shvata kako mene zanima ono što ostaje od ekološkog sistema, a ne ljudi koji su ga uništili. Nemam nameru da se sukobljavam s domaćim kriminalcima.

Prve noći u eko-turističkom kampu Vanesa se mučila da zaspi pod mrežom za komarce u visećoj mreži razapetoj između dve grede tradicionalne domorodačke kolibe, pa je u mislima više puta preživljavala poslednje sate, zabrinuta zbog užasa koji je čekaju sledećih dana i nedelja.

Prigušila je uzdah zbog toga što nije dobro razmislila kad je poželela da krene s Ralfom u ekspediciju u džungli. Kod kuće se na ekskurzije u pitomu prirodu Somerseta uvek išlo za obdanice i vraćalo iste večeri, ili se noćilo u pansionu. Nikad nije provela noć pod šatorskim platnom, a kamoli pod krovom napravljenim od vegetacije iz džungle.

Promeškoljila se u mreži, pokušavajući da zanemari noćne zvuke džungle, drekavaca i glasnih zrikavaca. Ko zna kakvih li je drugih životinja bilo napolju koji se nečujno smucaju noću u blizini kampa?

Uplašeno se stresla. Dok su se spremali za prvu noć u visećim mrežama, Ralf joj je saopštio kako je odlučio da pomeri odlazak iz sela za dan ranije. Za dvadeset četiri sata, čak je ni udobnost kolibe u ekološkom kampu neće deliti od stanovnika džungle.

– Hari i Nik su sve uredili, tako da nema svrhe da se zadržavamo u ovom prividno prirodnom okruženju – rekao je nehajno i rukom pokazao ceo kamp. – Znam da ovo pomaže da se zacele rane decenijskog uništavanja prašume, ali želim da budem u pravoj džungli. Da se pridružim domorocima koji žive na tradicionalan način.

Znači, sledećeg dana će ostaviti za sobom udobnosti ekološkog kampa i onda: – Naša avantura zaista počinje – rekao je Ralf uzbuđeno kad su se poljubili za laku noć.

Vanesa je bacila pogled ka Ralfu koji je tiho hrkao u visećoj mreži. Kako nije imala predstavu šta bi sledećih nekoliko meseci moglo da donese, jednostavno će morati da ima poverenja u čoveka kojeg dovoljno voli da se udala za njega, i da veruje kako će to biti pustolovina koju nikad neće zaboraviti – iz pravih razloga.

9.

Nanet je ugasila radio-alarm na noćnom stočiću i ostala u krevetu još nekoliko trenutaka razmišljajući i osmišljavajući dan pred sobom. Pošto odvede blizance u školu, otići će da kupi haljinu za koktel te večeri sa Žan-Klodom. Sve otmene haljine visile su joj u ormanu u njenoj sobi na farmi *Blekberi*. Nije se potrudila da spakuje nijednu, jer nije očekivala da će se priključiti društvenoj sceni dok je u Monaku. Rano tog poslepodneva imala je zakazano kod frizera, pa se nadala da će brzo pronaći haljinu koja joj se dopada i imati dovoljno vremena i za to.

Znajući kako besprekorno izgledaju žene koje prisustvuju tim zabavama, Nanet je htela da se potrudi, ne samo radi sebe već i zbog Žan-Kloda. Nije želela da ga razočara pred poslovnim prijateljima. Navukla je papuče, ustala i protegnula ruke iznad glave a onda se, pogledavši kroz prozor, ukočila u tom položaju.

Nekoliko jahti je ulazilo u luku, a jedna od njih joj je bila neprijatno poznata. Pritegla je kućnu haljinu i izašla na balkon da posmatra kako brodovi pristaju.

Posada *Pol pozicije* radila je brzo i efikasno, pa je za samo nekoliko minuta jahta stajala obezbeđena na sidrištu, tačno naspram stambenog bloka. Čim je brod privezan i spušten mostić do keja, Nanet je zadržala dah u iščekivanju da se pojavi Zak.

Samo je jedan član posade pretrčao mostić i nastavio duž obale u pravcu supermarketa, pa se nekoliko minuta kasnije vratio s nekoliko bageta i kesom punom nečeg za šta je Nanet naslutila da su kroasani posadi za doručak.

Stajala je i gledala još malo, pa se okrenula i pošla pod tuš. Ako ne požuri, blizanci će zakasniti u školu, a ona će propustiti voz koji treba da je odvede do *Kap 3000* u Sen Loran di Varu, najvećeg tržnog centra u kraju. Tamo ne samo da će imati veći izbor već i ta nova haljina neće ojaditi njenu kreditnu karticu kao što bi to bio slučaj da kupuje u nekom od pomodnih butika u Monaku.

Sat kasnije sedela je u vozu koji je jurio obalom ka zapadu, do pola sata udaljenog odredišta. U sebi je raspravljala o tome kakva joj je haljina potrebna. Suviše razmetljiva bi visila u plakaru mesecima pre nego što bi je ponovo obukla, jer zabave u poslednje vreme nisu bile u sferi njenog interesovanja. S druge strane, nije želela da ide na sigurno time što će se opredeliti za dosadnu malu crnu haljinu.

Onog trena kad je navukla midi haljinu kraljevskoplave boje s tričetvrt rukavima, okruglim izrezom i uskim donjim delom sa sitnim naborima spreda, znala je kako je to ona prava. Dok se ogledala u garderobi prvi put posle nekoliko meseci, čak i godina, osetila je kako joj se blag nalet samopouzdanja vraća u izmučeno telo i um. Ta haljina je bila raskošna na neupadljiv način i savršeno joj je pristajala.

Pri pomisli na veče sa Žan-Klodom osetila je uzbuđenje i shvatila da se raduje tome. Naročito večeri posle, samo za njih dvoje.

Ipak, uzbuđenje je odmah prigušila briga. Koktel je važan poslovni skup za Žan-Kloda, i nadala se da ga neće izneveriti. Odavno nije morala da ćaska s neznancima, pa nije bila sigurna hoće li se setiti kako se to radi.

Po povratku u Monako, Nanet je okačila haljinu u plakar i nastavila s dnevnim obavezama, a zatim nervozno otišla iz stana na zakazano friziranje u salonu u obližnjoj Ulici princeze Karoline. Namerno nije zakazala u salonu kod Kazina, koji je ranije redovno posećivala, plašeći se da će je se setiti. Srećom, kad se po ulasku brzo osvrnula po salonu, uverila se da ne prepoznaje nikoga od frizera i klijentkinja, a ubrzo joj je nepoznata ali sposobna tinejdžerka blago masirala glavu i prala kosu.

Nekoliko minuta kasnije dok joj je stilista Adam, sudeći prema bedžu prikačenom za besprekornu firmiranu košulju, brižljivo fenirao kosu, u trenutku se ukipila. U ogledalu pred kojim je sedela nije videla samo odraz sopstvene glave i ramena, kao i uposlenog Adama, već i sva dešavanja u prometnom salonu iza sebe. Nanet je brzo oborila pogled na šake u krilu i zažmirila nadajući se da neće uhvatiti pogled žene koja je upravo ušla, Fransis Skot.

Jedini put kad se Nanet srela s Fransis bilo je u noći kad se dogodila nesreća. Kao tadašnja devojka jednog od Zakovih kolega trkača, došla je s njim na Nanetinu rođendansku večeru u restoranu u Muženu. Nanet, koja obično nikog nije procenjivala prema pojavi, zaprepastila se preteranošću pojave te žene i kasnije njenim ponašanjem. Setila se kako je u nekom trenutku te večeri šapnula Zaku: „Na čemu je ona?" Zak je samo slegnuo ramenima i široko joj se osmehnuo.

Gledala je u odraz u ogledalu dok se Fransis šepurila po salonu i u pratnji recepcionerke išla prema lavaboima za pranje kose. Nanet je primetila kako se ta žena, za razliku od nje same, nije promenila. Još se oblačila u oskudnu odeću koja je privlačila pažnju na njenu hirurški doteranu figuru. Nanet je znala da, iako ona nije imala poteškoća da posle tri godine prepozna Fransis, ova nju verovatno neće prepoznati. Više nije nosila dugu kosu s plavim pramenovima kao one večeri. Otkad ju je drastično skratila posle nesreće, Nanet je nastavila tako da se šiša. Sećanje na proslavu rođendana zagorčala je završnica večeri. Više nije bilo mesta za dugu kosu u Nanetinom životu.

Čim je videla da se Fransis prepušta uslugama iste tinejdžerke koja je i njoj prala kosu, ispustila je dah i shvatila da ga je dotad zadržavala.

Znala je da neće moći, ukoliko je ta žena prepozna, čak ni najkraće da proćaska s nekim koga jedva poznaje o večeri kad joj se život zauvek promenio. Adam je posle feniranja štrickajući krajeve kose dao frizuri konačan oblik. Uz malo sreće, platiće i otići pre nego što Fransis Skot uspe da se osvrne po salonu, tražeći nove i stare poznanice.

* * *

Rano te večeri zamišljena Nanet je izdašno dodala ružinog ulja u kadu dok je voda šikljala iz slavina. Pošto je Zakova jahta ukotvljena u zalivu, bilo je samo pitanje vremena kad će se i on pojaviti u Monaku. Kratko se zapitala šta bi rekao na to što je ona u gradu. Ni pomislila nije kako bi to bilo istinsko oduševljenje, što bi joj, kad bolje razmisli, sasvim odgovaralo. Pripustiti Zaka ni po rubovima njenog života dok je u Monaku nije bilo u planu. Najbolje bi bilo da se prave kako ne primećuju jedno drugo.

Ušla je u kadu i spustila se u vruću, mirisnu vodu pa je pokušala da iz glave odagna svaku misao na prošlost i Zaka. To što mu je jahta tu ne znači da će se on te večeri šetati po gradu.

– Mmm, Neti, lepo mirišeš – rekla je Olivija kad je sat kasnije Nanet ušla u dnevnu sobu gde ju je Žan-Klod već čekao. – Haljina ti je baš kul.

– Hvala. Nadam se da se tako nešto nosi na koktelima. Godinama nisam bila ni na jednom, pa sam trenutno neupućena – rekla je i zabrinuto pogledala Žan-Kloda tražeći razuveravanje. – A vi izgledate izuzetno otmeno – osmehnula se. Zaboravila je kako je nošenje leptir-mašne u Monaku *de rigueur*.[5] U odelu boje grafita, blistavobeloj košulji i crnim kožnim cipelama bio je slika i prilika uspešnog poslovnog čoveka, za šta je znala da je istina.

– I vi izgledate divno – uzvratio je Žan-Klod. – Taksi već čeka, pa, hoćemo li? Jel' Matje kod kuće da čuva blizance?

Nanet je odmahnula glavom. – Nije. Telefonirao je i rekao da će stići tek kasno uveče. Florans je ovde. Samo ću joj reći da odlazimo.

Saobraćaj je u rano veče bio gust, pa je taksi milio uzbrdo prema Trgu Kazina.

– Vrlo ste ćutljivi – rekao je Žan-Klod i načas je pogledao. – Jeste li dobro?

– Dobro sam. Samo malo nervozna. U poslednje vreme nisam mnogo izlazila. – Nije želela da mu prizna kako se prvi put posle mnogo godina upušta u nekakvo društveno okupljanje koje ne podrazumeva samo porodicu i dobro znane, prisne prijatelje.

[5] Fr.: neophodno, obavezno. (Prim. prev.)

– Ovo večeras nije posebno veliko okupljanje – rekao je Žan-Klod. – A ako se brinete zbog toga što se *Pol pozicija* ukotvila danas, slučajno znam da Zak Juart večeras nije u gradu – tiho je dodao.

Nanet ga je iznenađeno pogledala.

– Kad sam jutros video jahtu, znao sam da ćete se zabrinuti, pa sam se raspitao. Zak će još dva dana biti u Herezu – zauzet probama sa ekipom.

– O, Džej-Si, hvala vam na tome – rekla je ganuta Nanet i osetila kako joj napetost čili iz tela. – Sad mogu da se opustim i pomognem vam u onome što želite da radim. Nadate li se da ćete večeras unaprediti posao? Ili su posredi druge firme koja žele da radite preko njih? O čemu se radi? – upitala je zabrinuto jer se Žan-Klod upiljio u nju čudnog izraza lica.

– Moja pokojna supruga je jedina koja me je zvala Džej-Si – polako je rekao.

– Izvinite. Nisam htela da vas uznemirim. Izletelo mi je bez razmišljanja – rekla je Nanet postiđena zbog prvog *faux pas*[6] te večeri. Nije ni shvatila da mu se obratila sa Džej-Si[7] umesto sa Žan-Klod. – Ubuduće ću se držati vašeg punog imena.

– Ne. Sve je u redu. Samo me je zateklo kad ste me tako oslovili. Molim vas, voleo bih da me zovete Džej-Si, samo možda ne i večeras pred poslovnim ljudima – osmehnuo joj se. Uzvratila mu je, srećna što ga nije uznemirila niti izazvala tužne uspomene.

Kad je taksi stao ispred hotela *Pariz*, livrejisani vratar im je otvorio i poveo ih uz nekoliko stepenika do raskošnog foajea s bogatim lusterima, debelim tepisima, mermernim stepeništem i dovoljno svežeg cveća da ispuni cvećaru. Tamo je Žan-Kloda dočekao lično šef sale, pa su otišli u salon *Berlioz*, u kojem je već brujalo od ljudi.

Pošto je prihvatio dve čaše sa šampanjcem od predusretljive konobarice, Žan-Klod je rekao: – Dobro. Bolje da odmah počnemo da se družimo. Hajde da krenemo od Robera, jednog od vlasnika vinograda od kojeg kupujem. Obično moram da se vozim do njegovog zamka u Varu da bih se video s njim.

---

[6] Fr.: greška, spoticanje. (Prim. prev.)

[7] Engleski izgovor početnih slova imena Jean-Claude. (Prim. prev.)

Sledećih sat vremena Žan-Klod je kružio i upoznavao Nanet s tako mnogo ljudi da im je ona odmah zaboravljala imena. Samo s jednom osobom je uspostavila kakav-takav kontakt, a to je bila Ivi, lična asistentkinja Lika, zastrašujućeg čoveka nalik medvedu. Ivi ju je doduše ubeđivala da je on, bez obzira na svoj izgled, „pravi slatkiš".

– Jesi li dugo u Monteu? – pitala ju je Ivi i uzela brini s dimljenim lososom od konobara koji je prolazio, pa i njoj dala znak da uradi isto.

– Tek nekoliko nedelja – rekla je neobavezno Nanet. – A ti?

– Šest meseci. Obožavam ga. Sve je tako glamurozno. Jedva čekam Gran pri.

Nanet se nasmešila njenom zaraznom oduševljenju, prisetivši se kako se i sama tako osećala kad je svojevremeno prvi put došla.

– Jesi li ti Žan-Klodova nova pomoćnica?

– Na izvestan način. Zvanično sam dadilja njegovih unuka.

– Stvarno? Bogo moj, uopšte ne izgleda dovoljno staro da ima unuke – rekla je Ivi i zagledala Žan-Kloda koji je ćaskao i smejao se s Likom. – Znaš li onu staru crno-belu sliku princeze Grejs i popularnog glumca s kojim je snimila film, Kerija Granta? E pa, podseća me na njega.

Nanet ga je osmotrila iz daljine i klimnula glavom da se slaže. – Bez sumnje liči. Jesi li za to da se nađemo i popijemo kafu? – rekla je bez razmišljanja. – Nedostaju mi sestra i prijateljica kod kuće, pa bi mi prijalo devojačko čavrljanje.

– Mnogo bih volela – rekla je Ivi. – Evo moje posetnice, pa me pozovi sledeće nedelje. Bolje da krenem, mislim da me Lik traži. Ćao.

– Ćao – odgovorila je Nanet smešeći se.

Još se smešila kad joj je nekoliko minuta kasnije prišao Žan-Klod.

– Hoćemo li da krenemo? Rezervisao sam za devet sati sto u omiljenom ribljem restoranu na Bulevaru Gran Bretanj. – Naprasno je ućutao i zabrinuto je pogledao. – Volite ribu, zar ne? Nisam se setio da pitam!

– Da, Džej-Si, volim je – nasmejala se Nanet ohrabrivši ga.

Na trotoaru ispred Kazina okupila se gomila paparaca i, dok su oni prolazili, zasevala blicevima. Nanet je bacila pogled da utvrdi poznaje li plavušu koja pozira na ulazu u Kazino, pa nije primetila usamljenog fotografa koji je išao unazad.

Žan-Klodov povik upozorenja čoveku *Hej, pazi kuda ideš*, kao i pokušaj da je povuče s puta zakasnili su. Fotograf se snažno sudario s njom i oboje su pali preko niske živice koja je odvajala trotoar od travnjaka u sredini Trga Kazina.

Zbunjena, Nanet je sedela na zemlji i duboko disala nekoliko časaka uzalud se trudeći da zanemari objektive koji su se sad okrenuli prema njoj.

– Jeste li dobro? – upitao je zabrinuti Žan-Klod. – Da niste nešto slomili?

Nanet je odmahnula glavom. – Dobro sam. Samo sam ostala bez vazduha. Molim vas, dajte mi ruku da ustanem.

Žan-Klod joj je nežno pomogao da se uspravi.

– Madmoazel, veoma mi je žao – rekao je fotograf.

– Nije strašno – odgovorila je Nanet. – Ni ja nisam gledala kuda idem. – Pogledala je Žan-Kloda. – Možemo li sad da odemo u restoran, molim vas? Prijalo bi mi malo vode.

– Hej! – iznenada je uzviknuo fotograf. – Znam ko ste. Zar niste vi žena koja je umalo ubila Zaka Juarta?

10.

Pitanje: *Zar vi niste žena koja je umalo ubila Zaka Juarta?* progoniće je danima nakon izgreda. Znala je da je neizbežno da će je neko iz prošlosti prepoznati, ali nekako je očekivala da se to dogodi tek tokom nedelje Gran prija, kada će u gradu svakako biti ljudi s kojima je radila pre mnogo godina. Zar joj je sudbina da je uvek potpuni neznanci podsećaju na događaj za koji je želela da se nikad nije desio?

Zurila je u fotografa zanemela od šoka zbog njegovih reči, a Žan-Klod je zaustavio taksi koji je prolazio i pomogao joj da uđe, pa su se odvezli u njegovu vilu. Tešio ju je kako je to samo slučajan ispad.

– Moguće je da će vas nekoliko dana pratiti pošto su novinari shvatili da ste opet ovde. Posebno – zastao je, pa nastavio – kad stigne Zak Juart. Uveravam vas da će to proći.

Zahtevao je da sedne na terasu i pijucka brendi koji joj je nasuo dok on pozove restoran i otkaže rezervaciju. Pošto je to obavio, spremio im je jednostavnu testeninu za večeru i poslužio je uz komad tarta od oraha i luka i zelenu salatu. Večerali su na terasi i gledali svetla Monaka kako trepere ispod njih dok pada mrak. Nanet nije dozvolila Žan-Klodu da se izvinjava što to nije večera kojom je nameravao da je počasti i obećala je da će otići drugi put.

– Stvarno, Džej-Si, savršeno sam zadovoljna ovom večerom. A i na savršenom smo mestu. – Pokazala je na pogled preko terase. – I tako je mirno, za razliku od stana. – Nanet je otpila gutljaj vode koju joj je Žan-Klod sipao. – Jeste li zadovoljni poslovnom stranom večerašnjeg okupljanja? – Nije želela da izusti ono što je zapravo imala na umu: *Nadam se da vas nisam izneverila*, da ne bi zvučalo kao da traži potvrdu jer nema samopouzdanje, a zapravo se samo nadala da je ulogu pratilje odigrala na njegovo zadovoljstvo.

Žan-Klod se osmehnuo. – Jesam. U smislu povezivanja u poslovnom svetu, bilo je dobro. – Pogledao ju je. – Hvala vam što ste išli sa mnom i nadam se da vam to nije bila velika gnjavaža?

Nanet je odmahnula glavom. – Ne, uživala sam. A i upoznala sam nekog novog – Ivi.

– Dobro je. Možda bismo mogli to opet da radimo, naravno samo ako želite. – Zastao je načas, pa nastavio: – Takve stvari su mnogo lepše kad imam prijatelja uza se.

– Volela bih da opet idem s vama, Džej-Si – kazala je Nanet. – Sledeći put ću znati nešto više o poslu, jer ove nedelje nameravam da dođem i malo vam sredim kancelariju.

– Hvala vam. Samo mi javite koji će to biti dan, pa ću zamoliti Aneku da spremi ručak za dvoje.

Pošto su završili improvizovanu večeru, sedeli su i prijatno ćaskali u mraku sve dok Žan-Klod nije ustao.

– Mislim da je vreme da vas odvedem kući – rekao je.

Nanet je pogledala na sat. – Nisam shvatila da je ovako kasno. Žao mi je zbog mog blesavog incidenta. Ubeđena sam da bi večera u restoranu bila lepa, ali ovo je divna završnica večeri. Hvala vam. – Nije se usuđivala da izrazi rečima koliko je poslednjih nekoliko sati uživala u njegovom društvu kako ne bi pomislio da se preterano oduševljava. Ipak, dugo se nije osećala tako ugodno i opušteno s nekim muškarcem.

Žan-Klod joj je uputio pogled koji nije umela da rastumači. – Predložio bih da se prošetamo, ali mislim da je bolje da pozovem taksi.

Kad su ušli u stan, Matje je već bio tamo. Nanet nije nameravala da pominje pad, ali mu je Žan-Klod ukratko prepričao šta se dogodilo te večeri, pa je poželeo Nanet laku noć rekavši: – Nadam se da ujutru nećete imati modrice.

Kad je otišao, Nanet je prošla kroz dnevnu sobu i otvorila vrata terase. Stajala je duboko zamišljena i gledala svetla u gradu i luci kad joj se Matje pridružio.

– Vidim da se *Pol pozicija* vratila – rekao je, gledajući u jahte. Zastao je, pa dodao: – Čujem da Zak planira veliku zabavu na jahti za nekoliko nedelja.

– Naravno – rekla je Nanet odsečno, prisetivši se kako je ona priređivala takve zabave. – Znajući Zaka, neće mu biti dovoljna jedna.

Matje ju je pogledao. – Jesi li dobro? – upitao je blago.

Klimnula je glavom. – Izvini, nisam htela da prasnem. Onaj fotograf večeras... – Uzdahnula je, odmahnula glavom i nije dovršila rečenicu.

– Ne uzbuđuj se – kazao je Matje. – Još nekoliko nedelja da Formula 1 stigne u grad, pa će se paparaci rastrčati za pričom na kojoj se zarađuje.

– Nadam se da si u pravu – rekla je Nanet. Oprezno ga je pogledala pre nego što je upitala: – Jesi li u kontaktu sa Zakom?

Matje je klimnuo glavom. – Nabaviće mi propusnice za boks.

– Zna da sam ovde?

– Zna, rekao sam mu da dolaziš da čuvaš blizance.

– Kako je reagovao?

Matje je slegnuo ramenima. – Nije ništa rekao, pa ne znam šta bih ti rekao.

Posle kraćeg zatišja, on je progovorio prvi. – Kad već pričamo o zabavama, ove godine imamo Vintidž gran pri nedelju dana pre glavnog, pa tog dana priređujem ručak. Samo za prijatelje i nekoliko poslovnih kontakata. – Pogledao ju je. – Nadam se da ćeš nam se pridružiti?

– Hvala. Naravno, ti si tačno iznad startne linije – rekla je i nagnula se preko terase da pogleda vozila koja su išla Bulevarom Albera Prvog. – Imaćete divan pogled. Ljudi će te moliti da dođu.

– Zvučni efekti su uvek sjajni – rekao je Matje. – Čak i kod starih automobila.

– A šta ćeš s blizancima? – pitala je Nanet. – Pjer će biti oduševljen, ali Oliviji će sve to biti užasno dosadno.

Matje se osmehnuo. – Možda će se predomisliti kad čuje da je izvesna pop zvezda na spisku zvanica. – Zastao je. – Nanet, mislio sam ozbiljno kad sam pre neko veče rekao kako bi trebalo da se bolje upoznamo. Narednih nekoliko nedelja nameravam da budem češće kod kuće, pa se nadam da ćemo provoditi više vremena zajedno. Žao mi je što je ponuda za tenis propala, ali nadam se da mi to ne zameraš.

– Naravno da ti ne zameram. Ionako sam bila zauzeta blizancima.

Istini za volju, razočarala se kad posle njihovog izlaska Matje više nije pominjao tenis.

– Obećao sam blizancima da ću ih sledećeg ponedeljka, budući da je *fête*,[8] voditi van grada. Moji prijatelji imaju imanje u prirodi blizu Antrevoa i pozvali su nas da tamo provedemo dan. Olivija i Pjer mnogo vole da idu tamo. Hoćeš li da pođeš s nama?

Pre nego što je Nanet odgovorila, zazvonio mu je mobilni, pa se on uz osmeh izvinjenja okrenuo od nje i javio.

Nanet je zatvorila vrata terase i bezglasno poželela laku noć rasejanom Matjeu, pa otišla u sobu. Dok se skidala i kačila haljinu u plakar, čula je kako se vrata stana otvaraju i zatvaraju, a deset sekundi kasnije i zvuk privatnog lifta koji se spušta. Dovršila je pripreme za počinak, pitajući se kuda li je Matje otišao tako kasno.

---

[8] Fr.: praznik. (Prim. prev.)

11.

Dok je sledećeg jutra Nanet pripremala blizance za školu, pojavio se razbarušeni Matje.

– Dobro jutro – rekao je i poslužio se kafom, pa seo s blizancima koji su za pultom u kuhinji jeli *pain au chocolat*.[9] – Danas opet moram da otputujem na dva dana – rekao je.

– A šta je s našim izletom u Antrevo? – upitao je Pjer nadureno. – Obećao si da ćeš nas odvesti. Zar ćemo opet morati da otkažemo?

– Nikako – rekao je Matje. – Vraćam se za izlet, a lepa vest je da i Neti ide s nama.

– Matje, razmišljala sam o tome i trebalo bi da razgovaramo – rekla je Nanet.

Matje ju je presekao pogledom. – Razgovor kasnije. Sad treba da nađem neke papire za put, a vas dvoje bolje krećite da ne zakasnite u školu. – Rekavši to, Matje je otišao u dnevnu sobu. Nešto kasnije čuli su ga kako priča na telefon.

Nanet je prigušila uzdah. – Hajdete, vas dvoje. Tata je u pravu. Krećemo.

Pošto je otpratila decu do škole i uverila se da su u dvorištu, Nanet je polako pošla kući. Prošetala se parkićem iza zgrade i sela na klupu koja je gledala na malu fontanu u kojoj su vrapci uživali u vodi, pa je pozvala Petsi.

– Kako si? – pitala je kad se sestra javila.

Petsi je duboko uzdahnula. – Obećaj mi da ćeš biti uz mene i svedočiti na sudu kad me optuže za Helenino ubistvo.

– Šta je sad uradila?

---

[9] Fr.: pecivo s čokoladom. (Prim. prev.)

– Znaš kako neke žene pred udaju postanu *neveste iz pakla*? E pa, Helen se pretvorila u *babu iz pakla*. Kupuje časopise o majčinstvu, roditeljstvu i zdravoj ishrani, čega god može da se dočepa. Uporno mi govori kako se brine zato što sam matora prvorotka, po njenom mišljenju takoreći gerijatrija. Na *Fejsbuku* je pristupila grupi *Baka* i sad zna ime svakog brenda svega što ima veze s bebama. Ne prestaje da mi daje savete, a onda ih pobija dodajući kako joj je neverovatno kako se sve mnogo promenilo od njenog vremena, kada je, naravno, sve bilo *mnogo* teže. – Petsi je još jednom duboko uzdahnula. – Želi da se meša u sve. Ama baš u *sve*!

– Uzbuđena je zbog vas oboje – rekla je Nanet. – Za nekoliko meseci će ti biti drago što je tu kad ti bude očajnički potrebno malo neometanog sna, a ona pripazi na bebu. – Iako se u sve meša, Helen u suštini misli najbolje, pa se Nanet nadala da će Petsi na kraju to shvatiti i prihvatiti.

– Rekla sam joj da ona neće biti sa mnom na porođaju jer sam već tebe odredila za to.

– Kladim se da joj se to dopalo.

– I dalje zahteva da nju navedem u slučaju da ti neizbežno zakasniš, kako kaže. Dosta o tome. Kako je tu na suncu? Uzgred, ovde pada kiša.

– Ovde na suncu je, hm, recimo zanimljivo – rekla je Nanet. – Matjeov posao izgleda prolazi kroz izrazito „čupavu" fazu, Zak je u gradu i zna da sam ovde ali, hvala bogu, nije pokušao da mi se javi. A Džej-Si me je odveo na svečani događaj u hotelu *Pariz*, koji se završio prilično loše. – Nanet je na brzinu ispričala Petsi kako ju je fotograf prepoznao. – Psihički se pripremam da u vreme Gran prija nalećem na ljude koji su me nekad znali, ali dotle ima još nekoliko nedelja. Te večeri to naprosto nisam očekivala.

– Jesi li se povredila? – upitala je Petsi zabrinuto.

– Zapravo mi je povređen samo ponos.

– Sledećih nedelju-dve nailazićeš na razne uspomene i ljude – rekla je Petsi nežno. – Jesi li sigurna da možeš s tim da se nosiš?

– Postoji samo jedan način da to otkrijem, zar ne? – Ovog puta je Nanet duboko uzdahnula. – Sama sam odlučila da dođem, i nipošto neću da izneverim Vanesu. Ako mi prekipi, uvek mogu da prihvatim Džej-Sijevu ponudu da se sakrijem u njegovoj vili.

– Možda je to rešenje – kazala je Petsi zamišljeno.

– U međuvremenu, Matje želi da s njim i blizancima provedem dan kod prijateljâ u unutrašnjosti. Ako su u pitanju prijatelji za koje slutim da jesu, neće mu biti milo kad odbijem da idem.

– Kad smo kod blizanaca, kako su oni? Javlja li im se mama? – upitala je Petsi.

– Vanesa im je poslala imejl i razgovarali su preko *Fejstajma* onog dana kad su iz Brazila pošli u džunglu. Otad je samo jednom zvala satelitskim telefonom, i blizanci su bili uzbuđeni. Obećala je da će pokušati da se javlja jednom nedeljno, ali to će zavisiti od toga gde tačno budu u džungli.

– Moram da idem – prekinula ju je Petsi. – Stigla je ona koju treba slušati. Izvini zbog kuknjave. Pričaćemo uskoro.

Nanet se osmehnula. Moguće je da Helen trenutno izluđuje Petsi, ali samo je želela ono što je najbolje za njenu najbližu porodicu.

Spustila je telefon u tašnu i pošla u stan, nadajući se da je Matje još tamo.

Kad je Nanet ušla u stan, Florans je usisavala. Pošto je Nanet sad bila u spavaćoj sobi koju je Matje inače koristio kao radnu, izneo je odande računar, sto i dva ormarića za dokumenta u mali kutak bez prozora u dnu dnevne sobe. Tamo je imao i mali frižider i bife, koje je koristio kad ugošćava prijatelje na terasi.

Nanet je prošla kroz dnevnu sobu i zatekla ga u tom kutku kako mrmlja u telefon i gleda u štampač dok čeka da priloži poslednji papir gomili tek odštampanih dokumenata. Vidno je poskočio kad ga je oslovila, brzo ugasio telefon i okrenuo se prema njoj.

– Molim te da mi se ubuduće ne prišunjavaš tako.

Nanet je ustuknula. Očigledno nije bio najbolji trenutak da pokrene temu, ali svejedno je rekla. – Izvini ako sam ti prekinula razgovor, ali htela sam da porazgovaramo o izletu u Antrevo koji planiraš za blizance. Idete li na farmu Olivijeovih?

– Da.

– U tom slučaju radije ne bih išla s vama.

– Zašto, zaboga, ne bi?

Nanet ga je pogledala začuđeno. – Šta misliš zašto? Oni su Zakovi prijatelji i često smo išli kod njih dok su živeli u Ezu. Sigurna sam da bi oni...

– Bili veoma srećni da te ponovo vide – prekinuo ju je Matje.

Nanet je odmahnula glavom. – Ipak radije ne bih išla.

Matje ju je pogledao, pa hladno uzvratio: – Ovde si da paziš na blizance. Zapravo ne odlučuješ ti da li ćeš ići ili ne. Mogao bih da zahtevam da pođeš s nama, ili da se vratiš u Britaniju.

– Ja zaista pazim blizance. Kad nisu u školi, organizujem im život – zaustila je Nanet, duboko udahnuvši. – Poslednjih nekoliko nedelja bila sam s njima mnogo više nego ti, jer uvek nekud juriš zbog „posla". Nisi došao na Pjerovu fudbalsku utakmicu, niti na Olivijin ispit iz muzike – dodala je ljutito. – Olivija mi je već rekla kako se oboje raduju što će te u ponedeljak imati za sebe. – Zastala je, pa polako dodala: – Matje, ako misliš da ne činim dovoljno za blizance, uvek možeš preuzeti taj posao na sebe. Bila bih više nego srećna da se vratim kući. Ovamo sam došla zbog Vanese i blizanaca, a ne zbog tebe. Što se mene tiče, nisam nameravala da se ikad više vratim u Monako. – Pogledala ga je pravo u oči, pa zaključila: – Doduše, ne znam kako bi Vanesa reagovala na to da me pošalješ kući. – Zatim se okrenula i ostavila ga da stoji tamo.

12.

– Sigurno se nisi predomislila da pođeš s nama? – pitao je Matje pre nego što je s decom pošao na izlet na selo. – Biće ti mnogo mirno nasamo ceo dan.

Izlet nisu pominjali od rasprave nekoliko dana ranije, pa je Nanet laknulo što se Matje povukao. Tog jutra je izgledalo kao da je zaboravio prethodne optužbe i da se ipak raduje što ide sâm s blizancima.

Nanet je odmahnula glavom. – Sasvim sigurna, hvala. Osim toga, neću celog dana biti sama, kasnije se nalazim sa Žan-Klodom. Lepo se provedite.

Taman je zatvarala vrata za njima kad joj je Matje doviknuo: – Nanet, u mojoj kancelariji je paket za tebe. Izvini, zaboravio sam da ti kažem juče kad je stigao. Na stolu je.

Nanet je prepoznala Petsin rukopis na velikoj koverti. Uzela je nož za papir iz posude za kancelarijski pribor i pažljivo otvorila koverat.

Dok je vraćala nož na mesto, pažnju joj je privukao zgužvani papir pored korpe za otpatke. Podigla ga je i ugledala detaljnu kartu Amazonije, očigledno istrgnutu iz atlasa.

Blizanci su nameravali da prate Vanesino i Ralfovo napredovanje, tako da nije bilo ničeg neobičnog što je Matje imao mapu putovanja. U stvari jedna većih razmera je visila na zidu. Međutim, na ovoj su imena pojedinih mesta bila zaokružena crvenom olovkom i nasumično povezana s brojevima napisanim uz njih.

Nanet je zbunjeno pokušala da shvati šta bi to moglo da predstavlja, a onda pomislila kako je verovatno Matje koristio papir da žvrlja po njemu i onda ga bacio u korpu, gde je očigledno trebalo da završi.

Otišla je u svoju sobu i pažljivo izvadila sadržaj koverte. Kratka poruka od Petsi bila je selotejpom zalepljena oko zatvorene mrke zvanične koverte. Zadubljena u misli, Nanet je i jedno i drugo stavila u fioku toaletnog stočića. Nije morala da otvori zvaničnu kovertu da bi znala šta je u njoj. Zatvorila je fioku, pa otišla u kuhinju da skuva kafu.

Pošto je bio praznik, Florans je imala slobodan dan i Nanet je prvi put od dolaska bila sasvim sama u stanu. Šetala je po njemu sa šoljom kafe u ruci i uživala u samoći.

Zastavši ispred zatvorenih vrata Matjeove sobe, shvatila je kako nikad nije gvirnula u tu sobu jer su vrata uvek bila zatvorena. Radoznalo i potiskujući glas savesti, okrenula je kvaku i otkrila da su vrata zaključana.

Otpila je kafu i zapitala se da li Matje samo brižljivo čuva privatnost ili naprosto želi da blizance drži podalje kako mu ne bi pravili nered u sobi. A da možda nešto ne krije tamo?

Zadubljena u misli, otišla je do njegove privremene radne sobe. Računar je bio isključen. Na stolu, osim posude za kancelarijski pribor nije bilo ničega. Čak ni rokovnika. Ormarići za dokumenta bili su zaključani. Jedina neskladna stvar tamo bila je zgužvana stranica atlasa u korpi za otpatke. Ponovo ju je uzela, izravnala i sela u dnevnu sobu. Možda je u pitanju samo odbačen papir, ali nekako je osećala da tu ima nešto više. Možda će ga kasnije pokazati Žan-Klodu da vidi šta on misli.

Stajala je uz prozor dnevne sobe i gledala luku, pa se u času sledila kad je opazila priliku za stolom na krmenoj palubi *Pol pozicije*. Čak i s visine od devet spratova bez poteškoća je prepoznala Zaka, kao i muškarca zbog kojeg je sad ustao kako bi se pozdravio – Rusa Borisa.

Nadajući se da je zaklonjena od pogleda visokim limunom u saksiji na terasi, posmatrala je kako stjuardesa obojici donosi kafu, a zatim Boris pruža Zaku nešto što je ličilo na veliki paket.

Deset minuta kasnije obojica su ustala, rukovala se pa je Boris polako sišao mostićem do velikog crnog automobila koji ga je čekao na ulici uz luku.

Na *Pol poziciji* je sad videla Zaka kako kuca broj u mobilni telefon, podiže ga do uha i okreće glavu pogleda, očigledno, upravljenog u stan.

Nanet se polako udaljila od prozora. Da li ju je ipak video? Je li shvatio da je posmatrala njega i Borisa?

Prodorno zvono na vratima nateralo ju je da poskoči i požuri da ih otvori.

– *Bonjour*, Nanet. Srećan vam Prvi maj. – Žan-Klod ju je cmoknuo u oba obraza i pružio joj saksiju sa đurđevkom.

– Hvala, Džej-Si – iznenađeno je rekla Nanet. Potpuno je zaboravila tradiciju poklanjanja tog izuzetno mirisnog cveća za Prvi maj, kao izraz prijateljstva, a i ljubavi.

– Izgledate pomalo uznemireno – rekao je Žan-Klod zabrinuto je gledajući. – Nešto nije u redu?

– Zak je u gradu. Upravo sam ga posmatrala kako se na *Pol poziciji* sastao s prijateljem Borisom – objasnila je.

– Je li taj Boris i dalje tamo? Zanima me da vidim kako izgleda – rekao je Žan-Klod i brzo izašao na terasu.

– Ne. Otišao je pre nekoliko minuta. Zak je i dalje na brodu.

Kad je i sama izašla na terasu videla je kako Zak, sad u kokpitu, gestikulira nešto članu posade. Dok su gledali, Zak se okrenuo i pogledao gore, pa podigao ruku i mahnuo kad je video Žan-Kloda i Nanet na terasi.

Nanet mu nije dala do znanja da ga vidi već se okrenula i ušla u dnevnu sobu.

– Mislio sam da ručamo u *Automobilskom klubu* – rekao je Žan-Klod ušavši za njom. – Ili već gde vi želite – brzo je dodao kad je video njen pogled.

– Znam da je to Zaku omiljeno mesto za ručak – izvinjavala se Nanet – a pošto je opet u gradu, nisam još sasvim spremna da se sretnem s njim. Možemo li nekud drugde, molim vas?

– Zašto ne bismo odšetali do Trga Svetog Nikole? – pitao je nimalo zbunjen njenom molbom. – Kraj je pomalo turistički, ali je pozitivno to što sumnjam da bi se Zak uputio u taj deo grada na praznik.

Nanet ga je pogledala zahvalno. – Samo da uzmem tašnu.

Laknulo joj je što su, po neizgovorenom sporazumu, iz zgrade izašli na zadnji, mirniji izlaz u poprečnu ulicu pa nije morala da kroči na kej gde je mogla da naleti na Zaka.

Vreme je za praznični dan bilo savršeno, s plavim nebom, blagim povetarcem i toplim suncem. Pridružili su se gomilama turista i krenuli uzbrdo prema dvoru.

Trg Svetog Nikole nalazio se u starom gradu, u lavirintu zakrčenih uskih ulica oko katedrale. Izabrali su sto ispred jednog od restorana i seli pod veseo, prugast suncobran. Oko njih su se čuli delovi razgovora na francuskom, engleskom, italijanskom, japanskom i kineskom.

Predusretljivi konobar im je doneo jelovnike i primio narudžbinu aperitiva. Po čašu rashlađenog rozea.

– *Avez-vous décidéz*... Ah, izvinjavam se, Nanet. Zaboravio sam. Govoriću na engleskom – rekao je Žan-Klod. – Jeste li odlučili šta biste voleli da jedete?

– Džej-Si, molim vas pričajte na francuskom – odgovorila je Nanet. – Nisam ga koristila tri godine, pa sam malo zarđala, ali ipak ga razumem. A trebalo bi da počnem ponovo da ga govorim. – Pogledala je jelovnik. – Mislim da ću *plat du jour, s'il vous plait.*[10]

Pijuckajući ledeni roze, pogledala je Žan-Kloda.

– Još nešto što nisam koristila tri godine stiglo je danas – tiho je rekla.

Žan-Klod ju je zbunjeno odmerio.

Nanet je pomislila na koverat u fioci, pa tiho rekla: – Vraćena mi je vozačka dozvola. Zabrana vožnje je okončana.

– To je dobro, zar ne? – pitao je Žan-Klod. – Sad zaista možete prošlost ostaviti za sobom i opet početi da vozite.

– Nisam sigurna da imam pouzdanja da opet sednem za volan. – Vrtela je vinsku čašu.

– Ako ste nervozni, prvih nekoliko puta ću poći s vama – ponudio je Žan-Klod.

---

[10] Fr.: jelo dana, molim vas. (Prim. prev.)

– Ne znam da li je to tako jednostavno, Džej-Si – zastala je. – Šta ako...

Žan-Klod ju je zaustavio usred rečenice. – *Non.* Nema šta ako, Nanet. Kažnjeni ste za nesreću. Sad je ostavite iza sebe i nastavite sa životom. Zabranjujem vam da dopustite da vam ona kvari budućnost.

Nije mogla da se uzdrži i da se ne osmehne na Žan-Klodov ozbiljan izraz lica. – Znam da ste u pravu, ali ionako trenutno nemam auto, tako da... – slegnula je ramenima. – Izbegavaću to pitanje bar još nekoliko nedelja. Možda kad se vratim kući.

Žan-Klod je uzdahnuo, coknuo i promenio temu. – Nadam se da vas je Matje pozvao na ručak koji priređuje za vikend kad se održava Vintidž gran pri?

– Radujem se tome. Hoćete li biti tamo?

– I da i ne. Ubedili su me da iz naftalina izvučem svoj lotus i provozam ga, tako da ću pre trke u nedelju veći deo vikenda provesti u boksu s mehaničarima. Biće zanimljivo voziti u trci posle mnogo vremena. Naročito ovde u Monaku, na domaćoj stazi.

– Nisam znala da ste bili vozač trka – rekla je Nanet iznenađeno. – Niste pričali o tome. – Shvatila je kako zapravo i ne zna mnogo toga o Žan-Klodu.

– Vrlo kratko. U to vreme se taj sport ubrzano pretvarao u veliki biznis, i konstruktori su polako preuzimali kormilo. Postalo je preskupo baviti se njime bez pokrovitelja i shvatio sam da su me izgurali s tržišta. – Slegnuo je ramenima. – Da budem iskren, nisam posedovao takmičarski duh potreban svim uspešnim vozačima Formule 1. Ipak, sačuvao sam auto i godinama ga držim pod ceradom. Narednih nekoliko dana treba da obavim mehaničke provere i da ga pripremim. Naravno, ne očekujem neko mesto na startu, ali priznajem da se radujem što ću ponovo voziti u trci.

– Ko će vas podržati tog dana? – upitala ga je. – Treba vam neko u boksu da pomogne.

– To nije problem. Uvek ima momaka koji žele da učestvuju, a i mehaničar po imenu David dolazi iz Le Kanea da mi pomogne. Nekad je radio na stazi i zna posao. – Pogledao ju je. – Zak mi je takođe ponudio stručno mišljenje jednog od svojih mehaničara ako ustreba. Tad će već u grad stići putujući cirkus Formule 1 jer preostaje samo još nedelju dana do pravog Gran prija. Izgleda da bi ovo mogla biti Zakova godina – ležerno je dodao. – Vidim da vodi u šampionatu i favorit je sledeće nedelje u Nemačkoj.

Nanet je klimnula glavom. Nije mogla da se uzdrži, a da ne prati rezultate od početka sezone, kad su, posle prvih nekoliko trka, vozači stigli u Evropu.

– Uzgred, moja ponuda i dalje stoji – rekao je Žan-Klod. – Više ste nego dobrodošli da se sklonite u vilu u svakom trenutku, ne samo na dan trke. Posle španske trke Zak će sigurno biti u gradu pred Gran pri Monaka.

– Znam – rekla je Nanet malodušno jer se sećala prethodnih godina kad je Zak koristio te dane pred Gran pri Monaka da se pojavljuje u društvu. Tiho je uzdahnula. Neizbežni susret bio je sve bliži.

– Nanet, jednog dana ćete morati da se sretnete s njim licem u lice. Šta ćete tad? –upitao ju je Žan-Klod blagim glasom.

Odmahnula je glavom, pogledala ga i polako rekla: – Zaista nemam pojma, Džej-Si.

– Možda bi bilo bolje da ugovorite susret s njim – kazao je Žan-Klod. – Tako će vam, čini mi se, biti lakše da to podnesete.

Nanet se ugrizla za usnu dok ga je gledala. Možda je u pravu, ali bilo joj je zlo od same pomisli na to da stupi u kontakt sa Zakom i dogovori susret.

13.

Prateći vodiča koji je vitlao mačetom i vodio ih blatnjavom stazom sve dublje u šumu obraslu gustim rastinjem, Vanesa se saplela o neko nadzemno korenje ogromnog drveta nadvijenog nad njom. Pošto su posle te jedne noći u eko-kampu napustili delimičnu udobnost koju je on pružao, krenuli su prema udaljenom selu u džungli koje će biti u središtu Ralfovog dokumentarca.

Čitavog dana su prosecali put u dubinu sparne, bujne šume. Već su stigli na samo sat vremena do odredišta, domorodačkog sela. Dok je s mukom išla u koloni po jedan iza Ralfa i ostalih, Vanesa je osećala i umor i ushićenje.

Čist vazduh pun kiseonika i težak od vlage u početku joj je nekako izazivao osećaj ushićenosti i uzbuđenja, ali sad je odeća počela da joj se oseća i bila je mokra od vlage. Koža ju je svrbela na mestima gde su se njom sladili neznani insekti. Glava joj se znojila od šešira sa širokim obodom koji je nosila radi zaštite od sunca i da spreči da joj na kosu padaju legije jezivih gmizavaca s prašumskih krošnji. Čeznula je da se taj dan završi.

Staza ih je vodila među drvećem tako visokim da pogledom nisu dosezali vrhove krošnji, i s dugačkim lijanama koje su visile i obmotavale se oko stabala. Ogromne paukove mreže protezale su se zelenim rastinjem čiji su listovi ponekad bili veličine suncobrana pod kojim je Vanesa maštala da sedi i odmara se.

Pri zemlji je sve izgledalo kao da je u stanju stalne promene. S mesta na kojem su biljke rasle, venule i trulile dizali su se čudni mirisi, a bila su okružena bubama, zmijama i drugim stvorovima za koje je Vanesa znala kako samo čekaju da joj odgrizu parče.

Kako je dan odmicao, zvuci džungle su postajali prepoznatljivi. Lenjivci koji tresu grane u krošnjama drveća u potrazi za mestom za odmor, krici drekavaca dok preleću s drveta na drvo i uvek prisutni zrikavci, pomešani s pesmom ptica, sve je to postala pozadinska buka grupe koja se probijala kroz prašumu.

Neočekivano su izbili na čistinu sa selom. Jednog trena su išli za vodičem blatnjavom stazom pod šumskom kupolom, a već sledećeg se naglo zaustavili jer im je, držeći se na odstojanju, put preprečila grupa amazonskih starosedelaca s lovačkim kopljima.

Vanesi je načas srce stalo jer je pomislila da će ih napasti, ali to je naprosto bio odbor za doček izašao da ih otprati do sela.

Primitivne kolibe na šipovima pokrivene palminim granama stajale su po obodu čistine kojom su slobodno lunjale seoske životinje, među njima i jedna svinja i nekoliko petlova, i tragale za otpacima po zemlji.

Dok su išli prema sredini kampa s rastojanja su ih pratile znatiželjne oči seljana. Vanesa je primetila devojčicu kako stoji pored majke i posmatra neznance razrogačenim smeđim očima.

Nasmešila joj se, devojčica ju je nagradila sramežljivim osmehom i otrčala za prasetom, pa sela da ga mazi i poigra se s njim u prašini. Vanesa se prisetila Olivije u tim godinama u poseti farmi sitnih životinja, gde se bila zaljubila u jare i uporno molila da joj uzmu jedno. Posmatrajući to dete pred sobom, golo i predivne mrke boje, bosih nogu čvrsto posađenih na zemlji, na pamet joj je pao izraz „sjedinjeni s prirodom". Ta devojčica je svakako u skladu s prirodnim svetom u kojem živi.

Vanesa je nakratko pozavidela devojčici na jednostavnosti detinjstva – i budućeg života. Iznenada ju je preplavila čežnja da zagrli Pjera i Oliviju i da ih čvrsto stegne, pa je morala nekoliko puta duboko da udahne kako bi se smirila. Neće moći da zagrli decu skoro pet meseci. Nadala se da će, kad se smeste u tom selu, solarni punjač satelitskog telefona proraditi, pa će moći da telefonira te barem da im čuje glasove.

Glavni šaman je istupio da ih dočeka i pokaže im kolibu rezervisanu za goste. Jedva su stigli da zakače ležaljke o grede i presvuku vlažnu odeću pre nego što se pojavila mlada žena i pozvala ih da dođu da pojedu obrok koji su u njihovu čast pripremili seljani.

Pred njih su izneli i poređali činije sa čorbom od juke, pirinčem, ribom, voćem i, na Vanesin užas, sa živim belim larvama i iznutricama raznih životinja. Zbunjeno je pogledala Ralfa.

– Ne želim nikog da uvredim, ali ne mogu to da jedem – šapnula je i pokazala na larve koje su se migoljile i na iznutrice.

– Drži se pirinča i ribe – posavetovao ju je Ralf tiho. – Jedi voće.

Kad je počela da ljušti bananu, majmunče koje je lutalo okolo i grebalo zemlju iznenada je pritrčalo, otelo joj bananu i skočilo joj u krilo, smestivši se da je pojede. Devojčica koju je Vanesa ranije primetila se zakikotala dok je ona zapanjeno gledala majmuna. Mora upamtiti da blizancima ispriča to.

Posmatrajući majmunče kako jede bananu, Vanesa je hvatala delove razgovora oko sebe i shvatila da se selo muči da opstane. Anžela, majka devojčice, tužno je vrtela glavom dok je s Ralfom pričala na nesigurnom španskom.

– Strašno je to sa šumom, mnogo je uništavanja. Ljudi treba da pronađu način da prežive i pomognu džungli da ponovo izraste. Mnogo toga je učinjeno, ali banditi i dalje sve kvare. – Slegnula je ramenima. – Našu kulturu preuzima krijumčarenje droge i zlata, čak i u ovom malenom selu. Sad imamo školu, ali deca – kakvu ona budućnost imaju? Vlada želi da naši ljudi prijave svakog ko zloupotrebljava šumu, ali mi ne nameravamo da dovedemo život u opasnost, razumete? – Anžela je uznemireno posmatrala Ralfa. – Kako će moja ćerka Maja preživeti ako završim s puščanom cevi u ustima?

Vanesa se umalo nije zadavila povikom užasa koji se očajnički trudila da priguši. Najednom joj je bilo drago što su joj deca hiljadama kilometara daleko. Kako majka može da živi sa znanjem da je u opasnosti ne samo njen nego i život njene dece?

14.

Na drugoj strani sveta Monako se i dalje pripremao za najužurbaniji, najbučniji i krajnje nesvakidašnji godišnji događaj. Potrebe Vintidž gran prija koji se održava nedelju dana pre glavnog događaja komplikovalo je to što je sve moralo biti spremno sedmicu ranije, a to je uobičajene, redovne godišnje užurbane pripreme dovelo do usijanja.

Nanet i blizanci su navikli da svakodnevno na putu do škole izbegavaju razne prepreke na pločniku, parkirane kamione iz kojih istovaruju neophodne dodatke za ulicu i neizbežne gomile turista koji su se iz brodova ukotvljenih u luci iskrcavali u Kneževinu na jedan dan.

U svakoj ulici je vojska radnika užurbano lupala čekićem i pričvršćivala sve na svoje mesto. Padinu brda i luku prekrile su tribine, na strateškim mestima pojavili su se veliki televizijski ekrani, a uz čitavu trkačku stazu postavljene su ograde. Na ulici ispod Nanetinog balkona sveža bela boja označavala je startnu liniju.

Glavni igrači u putujućem cirkusu Formule 1 još nisu ni stigli, kao ni timovi i njihove kamp-prikolice, ali već se osećalo prisustvo podrške čitavoj predstavi sastavljene od kamiona, trgovaca i znatiželjnika. Luka je bila krcata otmenim jahtama čiji su vlasnici bili rešeni da budu deo raskošne scene.

Nanet je dotad uspevala da je izbegne i prođe tik pored *Pol pozicije*, ali tog jutra, pošto je ispratila decu do škole, nije imala izbora do da se kreće tom stranom uz kej jer je druga bila preprečena. Hodala je brzo i gledala pravo, a ne u brodove sve dok nije bila sigurna da je *Pol poziciju* ostavila daleko iza sebe.

Matje ju je zamolio da mu za doručak kupi kroasane. – Florans neće biti ovde danas pre podne, ide zubaru ili tako nešto – rekao je.

Duboko udahnuvši od olakšanja, Nanet je pronašla prekid u podignutim ogradama i hitro prešla ulicu do malog supermarketa. Odolela je želji da sebi za doručak kupi *tarte aux pommes*,[11] već je platila i izašla, pažljivo držeći još tople kroasane.

U stanu je uključila aparat za kafu i na poslužavnik poređala šolje, tanjire i kroasane.

– Zdravo, Matje. Vratila sam se – doviknula je. – Hoćeš li kroasane i kafu na terasi? – Reči su joj zamrle u grlu kad se na vratima kuhinje pojavila poznata prilika.

– Na terasi zvuči sjajno. Zdravo, Nanet.

Ukočena od šoka, zurila je u bivšeg verenika Zaka Juarta, koji je odlučno ušao u kuhinju i vratio joj se u život, kao da nikad nije ni odlazio.

Bio je u crnim farmerkama kakve je najviše voleo, polo majici, s jaknom od jelenske kože ležerno prebačenom preko ramena i naočarima za sunce podignutim na teme. Zamišljeno je posmatrao Nanet i upijao sve u vezi s njenim izgledom.

Prošlo je nekoliko sekundi pre nego što je Nanet uspela stegnuto da izgovori: – Zdravo, Zak.

– I nije neki pozdrav starom prijatelju – rekao je i krenuo prema njoj da je poljubi u obraz.

– Da se nisi usudio – procedila je Nanet kroza zube.

Zak je ustuknuo i podigao ruke. – Izvini.

– Kako si uopšte ušao ovamo?

– Matje me je pustio, a onda se setio kako ima hitan sastanak u Fonvjeju. – Zak ju je spokojno posmatrao. – Dakle, imamo stan samo za sebe. Za doručkom možemo ispričati jedno drugom sve novosti. – Uzeo je poslužavnik. – Mislim da smo se dogovorili u vezi s terasom?

Nanet je znala da Matje nije imao nikakav neizbežan sastanak, pa je rešila da kasnije s njim popriča i nevoljno je pošla za Zakom na terasu. Duboko u sebi je znala kako je to pogrešno, i da bi trebalo ili da mu naredi da ode ili da se ona udalji. Međutim, možda bi

---

[11] Fr.: tart s jabukama. (Prim. prev.)

konačno mogla da dođe do nekih odgovora na pitanja koja je očajnički želela da mu postavi.

– Kako si? – pitao je Zak kad je spustio poslužavnik na sto.

– Kako sam? Što bi, dođavola, tebe to bilo briga? Prošlo je tri godine, Zak. Tri godine od saobraćajne nesreće, a od tebe ni traga, ni glasa. Otkud to da se najednom zanimaš za mene? – Zak je zastao načas, pre nego što je odgovorio.

– Bilo mi je drago kad sam čuo da si se vratila. Stalo mi je do tebe. Nedostajala si mi.

Nanet se u neverici upiljila u njega. – Ako sam ti tako mnogo nedostajala, zašto me nisi pozvao? Zašto nisi došao kod mene u Englesku? – Duboko je udahnula. – Mislila sam da ti je bilo i više nego stalo do mene, mislila sam da me voliš. Bili smo vereni. To što si nestao iz mog života čak i bez zvaničnog raskida veridbe bilo je okrutno, Zak.

Uporno ju je gledao. – Žao mi je, Nanet. Tad mi se činilo da je to ispravno.

– Ispravno za koga?

– Za mene. Znam da je to sebično, ali tako je – slegnuo je ramenima u znak izvinjenja.

Nanet se okrenula od njega i naslonila na ogradu terase zbrkanih osećaja. Mnogo vremena je provela s tim muškarcem, mislila je da će i čitav život provesti s njim, ali te tri godine razdvojenosti pretvorile su ga u neznanca kojem nije znala šta da kaže.

– Kafa? – Zak joj je pružio šolju. – Jel' ti Matje rekao za moju zabavu sledeće nedelje? U ponedeljak posle Vintidž gran prija. Nadam se da dolaziš.

Nanet je odmahnula glavom, ali pre nego što je išta uspela da kaže, Zak je nastavio.

– Ako dođeš, bar ću osećati kako si namerila da mi oprostiš i zaboraviš prošlost i to što sam te naprasno ostavio.

– Nisam sigurna da ti opraštam – odvratila je Nanet oštro. – Što se tiče zaboravljanja, pamćenje mi je i dalje mutno kad je reč o samoj nesreći, ali sumnjam da ću ikad zaboraviti posledice i pakao poslednje tri godine.

Primetila je da je Zak bio dovoljno pošten da deluje uznemireno zbog njenog izliva.

– Znači i dalje se ne sećaš nijedne pojedinosti nesreće? – upitao ju je, mešajući kafu i ne gledajući u nju.

– Ne. Osim da je to bio tek drugi put da sam vozila ta kola – rekla je.

Nije mu rekla kako se živo seća svih pojedinosti poslepodneva kad joj je Zak poklonio trkački kabriolet kao rani rođendanski poklon. Oduševljeno je istog trena uskočila u njega, vozila Zaka po Monaku i hvalila se automobilom svim njihovim prijateljima. Devet sati kasnije auto je bio uništena olupina na auto-putu, a ona se na intenzivnoj nezi u *Bolnici princeze Grejs* borila za život.

Vratila je misli na sadašnjost, zureći u Zaka koji je spustio kašičicu na poslužavnik.

– Niko nikad nije objasnio zbog čega su me avionom prevezli u Britaniju četrdeset osam sati pošto sam puštena sa intenzivne nege. Zašto mi nije dozvoljeno da ostanem ovde i oporavljam se?

– Svi su smatrali da će ti za oporavak biti bolje kod kuće – vrdao je Zak i konačno joj uputio nedokučiv pogled.

– U to vreme je ovo bila moja kuća. Ko su to svi? – želela je da zna Nanet.

Nastupila je kratka tišina dok je Zak prepolovio kroasan, pa se onda okrenuo prema njoj i pogledao je. – To je bila moja odluka – rekao je tiho. – Ja sam sve uredio.

Nanet je polako klimnula glavom. – Tako sam i mislila. Nisi želeo odgovornost brige o meni, zar ne? Bojao si se da ću imati trajne ožiljke ili biti obogaljena?

Zak je odmahnuo glavom. – Samo sam smatrao da će ti biti bolje tamo gde će te Petsi obasipati nežnošću i ljubavlju. Da će te negovati dok ne ozdraviš. Hajde, Nanet, znaš kakav mi je raspored trka od marta do novembra. Nikad nisam u gradu duže od dva-tri dana zaredom. Nikako nisam mogao da igram ulogu lekara čitavog leta.

– Niko ne bi ni očekivao da sve odbaciš kako bi pazio na mene. Ali zašto se bar nisi javio?

Zak je podigao ruke. – Prestani. Dosta je pitanja. Mogu samo da kažem da mi je žao što sam te povredio, ali što se mene tiče, to je davna prošlost. Drago mi je što si se vratila u Monako i što izgledaš tako dobro, i nadam se da možemo da budemo prijatelji. – Kad je to rekao, pogledao ju je upitno pa dodao: – Ili bar da, kad se sretnemo, budemo uljudni jedno prema drugom.

Pošto nije odgovorila, uzdahnuo je i zavukao ruku u unutrašnji džep jakne, pa izvadio smeđi koverat. – Propusnica za boks za Matjea i blizance. Ako se ne budemo videli ranije, možda ću te videti za vikend Vintidž gran prija. Molim te razmisli o tome da dođeš na moju zabavu. *Pol pozicija* je nedavno renovirana, izgleda zaista otmeno i voleo bih da vidiš promene. Hvala na doručku. Slobodno ostani ovde, sâm ću izaći. Ćao.

Kad su se vrata stana zalupila za njim, Nanet se drhteći sručila na stolicu, a telo joj je preplavilo olakšanje što je otišao. Prošao je susret od kojeg je zazirala, i samo je bila zahvalna što se odigrao u privatnosti kuće, a ne na javnom mestu. Sad, kad se to dogodilo, barem više neće morati da se šunja po Monaku i brine se da ne naleti na njega ne znajući kako će se ponašati. Naravno, bio je u pravu jer će se svakako tu i tamo sresti, a za sve bi bilo bolje da budu uljudni jedno prema drugom. Doduše, nije se prema njemu osećala bogzna kako uljudno posle one ležerne opaske o praštanju i zaboravljanju prošlosti. Kao da je to lako. Pritom, nije joj objasnio zbog čega se nije javio nakon što ju je poslao kod Petsi.

Mrštila se dok je sedela i trudila se da prokljuvi šta zaista oseća prema Zaku Juartu. Postojala su pitanja o nesreći na koja je želela da čuje odgovore, pa je, dok joj se u potpunosti ne vrati pamćenje, on bio jedini koji može da ih pruži, što očigledno nije nameravao da uradi. Želela je i da sazna zbog čega ju je onako okrutno napustio kad je svakako morao znati koliko joj je potreban. Suviše je bilo zgodno pravdati odsutnost letnjim rasporedom trka. Mora da je postojao neki drugi razlog.

Uzdahnula je i vratila poslužavnik od doručka u kuhinju. Prsti su joj drhtali kad je podigla telefon s kuhinjskog stola. Morala je da se čuje s Petsi.

– Jutros me je Zak zaskočio iz zasede ovde u stanu – istresla je čim se Petsi javila. – Bilo je grozno.

– Kako to misliš „zaskočio iz zasede"? – Petsin glas je zvučao zabrinuto.

– Postarao se da budem sama, čak je i Matje pristao da ode, tako da niko ne može da čuje njegov govorčić u stilu „ajde da budemo prijatelji". Izgleda da misli kako, pošto je cela ta epizoda bila pre tri godine... – Nanet je duboko udahnula. – Kako bi trebalo da se poljubimo i pomirimo.

– Dakle, jasno mi je da se to nije desilo – rekla je Petsi. – I šta će sad biti?

Nanet je slegnula ramenima, pa shvatila da je Petsi ne vidi. – Nemam pojma. Kako bi bilo da se jednostavno zatvorim u stanu dok ne prođe Gran pri?

– Ne – kazala je Petsi. – Treba da se brineš o blizancima. Ne možeš jednostavno da ostaneš u kući.

Nanet je prigušila uzdah. – Znam. Dobro. Zaista nikako ne želim da se upletem u scenu na javnom mestu, tako da, ukoliko negde naletim na njega, ja ću... naprosto ću proći.

– To zvuči sasvim civilizovano – rekla je Petsi. – Šta danas nameravaš da radiš?

– Da sređujem Džej-Sijevu radnu sobu – odgovorila je Nanet. – Bolje da krenem. On će se već pitati gde sam. Hvala bogu da poznajem sporedne ulice! Petsi?

– Molim?

– Hvala ti što si me saslušala.

Kad je završila razgovor, iz nekog razloga joj je pred očima opet iskrslo Zakovo lice i to kako nije mogao da je pogleda u oči kad ju je pitao za njeno pamćenje. Gotovo kao da se osećao krivim što je to pita. Da li je moguće da sebe krivi za saobraćajnu nesreću jer bi, da joj nije poklonio taj auto, oni i dalje bili zajedno, možda čak već i u braku?

15.

Vanesi se život u džungli odvijao prilično jednolično kad su se ona i Ralf prilagodili svakodnevnom rasporedu života u selu. Zauzet pomaganjem u izgradnji i snimanjem male brane na reci blizu sela, Ralf je svakog jutra rano odlazio s muškarcima i ostavljao Vanesu da dane provodi sa Anželom i drugim ženama.

Vanesa je znala da će život u džungli biti sasvim novo iskustvo, nešto što će je udaljiti od zone komfora i tome se radovala. Ralf joj je unapred pričao, puštao joj filmove, davao knjige da čita, ali kad se našla tamo bilo joj je teško da prihvati tu stvarnost svakodnevnog života. Ženama na selu je briga o porodici u džungli iscrpljujuća, a njen život u Engleskoj, čak i sa svim stresovima i problemima prvog sveta, nije bio ništa u poređenju sa onim što te žene trpe. Nekoliko puta, dok je pomagala u pripremanju večernjeg obroka i mešala nešto što se ne može opisati u loncu koji se njihao na postolju nad otvorenom vatrom, pomislila je na svoju savremenu kuhinju kod kuće. Šta bi Anžela i njene prijateljice pomislile kad bi videle blistavi šporet u njenoj kući i sve naprave koje štede trud?

Vanesu je brinuo i nedostatak opštenja sa spoljnim svetom. Iako su imali satelitske telefone, punjenje pomoću solarnih panela nije išlo po planu s obzirom na gustinu šume. Saznala je i to da loše vreme stotinama kilometara daleko može uticati na učinkovitost satelita. Ralf bi svakog jutra sa sobom poneo panel i telefon s nadom da će ga dopuniti na malom prostoru pod otvorenim nebom blizu reke, ali uveče bi se neizbežno vratio odmahujući glavom. Vanesa je žudela da normalno porazgovara s Pjerom i Olivijom, a ne po rečenicu-dve koliko bi uspeli da razmene pre nego što telefon zamre. Naravno da nije htela, nije mogla, da prizna Ralfu, pa čak ni Anželi da priča o tome koliko joj je teško da se privikne na nov način života.

Ona i Ralf su večeri provodili u velikoj zajedničkoj kolibi, gde su ih seljani, kao uvažene goste, častili najboljim što imaju i zabavljali tradicionalnim pesmama i muzikom. Kasnije, u maloj, njima dodeljenoj kolibi, Vanesa bi u dnevnik zapisivala dogodovštine toga dana.

Pred spavanje, dok su ležali u visećim mrežama, Ralf joj je iznosio brige zbog sela.

Te večeri je rekao: – Izgleda da misle kako će ova brana koju gradimo da bismo im pomogli u ispiranju zlata postati put do neizrecivog bogatstva. Uz to, pojavio se neki ljigavac iz Rija i priča im kako će njegov gazda dodatno uložiti u proširenje rudnika i prodaju zlata u njihovo ime, naravno za mastan postotak. – Odmahnuo je glavom. – Znaju da je živa, koju će im obezbediti za izdvajanje zlata, otrovna i veoma loša za šumu, ali čuju kako druga sela napreduju, pa i oni žele isto. Činjenica da će verovatno na kraju zagaditi vodne zalihe, otrovati ribu i još više uništiti šumu kao da ih ne dotiče.

– Zar ne možeš da ih ubediš da se drže samo ispiranja zlata bez žive? – pitala je Vanesa.

– Pokušao sam, ali očajni su i to vide kao jedini način da prežive. Voleo bih kad bih smislio neki drugi način da zarade i kupe osnovne stvari, kao što su stoka i seme, pa da nastave da obrađuju zemlju na tradicionalan način.

– Eko-turizam, kao u onom prvom selu u kojem smo bili? – predložila je Vanesa.

– Seljani nisu baš oduševljeni idejom o dolasku mnogo neznanaca u selo. Osim toga, toliko su siromašni da nemaju novca da poboljšaju čak ni osnovne životne uslove. Pošto su ovako duboko u džungli, ne bi bilo ni lako sve urediti. Znam to jer sam imao izvesnih teškoća da nas dovedem ovamo. Većina tih eko-kampova je na dva sata od reke Amazon. Nijedan nije ovako duboko u džungli kao što smo mi sad. – Uzdahnuo je. – Nevolja je u tome što smo mi ovde sasvim kratko, pa ne možemo mnogo toga da učinimo. Brana bi trebalo da bude gotova sutra, pa ću možda tad imati priliku da razgovaram s glavnim šamanom. – Nagnuo se i poljubio Vanesu.

– Umalo da zaboravim da ti kažem: vodič Luiđi je ponudio da nas za nekoliko dana odvede da vidimo mlade delfine. Dalek je put do mesta gde se rađaju, ali trebalo bi da vredi truda. – Ralf se zadovoljno osmehnuo ženi.

– Lepo od Luiđija – rekla je Vanesa smešeći se. – Nešto čemu ću se radovati.

Sutradan ujutru Ralf je otišao kao i obično, a Vanesa se pridružila Anželi i drugim ženama u dnevnim dužnostima. Tog dana, pored uobičajenog kuvanja i bavljenja sitnim životinjama koje lunjaju po selu, nameravale su da posade mladice.

Kao i obično, vlažnost u džungli je bila velika, pa se Vanesa mučila da održava korak sa Anželom i ostalima dok su išle da pokupe mladice s velike farme pod državnom upravom u kojoj su uzgajane. Dan je bio dug i naporan uz sadnju mladica na iskrčenoj zemlji na kojoj je pre toga pasla stoka. S vremena na vreme nebom se prolamala grmljavina, a provala oblaka bi ih primorala da prekinu posao i potraže sklonište. Pri jednom od takvih predaha, Vanesa je primetila dve žene kako nezadovoljno gunđaju među sobom.

– Nemaju ništa – objasnila je Anžela. – Život im je sve teži, a stalno slušaju kako moramo da se brinemo o šumi. Ko će se brinuti o nama? I mi moramo da opstanemo. – Odmahnula je glavom. – Sad imamo školu, ali kakvog posla će biti za decu? Kakva budućnost čeka Maju i ostalu decu?

Vanesa je ćutala. Kako bi i mogla da odgovori na to pitanje?

– Da li bi veći rudnik zlata pomogao? – upitala je naposletku. – Ralf kaže da to nije rešenje, ali šta ti misliš?

Anžela se ugrizla za donju usnu, pa odgovorila: – Kad bi rudnik zlata bio po zakonu, više bi pomogao, ali kao i obično, pogrešni ljudi će od njega imati koristi.

Vanesa se užasnuto zagledala u nju. Da li je Ralf znao da gradi branu kao pomoć za rad nezakonitog rudnika zlata?

Pre nego što je uspela još nešto da pita, kiša je stala, pa su žene pošle nazad na močvarno tlo.

– Da bismo opstali i živeli od zemlje, potrebno nam je više zakonite pomoći – dodala je Anžela tiho, pružila joj lopatu i još jednu kutiju s mladicama.

Vanesa je zamišljeno ritmički sadila tanano drveće. Iskopaj rupu, ubaci mladicu, pokrij zemljom i pritisni, pa sledeće. Usput je pokušavala da zamisli šta bi Ralf rekao na vest o rudniku.

Bilo je kasno popodne kad je Vanesa skinula šešir i s lica sklonila vlažnu kosu. Odeća joj je bila natopljena i lepila se za telo, pa se sa čežnjom setila užitka hladnog tuša. Bar će uskoro biti vreme da se vrate u selo i pomognu oko spremanja večere u hladu drveća oko sela.

Dok su žene prikupljale stvari, jedan od mladih domorodaca u povratku s posla na brani pritrčao je Anželi i nešto joj brzo pričao. Vanesa se stresla od straha kad ju je Anžela pogledala zabrinutog lica i pošla prema njoj.

– Šta se dogodilo? Nešto se desilo Ralfu, zar ne? – Od straha se čak i njoj činilo da joj je glas kreštav.

– Ralf se razboleo – kazala je Anžela. – Muškarci ga nose u selo.

– Moram da odem kod njega – rekla je uspaničeno i htela da potrči prema grupi muškaraca koji su prilazili selu.

Anžela ju je zadržala rukom – Pričekaj ovde – kazala je blago. – Neka se muškarci pozabave time.

Vanesi je srce sišlo u pete dok je posmatrala grupu kako prilazi. Naterala se da stoji mirno dok su dvojica seljana unosila Ralfa bez svesti na sklepanim nosilima i onda ga pažljivo spustila u vračevu kolibu.

16.

Rano ujutru u nedelju kad se održavao Vintidž gran pri, Matje je dao Nanet propusnice za boks koje je Žan-Klod nabavio i predložio joj da skloni blizance s puta.

Matje ih je praktično sve isterao iz stana uprkos Olivijinom protivljenju da bi radije ostala u svojoj sobi. – *Papa* Žan-Klod je tamo i priprema se. Idite i poželite mu sreću. Voleo bi sve da vas vidi. Florans i ja treba da spremimo stan za svečani ručak.

S propusnicama za boks okačenim na trakama oko vrata Nanet i blizanci su prešli Bulevar Albera Prvog na za to određenom mestu između ograda, pa su krenuli kroz boks do garaže gde je Žan-Klod vršio poslednje pripreme na lotusu pred trku.

Automobili neobičnog, starinskog izgleda duž linije boksova bili su prava atrakcija. Pjer je bio očaran što na kraju odvojenog dela za boksove vidi automobil koji je učestvovao u prvom Gran priju Monaka pre više od šezdeset godina. Čak je i Olivija bila oduševljena kad im je Žan-Klod rekao koliko je dobro prošao u kvalifikacionim krugovima.

– Neverovatno mi je da ova starina tako dobro ide. Četvrti na startnoj poziciji. Sad se samo još nadam da će i nastaviti tako. – Žan-Klod je blago potapšao zagasitozelenu haubu automobila. – Zamislite samo, ja sam u drugom redu, pored Dejmona Hila – rekao je gledajući Nanet.

Ona se nasmešila njegovom dečačkom oduševljenju. – Srećno – rekla je. – Navijaćemo za vas sa terase. – Tako su njih troje ostavili Žan-Kloda i njegovog mehaničara da dovrše poslednja podešavanja na kolima.

Dok je prolazila boksovima s blizancima Nanet se setila nebrojeno mnogo puta kad je po celom svetu sa Zakom učestvovala u pripremama za trke Gran prija, ali kod ovih boksova je nešto bilo drugačije. Bilo joj je potrebno nekoliko minuta da shvati šta tačno.

Na sve strane su se muvale gomile ljudi i vladala je uobičajena mahnitost mehaničara koji pripremaju kola za trku, ali sve je bilo nekako pritajeno i, kao i automobili, starovremsko. Nedostajala je pompezna atmosfera savremene Formule 1.

Za nedelju dana Monako će zahvatiti groznica trkačkih automobila dvadeset prvog veka kad ga organizatori moderne Formule 1 preuzmu, a Monako se prilagodi najglamuroznijoj trci na svetu, ali ove nedelje ujutru sve se vrtelo oko nostalgije.

Znajući da kad trka počne neće moći da izađu iz boksa, Nanet je povela blizance na drugu stranu ulice, pa su polako krenuli kući.

U stanu je Pjer dohvatio Matjeov dvogled i zauzeo položaj na terasi odakle je imao dobar pogled i na start i na izlaz iz boksa. Počeli su da pristižu gosti. Olivija je spazila jednog od njih, visokog, vižljastog tinejdžera i ciknula.

– Tata nije rekao da i on dolazi – rekla je.

Nanet se nasmejala izrazu njenog lica. – Ko je to? – upitala je.

Olivija ju je s nevericom pogledala. – Mora da ga prepoznaješ. To je Foksi. Pevač stvarno, stvarno kul benda. *Les Grenouilles.*

– Oh – kazala je Nanet, dok je gledala kako Olivija trči u svoju sobu da obuče „najbolje" farmerke, one pocepane na kolenima, i da uzme svesku za autograme.

– Biće stvarno kul ako mi se potpiše – rekla je. – Misliš li da hoće?

– Ne vidim zašto ne bi – kazala je Nanet. – Idi i lepo ga zamoli pre nego što svi stignu.

Posmatrala je kako Olivija stidljivo prilazi mladom pevaču, pruža svesku za autograme pa učtivo, na savršenom francuskom pita: – Hoćeš li mi se potpisati, molim te?

Nanet je zadržala dah, plašeći se da će momak odbiti, ali nije bilo razloga za brigu. Osmehnuo se Oliviji i pitao je kako se zove, pa napisao nešto u njenu dragocenu svesku.

Nanet je bila nešto manje oduševljena kad je videla ko je stigao sledeći – bio je to Boris. U pratnji šestorice muškaraca i plavuše koju je Nanet videla s njim u restoranu, ušao je pun samopouzdanja u stan. Pošto ju je ovlaš pogledao i uputio učtivo *bonjour*, otišao je na terasu da se pridruži Foksiju i ostalim gostima.

Nanet je neodlučno stajala. Nije joj se dopadalo da izađe napolje gde će je ignorisati Boris i njegovi pajtaši. Pričekaće da svi gosti stignu.

Kad se začulo zvono, brzo je pozvala Florans: – Ne brini, ja ću – pa je otvorila vrata pred kojima su stajali Ivi i njen šef Lik.

– Ivi! Kakvo divno iznenađenje što te ponovo vidim – rekla je Nanet kad je Lik prošao do Borisa na terasu i ostavio Ivi s Nanet.

Njih dve su otišle u dnevnu sobu gde je Matje sad s Florans nadgledao grickalice i pića pred ručak. Nanet i Ivi su prihvatile čašu i tanjir s predjelom, pa se provukle po terasi do Pjera i Olivije.

Nekoliko automobila već je bilo na startnoj liniji pošto su prošli krug da bi zauzeli svoja mesta, a njihovi mehaničari su se zbijali oko njih radi završnih provera za tih poslednjih dvadeset minuta pre formacijskog kruga.

– Sad će trka *papa* Žan-Kloda – rekao je Pjer. – Gledajte, evo ga izlazi iz boksa. – Okrenuo je dvogled prema izlazu iz boksa.

– Bogo moj, odavde izgledaju kao igračke kojima se igrao moj brat kad je bio mali – rekla je Ivi, nagnuvši se da ih bolje pogleda.

Ogromni televizijski ekrani postavljeni su oko staze kao i jedan kod prve oštre krivine, one kod Svete Devote, gde će se automobili i dalje boriti za položaj posle starta.

Nanet je posmatrala kako Žan-Klod prolazi stazu da bi stigao do svog mesta na startnoj liniji i bio spreman za formacijski krug. Iz nekog razloga stomak joj se sav skvrčio, slično onome kad god je gledala Zaka da se trka. Znala je koliko Žan-Klodu znači mogućnost da ponovo vozi lotus, pa je zdušno želela da trku prođe s dobrim rezultatom i bezbedno.

Kad se pojavio iz tunela i dok je savladavao krivine uz bazen ispred njih, svi Matjeovi gosti već su stigli i na terasi je vladala galama.

Nanet je pogledala u luku i na palubi *Pol pozicije* spazila Zaka. Srećom, izgleda da nije nameravao da im se pridruži na ručku. Od onog jutra kad se iznenada pojavio u stanu i pričao o praštanju i zaboravljanju, pa izrazio želju da u javnosti njih dvoje budu uljudni jedno prema drugom, Nanet se pitala gde i kad će doći do njihovog sledećeg susreta.

Ivi ju je primetila kako zagleda jahte. – Je li ono *Pol pozicija*? Pozvana sam na zabavu sutra na njoj. Poznaješ li Zaka Juarta?

Nanet se nasmešila. Ivi je upravo bila devojka kakvima je Zak voleo da se okruži. Klimnula je glavom. – Poznajem ga godinama.

Pogledala je iskosa Ivi kad je to rekla. Ona očigledno nije imala predstavu o njenoj nekadašnjoj vezi sa Zakom. Znajući kako se Monakom vesti pronose od usta do usta, bila je sigurna da neće proći mnogo vremena dok neko ne ispriča Ivi sve grozne pojedinosti. Zastala je jer bi možda trebalo da joj prva iznese svoju priču – barem pojedinosti kojih se sećala.

– Super, znači ideš na zabavu – kazala je Ivi, i Nanet je propustila priliku.

– Nisam sigurna – neodređeno je odvratila.

Zabava na brodu kakve je u prošlosti sama priređivala, s mnogo ljudi koji posle nesreće na nju nisu ni pomislili, nije bio scenario o kakvom je maštala. Da li zaista može da se suoči s tim? Želi li da se upusti u nešto što će nesumnjivo biti mučenje? Čak ni uz minimalnu mogućnost da to može da oživi njeno pamćenje i ispuni praznine.

– Trka samo što nije počela – rekao je Pjer uzbuđeno. – Svetla su upaljena.

Dok je gledala kako oldtajmeri kreću, Nanet se ponadala da će Žan-Klod proći dobro, ili bar završiti trku bez kvara.

Zadržavala je dah svaki put kad je lotus prolazio ispod njih na putu do prve krivine u sledećem krugu i podržavala ga svakim atomom svoga bića. Ipak, do kraja se držao početne pozicije i stigao četvrti. Dok je prolazio ispod crno-bele karirane zastave, Nanet je uz blizance glasno klicala, srećna što je završio trku bez ikakvih poteškoća, ali i tužna što mu je zamalo izmaklo mesto na podijumu.

Tek sredinom poslepodneva zadovoljni Žan-Kod im se pridružio u stanu i otišao pravo u kuhinju, kuda se Nanet nešto ranije povukla da pomogne Florans.

– Čestitam, Džej-Si – rekla je i nasmejana se okrenula prema njemu, pre nego što je iznenadila i sebe i njega poljupcem u obraz, posle čega mu je nalila i pružila čašu šampanjca.

– *Merci.*

Nanet mu se opet osmehnula, a nije bila sigurna da li joj se zahvaljuje na šampanjcu ili za poljubac.

– Je li ostalo nešto hrane? Umirem od gladi – upitao je.

– Naravno. Zašto ne odete do ostalih, na terasu dok vam ne serviram nešto na tanjir?

Žan-Klod je odmahnuo glavom. – Nisam raspoložen da se vidim s Borisom i društvom. Ostaću ovde s vama.

Nanet je hitro pripremala tanjir s hranom za njega, a Matje se pojavio na vratima.

– Čestitam, *papa*. Dobro si vozio – rekao je, pa se okrenuo Nanet. – Nameravaš li i dalje da sledeću nedelju provedeš u vili umesto da ostaneš u stanu? Pošto ste se ti i Zak izmirili, mislio sam da bi mogla da gledaš trku iz njegove garaže u boksu?

Nanet ga je zaprepašćeno pogledala. – Matje, ne znam šta ti je Zak rekao, ali svakako se nismo izmirili. Imam i dalje mnogo pitanja na koja bih želela da mi odgovori pre nego što se to dogodi. Ako se uopšte i dogodi – rekla je Nanet oštro. – Zar je bitno gde ću ja provesti nedelju?

– Upravo sam se složio da Boris iskoristi stan da gleda trku – kazao je Matje. – Navodno stan koji se nadao da će koristiti više nije dostupan. Rekao sam mu da ćemo ovde biti Pjer i ja, moguće i ti i Olivija, što njemu ne smeta.

– Pjer svakako hoće da gleda trku, a Olivija radije ne bi – kazala je Nanet. – Zato ću je povesti u vilu na ceo dan i ostaviti Pjera s tobom ako vama to odgovara, Džej-Si?

– Meni odgovara – uverio ju je Žan-Klod i okrenuo se ka Matjeu. – Ideš li sutra uveče na Zakovu zabavu?

– Naravno, a nadam se da će i Nanet poći sa mnom – odgovorio je Matje i pogledao je.

Nanet ga je iznenađeno odmerila. Tu mogućnost njoj nije pominjao. – Hvala ti, Matje, Zak me je već pozvao, ali rešila sam da ne idem.

Izgledao je razočarano, ali rekao je samo: – Šteta, ali ako se predomisliš, krećem odavde oko pola deset. Sećaš se da Zakove zabave uvek počinju kasno.

17.

Noć koju je Vanesa provela u šamanovoj kolibi uz Ralfa u bunilu bila je jedna od najdužih u njenom životu. Dva sata pošto su ga seljani doneli i smestili u tu kolibu, Vanesa je hodala levo-desno ispred. Glavni šaman joj je zabranio ulazak, pa nije mogla ništa drugo do da se moli za muža i zamišlja šta se unutra dešava.

Kamermani Nik i Hari su joj ukratko ispričali šta se događalo kod rudnika.

– Ralf se nije osećao dobro celo prepodne, rekao je da ga boli stomak. Vrlo malo je pojeo za ručak, pre nego što se ispovraćao.

– Zašto se nije vratio u logor? – pitala je Vanesa.

– Mislio je da će mu biti bolje dok radi – odgovorio je Hari. – Rekao je kako mora da je sinoć pojeo neku larvu ili neki ovdašnji specijalitet koji mu nije prijao. Pošto se ispovraćao, delovao je nešto vedrije. Uspeli smo da ga ubedimo da nakratko dremne pre nego što posao ponovo počne, i zbog toga je tad izgledao bolje.

Vanesa je užasnuto slušala Nikovu priču o velikom kamenu koji je iskliznuo dok su ljudi pokušavali da ga umetnu u branu. Polomio je drvene šipke koje koriste kao smernice, pao i okrznuo Ralfa po glavi, što ga je onesvestilo i oborilo u potok.

Dok je slušala Nikovo uzdržano izlaganje onoga što se dogodilo, Vanesa se setila reči jednog od turista u eko-kampu. *Sav novac ovog sveta neće te u nuždi izvući iz džungle.*

Šta ako Ralf ne odgovori na vradžbine koje izgovaraju i primenjuju na njemu tamo unutra? Kako da ga odvede do prave bolnice?

Kao da joj čita misli, Hari je rekao: – Ako ne povrati svest do sutra, odnećemo ga do pritoke i iznajmiti kanu da ga prevezemo do same reke Amazon. Uz malo sreće, uspećemo da ga odvedemo u bolnicu u nekom od većih mesta.

Vanesa ga je beznadežno pogledala. – Za to su potrebni dani.

Nik je zaćutao načas, pa tiho rekao: – Molimo boga da ne bude potrebno. Čuo sam da neki od ovih prirodnih lekova koje koriste starosedeoci imaju zapanjujuće dejstvo.

Nik i Hari su ostali s njom sve dok se nije pojavila Anžela s hranom za Vanesu i navalila na nju da jede. – Biće ovo duga noć – tiho je rekla. – Trebaće ti mnogo snage.

Anžela je i dalje bila s njom kad je glavni šaman izašao i rekao Vanesi kako konačno može da vidi Ralfa. Plašeći se toga kako bi Ralf mogao da izgleda, Vanesa je stegla Anželu za ruku i polako ušla u kolibu.

– Ostaješ s njim noćas? – upitao je šaman. – Pokažem ti šta da radiš.

Gledajući Ralfovo povređeno lice i ugruvano telo premazane nekom vrstom domaćeg melema i mestimično zaštićene primitivnim zavojima, Vanesa je naterala sebe da se usredsredi na to šta treba da radi Ralfu.

– Sledećih nekoliko sati je presudno – rekla je Anžela.

Šaman i Anžela su joj pokazali kako da blago ispira Ralfove posekotine i modrice lepljivom tečnošću za koju joj je Anžela objasnila da je biljni sok drveća iz džungle.

– *Sangue de grado*,[12] to je dobro – uveravala je Anžela Vanesu. – Vidiš, sutra će Ralf izgledati bolje. Biće mu bolje. – Zastala je, pa nastavila.

– Mislim da ti moram reći – u selu se priča kako ovo nije bilo slučajno. Neko želi da Ralf ode, ovako ili onako.

Vanesa je užasnuto zurila u nju.

Te noći se mnogo molila dok je negovala Ralfa. Stavljala mu je hladne obloge na čvorugu na slepoočnici i nežno gladila ruku dok ga je snagom volje navodila da dođe svesti.

Oko dva sata ujutru počeo je da mrmlja i uznemireno vrti glavom. Vanesa mu je brzo zamenila oblog novim, hladnijim. Dok je blago pridržavala oblog na mestu, proučavala mu je lice, tragajući za još nekim tračkom života, ali on je ponovo zapao u nesvesno stanje i duga noć se nastavila.

---

[12] Port.: zmajeva krv. (Prim. prev.)

U redovnim vremenskim razmacima poneki od seljana bi se pojavio na vratima kolibe i nekoliko trenutaka stajao zagledan u Ralfa, pa nestajao u mraku. Kad se to prvi put dogodilo Vanesa se prepala, ali kako su sati prolazili, obradovala bi se tim kratkim posetama.

Kroz krošnje drveća koje okružuje kolibu provirivala je zora kad je Ralf najzad otvorio oči i osmehnuo joj se. Vanesa je osetila kako joj telo plavi ogroman talas olakšanja i nežno ga je poljubila.

– Zdravo, i dobro došao nazad.

– Izvini zbog delfina.

Načas je pomislila da je i dalje u bunilu, ali setila se kako je sutradan trebalo da idu do uzgajališta i vide mlade delfine.

Odmahnula je glavom. – Nema veze. Ti si važniji. Kako se osećaš?

– Ošamućeno. I žedan sam.

Vanesa mu je oprezno prinela šolju s vodom do usana i on srknu nekoliko gutljaja.

– Sećaš li se šta ti se dogodilo?

– Našao sam se na putu kamenčine koja je slomila drvene vođice i pala. A bili smo tako blizu dovršetka brane. Ipak se nadam da će momci danas moći da je završe.

– Samo da ne pomisliš kako da im se pridružiš – rekla je Vanesa.

Ralf je odmahnuo glavom i jeknuo od bola koji je taj pokret izazvao.

Vanesa je pričekala nekoliko časaka, pa rekla: – Nisam sigurna da si dovoljno dobro da čuješ ovo, ali trebalo bi da znaš.

Ralf ju je zbunjeno pogledao, a ona je udahnula pa nastavila.

– Anžela je bila ovde i rekla mi kako ne misli da se to dogodilo slučajno.

Ralf je uzdahnuo i uhvatio je za ruku. – Znam. Ni ja to ne mislim. Glavni šaman me je pre nekoliko dana upozorio da budem obazriv.

– Zašto mi to nisi rekao? Kad smo stigli, činilo mi se da su seljani srećni što smo ovde – rekla je Vanesa. – Šta se promenilo?

– Otkad se umešao onaj tip iz Rija, nekim ljudima je zasmetalo što snimam zbivanja u selu. Posebno na brani – objasnio je Ralf tiho.

– Jel' to zbog žive koju nameravaju da koriste? Hoće li zarada od zlata i dalje pripadati selu? – ispitivala je Vanesa.

Ralf joj je stegao prste i polako rekao: – Neće onako kako se seljani nadaju.

Vanesa je ćutala. Setila se kako je Anžela bila zabrinuta zbog budućnosti sela i njegovih stanovnika, kako im je očajnički potrebno da pronađu pouzdan način da zadrže život na koji su navikli.

– Mora da postoji drugi način – zamišljeno je rekla. – Nešto zakonito što mogu da rade i opstanu.

– Ako uspemo da smislimo drugo rešenje, bio bih presrećan da im pomognem da ga pokrenu – tiho je rekao Ralf – ali kako vidim, ništa ne možemo da uradimo. A tu je još nešto... Žele da odemo. Plaše se da će naše prisustvo uznemiriti tipa iz Rija.

Vanesi je srce poskočilo. Posle onog što se dogodilo Ralfu, lično je jedva čekala da odu iz džungle. – Hoćemo li otići?

Ipak, srce joj se steglo na Ralfov odgovor.

– Ne, nećemo odmah. Ima još nekoliko stvari koje želim da snimim. Obećao sam da ću se kloniti brane, što mi i odgovara. Što manje znam o njoj, to bolje.

Vanesa je uzdahnula i nežno mu pomilovala čelo.

– Koliko još misliš da ćemo ostati ovde? – upitala je tiho.

– Nekoliko nedelja, možda i manje. Zavisi od toga koliko mi bude trebalo da se oporavim od ovog sitnog incidenta – rekao je Ralf. – Mogu li, molim te, da dobijem još malo vode?

Pošto je prinela vodu Ralfovim usnama, razmislila je o Ralfovom *sitnom izgredu*. Ličilo je na njega da umanji ozbiljnost nesrećnog slučaja, ali znala je kako je moglo da se završi i sasvim drugačije. Mogla je da postane udovica i pre nego što u braku provedu šest meseci. Prigušila je uzdah. Još nekoliko nedelja, pa će moći da se izvuku iz džungle i vrate u civilizaciju s pravim lekarima.

Ralf ju je uznemireno posmatrao. – Ako hoćeš da odeš i čekaš me u eko-kampu, siguran sam da će ti Anžela naći vodiča.

– Neću te ostaviti – žustro je rekla Vanesa. – Došli smo zajedno i otići ćemo zajedno. Važi?

Ralf je slabašno klimnuo glavom, pa zažmurio. – Volim te – prošaputao je dok je iscrpljen padao u san.

Vanesa je sedela pored njega i držala ga za ruku, žaleći što već nisu u kakvoj-takvoj bezbednosti eko-kampa.

18.

Te večeri kad je Zak priredio zabavu, stara luka u Monaku bila je ispunjena treperavim svetlima s jahti i iz restorana poređanih duž pristaništa. Groznica Gran prija uveliko je zahvatila grad i Monako je već bio u režimu provoda povodom najveće nedelje u godini.

Nanet je sat ili dva provela u Žan-Klodovoj vili, dovršavala sređivanje njegove kancelarije i proveravala da li mu je rokovnik ažuriran. Pronašla je nekoliko pozivnica za razne letnje dogodovštine duž Rivijere, pa i jednu za čuveni bal Crvenog krsta i još jednu za gala veče Monte Karla za Svetski dan okeana krajem letnje sezone. Kad ga je pitala za njih, Žan-Klod joj je odmah rekao da odbije poziv Crvenog krsta, ali da u rokovnik ubaci datum onog drugog, jer je na njega već odgovorio i prihvatio ga.

– Idem naizmenično kod jednih pa kod drugih – objasnio je. – Ove godine idem na veče povodom Svetskog dana okeana.

Kad je Nanet videla iznos čeka koji je priložio uz odgovor i rezervaciju stola na humanitarnoj svečanosti za prikupljanje priloga, setila se koliko je skupo voditi društveni život među VIP stanovnicima Monaka. Dobročinstvo u Monte Karlu iziskuje dubok džep.

Nekoliko sati kasnije Nanet je, stojeći na terasi, upijala atmosferu večernjeg prizora pod sobom. Dok joj je ta atmosfera nekad u životu bila uobičajena, sad je bila tako odvojena od te društvene scene da joj se i samo posmatranje činilo nekako nestvarnim.

Posle opuštene i nostalgične atmosfere za vikend, bilo je jasno da se u gradu okupljaju veliki igrači spremni da zaigraju. Muzika s nekoliko zabava u punom jeku na brodovima lebdela je kroz sparan vazduh. Parovi su opušteno šetali pored otmenih jahti, povremeno zastajali da pogledaju na palubu u nadi da će među tim glamuroznim ljudima ugledati poznato lice.

Nanet je uzela mobilni i snimila kratak video luke: *Pol pozicija* je bila osvetljena od pramca do krme, vazduhom su se širili muzika i brujanje smeha. Poslala je video Petsi s tajanstvenim komentarom: *Pogodi ko večeras priređuje zabavu na brodu.*

Pet sekundi kasnije zazvonio joj je telefon.

– Jesi li dobro? Jel' ti to vraća uspomene? Molim te ne dozvoli da te uznemiri – rekla je Petsi.

– Neću – odgovorila je Nanet. – Zaista je nestvarno dok posmatram iz daljine šta se događa na brodu. Uopšte mi to ne nedostaje – uveravala je sestru, a sama se iznenadila zato što je to tačno. – Kako ste ti i beban?

– Dobro. Hvala bogu više nema mučnina. Po Heleninom mišljenju mnogo sam se ugojila, ali me babica uverava da sam u normalnom opsegu za treće tromesečje, tako da slušam nju, a ne babu iz pakla.

– Jesi li je već nazvala tako u lice? – nasmejala se Nanet.

– Srećom nisam. Nije smešno – negodovala je Petsi. – Zamolila sam Brajana da kad u nedelju odu u uobičajenu poslepodnevnu šetnju razgovara s njom. Rekla sam mu kako *mora* da je natera da sluša inače ću iznajmiti sobu u pansionu na obali i otići. Potreban mi je prostor – dodala je tiho. – Volela bih da su mama i tata živi. Trenutno bi mi prijao mamin zagrljaj.

– O, draga Petsi – rekla je Nanet shvativši da je njena velika, nepokolebljiva sestra na pragu suza. – Kamo sreće da nisam ovako daleko. Obećavam ti da ću doći i mnogo te grliti kad se vratim. I skinuću ti Helen s vrata. Drži se.

– Pomoglo mi je što sam popričala s tobom – rekla je Petsi. – Idem da legnem i malo čitam. 'Ku noć.

– 'Ku noć – ponovila je Nanet.

Pretražila je kontakte na telefonu i našla cvećaru u kojoj je uvek kupovala, pa naručila buket cveća da se sutradan isporuči Petsi. Nadala se da će je to oraspoložiti.

Samo što je ugasila telefon i nastavila da prati prizore na keju, pojavio se Matje.

– Odoh ja. Sigurno se nećeš predomisliti i poći na zabavu? – upitao ju je.

Nanet je odmahnula glavom. – Lepo se provedi. Uzgred, vrlo otmeno izgledaš u smokingu.

– Hvala. – Zastao je načas kao da hoće još nešto da kaže, ali je odustao i pošao.

Čula ga je kako otvara vrata i iznenadila se što čuje Žan-Klodov glas kad mu se javio.

– Otkud ti ovde, *papa*? – pitao je Matje. – Zar ni ti ne ideš na Zakovu zabavu?

– Prvo ću praviti Nanet društvo – rekao je Žan-Klod. – Uživaj na zabavi. Videćemo se kasnije – rekao je i zatvorio vrata za Matjeom kako bi zaustavio nova sinovljeva pitanja.

Pridružio se Nanet na terasi i osmehnuo joj se. – Tamo dole je baš sjajna atmosfera.

Nanet je klimnula glavom. – Mhm. Mogu li vas poslužiti nekim pićem ili nečim drugim?

– Možda malo kasnije, ali prvo bih da porazgovaram s vama. – Žan-Klod ju je pogledao pa tiho nastavio. – Mislim da bi trebalo da odete i pojavite se na Zakovoj zabavi. Makar samo na pet minuta.

– Oh, Džej-Si – uzdahnula je Nanet.

– Znam da ste mi rekli kako vas to uznemirava i da vam je bilo teško kad ste nedavno videli Zaka – rekao je Žan-Klod – ali odlazak večeras tamo bio bi još jedan korak u ostavljanju prošlosti za sobom. Zak je izrazio želju da budete prijatelji, te nije verovatno da bi njegovi gosti priredili scenu ili pred njim bili neprijatni prema vama.

Nastala je tišina dok je Nanet nesvesno pogledala prema luci. Znala je da je Žan-Klod u pravu, i to joj nije išlo naruku, pa se okrenula prema njemu i bespomoćno slegnula ramenima.

– Zašto ne biste obukli svečanu haljinu i pošli sa mnom? – upitao je Žan-Klod blago. – Ne moramo ostati dugo, a obećavam da vas neću ostavljati samu. – Nanet se ugrizla za usnu i pogledala ga, a on je dodao: – Biće sve u redu. Hajde, presvucite se. Ja ću popričati s Florans da pripazi na blizance, ali siguran sam da oni ionako već čvrsto spavaju.

Nanet se premišljala. U dubini duše je znala da je Žan-Klod u pravu. Odlazak na zabavu i uljudan odnos prema Zaku bio bi veliki korak napred, a susret s njim u Žan-Klodovom društvu mnogo bi joj lakše pao. Drhtavo mu se osmehnula pa rekla: – U redu.

U svojoj sobi je nesigurno zastala pred plakarom, pitajući se koju haljinu da obuče. Odbacila je onu koju je nosila kad je pratila Žan-Kloda u hotel *Pariz* jer je bila suviše otmena, pa je izabrala letnju belu, s čipkanim bolerom preko.

– Izgledam li dobro? – upitala je uznemireno kad se pridružila Žan-Klodu u dnevnoj sobi.

– Nanet, ma šta obukli, meni uvek izgledate divno – odvratio je tiho.

Ganuta iskrenim prizvukom u njegovom glasu, Nanet ga je iznenađeno pogledala, pa mu se osmehnula i povela ga iz stana. Pošto je donela odluku da ode na zabavu, rešila je da bude snažna i da se neposredno suoči s prilikama i ljudima.

Prošetali su pored nanizanih jahti, a na svakoj je prijatno brujalo od ljudi koji se glasno zabavljaju. Na sve strane bilo je buke, smeha, muzike i otmenih žena. Dok su prilazili *Pol poziciji*, prekrivenoj svetiljkama od krme do pramca i ukotvljenoj između dva broda na kojima su se takođe održavale zabave, Nanet je osetila kako joj srce brže kuca i strepnja istiskuje svu tek stečenu odlučnost. Šta joj je uopšte bilo na pameti?

Prepala ju je iznenadna prodorna buka sirena dok je nekoliko policijskih patrola jurcalo Bulevarom Albera Prvog, pa se brzo osvrnula oko sebe.

– Verovatno su se uputili prema auto-putu – rekao je Žan-Klod. – Nadam se da nije ništa ozbiljno. – Rukom joj je dao znak da je propušta ispred sebe, a jedan član posade ih je čekao u podnožju mostića i poželeo im dobrodošlicu.

Izula je cipele i stavila ih u za njih predviđenu korpu od pruća, pa stupila na palubu od tikovine. Nervoza ju je takoreći paralisala, pa bi najradije otrčala natrag na kej da je tog trenutka Žan-Klod nije neočekivano uhvatio za ruku i onemogućio joj bekstvo. Kao da je osetio njenu želju da pobegne jer joj je stisnuo ruku da je umiri i razuveri, da joj stavi do znanja kako je uz nju.

Glavni salon na brodu bio je krcat i dok su se probijali kroz gomilu, Nanet je opazila nekoliko poznanika. Tiho je uzvraćala pozdrav onima koji su je primetili i davala sve od sebe da ne mari za one koji su joj namerno okretali leđa.

Žan-Klod je uzeo dve čaše šampanjca od stjuarda za malim šankom i pružio joj jednu.

Znatiželjno se osvrtala dok je pijuckala piće. Prošlo je više od tri godine otkad je poslednji put kročila na jahtu koja je bila njeno i Zakovo utočište. U to vreme, unutrašnjost je bila mešavina nameštaja svetle boje i Zakovom rastućom kolekcijom vrednih umetničkih slika na zidovima između prozora, s krem tepihom na podu. Te večeri je shvatila kako je svetli ugradni nameštaj ostao isti, ali je tepih zamenjen drvenim parketom, a nekoliko slika je nestalo i na njihovom mestu je stajao velik Lalikov stakleni pano s prikazom bolida Formule 1. Nanet se nakratko zapitala šta se dogodilo sa slikama.

– Šta mislite o preuređenju koje je Zak preduzeo početkom godine? – upitao je Žan-Klod.

– Hmm, nisam sigurna – odgovorila je neodređeno. – Dopadalo mi se kako je bilo. Zanima me gde je Zak. – Što pre on shvati da je ona na jahti, i prevaziđu moguću nelagodu pozdravljanja pa krenu dalje, to bolje.

– Verovatno je napolju. Hoćemo li da pogledamo?

Kad je Nanet klimnula glavom, Žan-Klod ju je opet uhvatio za ruku pa su izašli kroz jedna od otvorenih vrata na bočnu palubu.

Napolju su primetili Zaka i Matjea kako na pramcu razgovaraju s Borisom. Prećutnim dogovorom ostali su na mestu na kojem su se zatekli. Ni jedno ni drugo nije želelo da bude primorano da ćaska s Borisom.

Dok su stajali, pijuckali šampanjac i posmatrali ostale goste na zabavi, Nanet se polako opuštala. Taman su se spremali da se vrate u salon, kad je naišla Ivi.

– Zdravo. Pomislila sam da ste to vi. Zar zabava nije sjajna? Razgovarala sam s jednim od vozača trka, ali on je sad potražio Zaka. Treba da mu prenese poruku od tima tehničke podrške. Izgleda da je policija na auto-putu zaustavila transportere Formule 1 radi nasumičnog pretresa.

– Nije to ništa neobično – rekla je Nanet. – Često se dešava. Još nikad ništa nisu pronašli.

– Oh, ovog puta su imali dojavu i pretražuju svaki pedalj. Izgleda da su ubeđeni da će nešto naći – rekla je Ivi. – Moj prijatelj upravo Zaku saopštava tu vest.

Nanet je pogledala prema pramcu u trenutku kad je Zak razmenio zabrinut pogled s Borisom i Matjeom. Matje se odvojio od njih i progurao se prema krmi i mostiću.

Nanet je iznenada osetila kako joj se u stomaku steže čvor zbog napetosti, pa se primakla Žan-Klodu. Blago je potražila njegovu ruku te su zajedno posmatrali kako Matje skače s *Pol pozicije* na mol, i kako ga guta gomila koja je u talasima navaljivala u luku, dok im se nije izgubio iz vida.

Dok su ćutke stajali i gledali kako Matje beži u noć, Nanet je osetila Žan-Klodovu napetost u ruci koju je držala u jalovoj nadi da je njegova briga neutemeljena.

Obazrela se oko sebe. Zabava kao da je došla do preranog kraja s vešću o policijskom presretanju transportera Formule 1. Paluba je i dalje podrhtavala od disko muzike iz glavnog salona, ali ljudi su odlazili, a s njima i Boris sa svojom svitom.

– Hoćemo li i mi da odemo? – upitala je Žan-Kloda tiho.

Odgovorio joj je klimanjem glave pa su se okrenuli da pođu prema mostiću, a Nanet se ponadala kako će im uspeti da neprimetno odu, ali se zabrinula kad je spazila Zaka kako stoji na krmi i oprašta se s ljudima.

– Nanet, Žan-Klode, žao mi je što odlazite. Zar ne možete da ostanete još malo? Nisam imao priliku ni da plešem s tobom, Nanet. Možda još po jednu čašu šampanjca?

Nanet ga je oštro pogledala. Poslednje što je želela bilo je da pleše sa Zakom.

– *Non* – rekao je odsečno Žan-Klod. – Treba da nađem Matjea. Možda bi mogao da mi kažeš kuda je otišao. – Zapiljio se oštro u Zaka.

– Otkud ja znam gde je?

– Otud što verujem da si mi umešao sina u neki od tvojih sumnjivih poslovnih poduhvata – ljutito je rekao Žan-Klod.

Zak ga je netremice gledao. – Matje je poslovan čovek i sâm odlučuje u koje poslove će se upustiti. Niko ga ni na šta ne primorava.

– Znači da se upetljao u nešto s tobom i onim Rusom? – hteo je da zna Žan-Klod.

Zak je uzdahnuo. – Žan-Klode, ako je Matje rešio da ti ne poveri svoje poslove, tu ja ništa ne mogu. Nego, jeste li sigurni da ne mogu da vas ubedim da ostanete? – pogledao je Nanet s nadom.

Ona je odmahnula glavom i pošla po sandale s visokom potpeticom među ispreturanom obućom u korpi uz mostić.

Dok se obuvala, videla je kako Žan-Klod prilazi Zaku, stavlja mu ruku na rame i zatim se naginje i govori mu nešto što je očigledno bilo namenjeno samo njegovim ušima.

Zakovo lice se smrklo, pa je otresito zbacio Žan-Klodovu ruku s ramena, okrenuo se i otišao prema šanku u glavnom salonu.

Nanet i Žan-Klod su, udubljeni u misli, ćutke išli obalom do stana.

Žan-Klod ju je uhvatio za mišicu pre nego što su prešli ulicu.

– Pođite sa mnom na kafu, molim vas, pre nego što vas ispratim kući – rekao je.

Kad su seli za stočić i naručili *cafés noisettes*,[13] kafe na trotoaru u dnu Ulice princeze Karoline bio je pun bučnih kasnih gostiju.

– Pokušajte da se ne brinete mnogo zbog Matjea – rekla je blago Nanet. – Zar vam nije rekao da je sve pod kontrolom i da će uskoro biti gotovo?

Žan-Klod je klimnuo glavom.

– Zato mu još malo verujte. Iako znam da je teško.

Kad ga je pogledala saosećajno, pružio joj je ruku i stegao njenu šaku.

– Znam da ste u pravu – rekao je, vrteći glavom. – Samo bih voleo da mi se od bojazni ne steže stomak.

---

[13] Fr.: espreso s malo mleka tako da kafa dobije boju lešnika. (Prim. prev.)

19.

Sutradan, kad je Nanet povela blizance u školu, Matje nije bio kod kuće. Dok se vraćala u stan pitala se gde li je. Kad joj je zazvonio mobilni brzo se javila donekle očekujući da je on, ali bio je Žan-Klod.

– Jeste li videli Matjea?

– Nisam. Florans kaže da nije spavao u svom krevetu – rekla je Nanet. – Jeste li vi čuli još nešto o prepadu?

– Izgleda da je policija zaista nešto pronašla, ali niko ne zna šta tačno. Doduše šuška se da je u pitanju kofer pun novca.

– Jesu li nekog uhapsili?

– Razgovarali su s nekoliko kamiondžija, ali onima s kamp-kućicama i transporterima su dozvolili da se parkiraju bez poteškoća. Kao što znate, putujući cirkus Formule 1 drži se veoma strogog rasporeda, i ništa ne sme omesti nedelju trke. Policija je i dalje na licu mesta i pretresa neke od njih.

Kratko je ućutao, pa nastavio: – Hoćete li mi javiti kad se Matje vrati?

– Da, naravno.

Nanet je vratila telefon u tašnu i lagano išla ulicom punom raznih tezgi na kojima su prodavali rekvizite vezane za Formulu 1 i brzu hranu. Čak i ovako rano, navijači su se šetali okolo i mešali se s meštanima koji su se upinjali da nastave normalan život uprkos neprijatnosti s barijerama i ulicama ispunjenim tribinama. Naredni dan bio je određen za vežbu, pa je putanja po gradu i duž luke trebalo da bude zatvorena za saobraćaj dok se vozači navikavaju na ludački brzu vožnju po stazi od uskih zavojitih ulica.

Iako je prošlo nekoliko godina otkad je Nanet prisustvovala Gran priju Monaka, sve joj je bilo veoma poznato. Dok je prolazila pored tezgi sa suvenirima i uveliko užurbanih preprodavaca ulaznica za ručak na dan vežbe u restoranima s pogledom na stazu, čak je prepoznala nekolicinu njih i kratko se osmehnula.

Najprisutnija boja na zastavicama okačenim po balkonima bila je Ferarijeva crvena, a teško je bilo odoleti mirisu palačinki od nautovog brašna pečenih na pokretnoj tezgi na uglu, koji se nadmetao sa uobičajenim mirisom svežih kroasana za doručak iz obližnje *boulangerie*.[14]

Nanet je ušla na staklena vrata ulaza u zgradu i pozvala lift. Iako su dva domara za prijemnim pultom prekinula razgovor usred rečenice kad se pojavila, načula je reči: *gospodin Matje.*

Čim je ušla u dnevnu sobu, prišla joj je Florans i pokazala na Matjeovu sobu.

– Vratio se. Spava i zamolio je da ga ne uznemiravamo – rekla je tiho.

Nanet je brzo pozvala Žan-Kloda da mu saopšti novost.

– Krećem odmah – odvratio je.

Nanet i Žan-Klod su proveli prepodne ispijajući kafu i čekajući da Matje ustane. Nekoliko puta, kad je iznervirani Žan-Klod pripretio da će otići i probuditi ga, Nanet je uspevala da ga ubedi kako to nije dobra ideja.

U jedan sat su njih dvoje na terasi pojeli salatu koju im je Florans pripremila za ručak. Nanet je primetila kako je Žan-Klodu teško da išta pojede.

Tek sat kasnije pojavio se Matje, pa je Žan-Klod odmah počeo da ispaljuje pitanja u vezi s prepadom. Nanet je bilo sve neprijatnije što prisustvuje sve žešćoj svađi oca i sina, i zapitala se treba li da ih ostavi same. Međutim, ako se Matje upustio u nešto sumnjivo, bilo je potrebno da ona sazna činjenice kako bi mogla da zaštiti blizance.

– Pa šta, našli su kofer s novcem? Nije zločin čuvati novac u gotovini – kazao je Matje i otišao do frižidera i nasuo čašu mleka.

– Zavisi od toga odakle novac potiče. I za šta je namenjen – odvratio je Žan-Klod.

---

[14] Fr.: pekara. (Prim. prev.)

– Jednom od mehaničara u nekom od manjih timova izgleda da se posrećilo u kladionici na Gran priju Španije. Jednostavno nije imao vremena da dobitak odnese u banku – rekao je Matje.

– Dobro. Prihvatiću tu priču – zasad. Samo nam reci zašto si pobegao sa Zakove zabave kad si čuo za policijski prepad.

Žan-Klodovo lice je bilo mirno dok je posmatrao Matjea i čekao odgovor.

– Nikud nisam bežao.

– Recimo onda da si na brzinu napustio Zakovu zabavu. Bili smo tamo i videli te.

– Slučajna podudarnost. Ionako sam se spremao da krenem. Imao sam dogovor da se nađem s nekim u *Automobilskom klubu* i kasnio sam. – Matje je slegnuo ramenima, a Žan-Klod je u neverici zurio u njega. – Ispitivanje završeno? Treba da se istuširam, a obećao sam Pjeru da ću ga sačekati posle škole i odvesti ga u boksove, gde će ga Zak upoznati s još nekim vozačima.

– *Non.* Nije gotovo – povikao je Žan-Klod na sina. – Neće biti sve dok mi ne kažeš istinu o tome šta se dešava.

Matje je odmahnuo glavom, gledajući oca. – Ne mogu ništa da ti kažem, ali ako se brineš zbog porodičnog ugleda, nemoj.

– Ne brinem se zbog porodičnog imena već zbog tebe. Skandali se prežive, ali posledice nikad ne treba potceniti.

Nanet je grizla donju usnu dok je bez reči posmatrala njih dvojicu. Ni jedan ni drugi izgleda nisu bili spremni da popuste, a Matje nije nameravao išta da kaže ocu, pa čak ni da mu se izvini zbog brige koju očigledno izaziva.

– O, veruj mi – rekao je sumorno – posledice će u ovom slučaju biti strahotne po neke ljude u Monaku. – Nakon te tajanstvene opaske vratio se u sobu da se spremi i izađe.

Žan-Klod je pogledao Nanet, a na licu su mu se urezale bore od zabrinutosti. – Bar je konačno priznao da je umešan u nešto. – Uzdahnuo je. – Jeste li mu poverovali za novac i *Automobilski klub*?

– Za mehaničarev dobitak u kladionici? Moguće je. Uvek je ludačka žurba da se sve spakuje i krene na sledeću trku. A što se tiče Matjeovog sastanka... – Nanet je odmahnula glavom. – Ne znam.

– Sutra i ja imam sastanak – rekao je Žan-Klod tiho, bacivši pogled ka vratima Matjeove spavaće sobe. – Nalazim se s privatnim detektivom koji će nekoliko nedelja pratiti Matjea. Moram znati šta se događa.

– O, Džej-Si, molim vas budite oprezni. Ako Matje otkrije šta smerate, pobesneće. – Nanet je pružila ruku i dotakla mu mišicu.

Žan-Klod ju je uhvatio za ruku i čvrsto je držao. – Moram da rizikujem. Nisam ubeđen da nije u nevolji. Želim samo da se uverim da nije zabrazdio s pogrešnim ljudima. Želim i da budem pripremljen za slučaj da... – Ostavio je nedovršenu rečenicu, slegnuo ramenima i beznadežno odmahnuo glavom.

Nanet ga je ćutke posmatrala jer nije znala šta da kaže, niti šta da uradi kako bi pomogla. Kao i Žan-Klod, i ona je počela da veruje da se Matje upetljao u nešto ozbiljno. Jedino je mogla nekako da pokaže Žan-Klodu da je uz njega, pa mu je čvrsto i saosećajno stisnula ruku.

20.

– Ovo ima odvratan ukus – rekao je Ralf kad mu je Vanesa dala da proguta razblažen *sangue de grado*. – Moram li?

Vanesa je klimnula glavom. – Da, moraš. Treba i da ti utrljam malo melema u preostale modrice.

Na Vanesino olakšanje, skoro nedelju dana posle nesreće Ralf se osećao mnogo bolje. Da li zbog smrdljivih napitaka koje joj je glavni šaman napravio da mu ih redovno daje, ili zato što i nije bio tako strašno povređen kao što su se u početku bojali, Vanesa nije znala. Jedino joj je laknulo što je živ.

– Ne znam šta je ovo – rekla je dok mu je utrljavala crvenkastu lepljivu mast po telu – ali svakako je delotvorno.

– Izgleda i da uklanja bol – rekao je Ralf. – Neverovatno je da nešto toliko primitivno ima tako velika lekovita svojstva.

– Ne zaboravi da je i nega puna ljubavi koju sam ti pružila imala udela – zadirkivala ga je Vanesa.

Ralf ju je uhvatio za ruku. – Znam – rekao je ozbiljno. – Žao mi je što nije sve ispalo onako kako smo nameravali. Nik i Hari su maločas bili ovde i rekli da su, pošto već ne mogu da snimaju u blizini brane, ubedili Luiđija da ih odvede da snime mlade ružičaste delfine. Znam da je donde dalek put, ali zašto ne kreneš i ti s njima?

Vanesa je odmahnula glavom. – Radije bih ostala s tobom. Sem toga, obećala sam Anželi da ću danas posle podne pomoći njoj i drugim ženama.

– Kako želiš. Uostalom, uz malo sreće, mogli bismo da vidimo delfine na putu prema severu kad konačno krenemo odavde. Ah, evo glavne sestre i lekara konsultanta u viziti – dodao je *sotto voce*[15] kad su se Anžela i glavni šaman pojavili na ulazu u kolibu.

Pošto je vrač objavio da je zadovoljan Ralfovim napretkom, rekao je nešto značajno Anželi pa otišao.

– Kaže da danas možeš da ustaneš – rekla je Anžela. – Uskoro će u selu prirediti slavlje zbog tvog oporavka.

Rano tog poslepodneva Vanesa je ostavila Ralfa da piše dnevnik i razmatra planove za sledeću etapu njihove pustolovine. Dok je išla prema kolibi na kraju sela u kojoj su žene radile, slušala je sad već poznat hor egzotičnih ptica u okolnom visokom drveću.

Zastala je da zagleda jato žutočelih amazonaca, koji su kreštali prepirući se oko prosutog semenja, i seosku svinju, koja je na samo nekoliko metara od njih riškala po žbunju. Majmunče, koje joj je prvog dana po dolasku u selo otelo bananu, pritrčalo joj je uzbuđeno, pa čavrljalo i motalo joj se oko nogu dok je prilazila kolibi.

Anžela, zauzeta razvrstavanjem gomile izmešanih blatnjavih čizama i mačeta opasnog izgleda, osmehnula joj se u znak dobrodošlice. Stojeći na ulazu u kolibu, Vanesa je posmatrala kako nekoliko žena iz sela prebira po ostacima berbe brazilskog oraha. Iznenadila se što je bilo tako malo plodova.

– Primorani smo da prodamo veći deo berbe – objasnila joj je Anžela. Ova godina nije bila baš rodna. Nadam se da će dogodine biti bolje, ali tad će se i *aviamento* promeniti. – Slegnula je ramenima. – Već znamo da ćemo plaćati više pre sledeće berbe.

Vanesa ju je upitno pogledala. – *Aviamento*?

– To je sistem koji obezbeđuje ovo – rekla je Anžela i pokazala čizme i mačete. – Dobijamo opremu neophodnu za berbu uz sporazum da će posrednik od nas otkupiti orahe po niskoj ceni. Dalje će ih preprodati i prisvojiti zaradu koja bi trebalo da pripadne nama.

– To je strašno. – Vanesa je zaprepašćeno gledala Anželu. – Zar ne možete vi da prodajete orahe bez posrednika?

– Ne. Potrebna nam je oprema za njihovo branje, a nemamo novca da je kupimo.

---

[15] It.: ispod glasa, tiho, prigušeno. (Prim. prev.)

– Zar ne mogu da vam pomognu oni s vladine farme od kojih nabavljate seme?

Anžela je odmahnula glavom. – U prošlosti su pričali kako će nam pomoći da promenimo sistem, ali ništa se nije dogodilo. Sad se taj iz Rija, čovek onog stranca, uvukao i na branu, pored mešanja u posao sa orasima. Navodno je prošle godine „pomogao" selu na zapadu da prepreče reku, pa hoće i za nas to da učini. – Podigla je pogled. – Luiđi smatra kako ćemo na kraju biti primorani da odemo. Ovde nam ne treba mnogo novca za preživljavanje, ali potrebni su nam zemlja i hrana. Brazilski orasi nam daju i brašno i ulje.

– Ima li ovde dovoljno za seljane do sledeće berbe? – pitala je Vanesa.

Anžela je slegnula ramenima. – Zavisi od toga kako će se održati. Uz ovu vlagu teško je sprečiti da se ne uplesnive jer nemamo uslova da ih skladištimo kako treba.

Nakratko su se ućutale i obe se osvrtale svaka izgubljena u svojim mislima. Vanesa je prekinula tišinu.

– Želiš li da ti pomognem u čišćenju mačeta? Ili bi htela da radim nešto drugo?

– Pažljivo ih drži – rekla je Anžela i pružila joj krpu.

Dok je obazrivo čistila ubojito oruđe, Vanesa nije mogla da prestane da razmišlja o poteškoćama s kojima se selo suočavalo. Moralo je da postoji neko rešenje.

Vraćajući se kroz naselje posle obavljenog posla, zadubljena u misli, Vanesa je zatekla Ralfa kako je čeka ispred velike zajedničke kolibe. Zadovoljna što ga vidi napolju i na nogama, rasejano mu se osmehnula.

– Ne preteruj – upozorila ga je. – Treba još malo sve da radiš polako.

– Obećavam da hoću. Ne izgledaš baš srećno – kazao je Ralf i uzeo je za ruku dok su išli prema svojoj kolibi.

Vanesa je uzdahnula. – Mnogo sam tužna zbog ovog mesta. Svi znaju da prašuma izumire zbog načina na koji se zbog poljoprivrede šire krčevine, ali i ljudi umiru, ako ne zaista, onda time što su primorani da se iseljavaju iz svojih sela i napuštaju tradicionalni način života. Čak i Anžela priča o odlasku.

Ralf je ćutao kad je bespomoćna i apatična Vanesa stopalom zagrebala zemlju.

– Nadam se da će moj film navesti ljude da se trgnu i obrate pažnju. Da će nešto učiniti zbog tih nedaća – rekao je tiho.

– Znam da si došao da snimiš istinitu priču o stanovnicima Amazonije – kazala je stisnuvši mu ruku – samo se nadam da nije prekasno i da neće postati materijal u arhivi o nekadašnjim običajima. – Ućutali su se, a onda je Vanesa namerno promenila temu. – Kako se osećaš? Divno je što si ustao i šetaš, ali ne smeš preterivati. Pre nego što odemo moram zamoliti Anželu da mi pokaže kako da napravim taj melem i da ga ponesem kući. Blizanci stalno padaju, izbijaju im modrice i... – Stala je u mestu i povukla Ralfa da se okrene prema njoj. – Tako je! – uzviknula je uzbuđeno.

– Šta je tako? – zbunjeno je upitao Ralf.

– Setila sam se nečeg što *možemo* da uradimo i pomognemo seljanima da sačuvaju stari način života ako nam to dopuste. Mogli bismo im pomoći da obrazuju zadrugu za prodaju prirodnih lekova i sopstvenih proizvoda, pa i brazilskog oraha. Zadrugom će barem upravljati oni, a ne tamo neki ljigavi posrednik.

21.

Bilo je jutro u nedelju Gran prija i u Monaku je sve ključalo u iščekivanju trke. Prethodnog dana se hiljade gledalaca spustilo u Kneževinu da gleda kvalifikacije za veoma značajne startne pozicije. Osim na tribinama u luci, ljudi su se rano okupili na strmoj, šumovitoj padini između luke i palate *Grimaldi* na rtu, spremni da uz užinu uživaju u danu utrkivanja sa satom.

Ni na sâm dan trke nije ništa drugačije. Hiljade gledalaca već je bilo u gradu, a iz minuta u minut ih je pristizalo sve više. Kao i prethodnog dana, padina ispod palate se punila željnim pratiocima trka, a drugi su nalazili sedišta na tribinama. Poznate ličnosti koje su došle da predahnu posle Kanskog filmskog festivala bile su u punom sastavu i nehajno šetale boksovima kako bi pratile trku, a isto tako i da budu viđene i po mogućstvu da se slikaju pored vozača.

Sredinom prepodneva Nanet je načas izašla na terasu iz dnevne sobe i pogledala gomile ljudi koje odlaze na veoma skupa mesta na tribinama u luci. Dugo je bila odsutna, pa je gotovo zaboravila mahnito uzbuđenje na stazi i oko nje koje izaziva trkački vikend u Monaku, kad džet-set uživa u kombinaciji visokooktanskog života i brzih automobila. Vazduhom je zagrmelo turiranje vrhunski podešenih motora, a to je bio znak za koji je Nanet znala da predstavlja ludačku aktivnost van vidokruga, u garažama iza boksova.

Kad je pogledala iza startne linije ugledala je kamermane i novinare kako, pomešani sa svetom u boksu, pokušavaju da dođu do ekskluzivnog ranog intervjua s nekim ko želi da iskaže mišljenje o tome kako će teći trka. Za koga smatra da će pobediti na toj opasnoj, a vozačima ipak omiljenoj stazi. Stazi na kojoj bi svaki od njih poželeo da ima čast da pobedi.

Dole u luci, posade luksuznih jahti ukotvljenih tako blizu jedna drugoj da su im odbojnici jedva razdvajali blistava korita, užurbano su služile jaku kafu i kroasane gostima koji su se čitave noći provodili na brodu.

Nanet je bacila pogled na *Pol poziciju* znajući da je Zak ustao rano da se pripremi za taj dan, pa se nije iznenadila što na pramcu vidi samo posadu. Jedno od Zakovih nepisanih pravila oduvek je bilo to da nema gostiju na brodu u subotu uveče pre Gran prija, čak i ako, kao prethodne večeri, on slavi pol poziciju na startu. Možda su stručnjaci za Formulu 1 i znalci u pravu da će Zak ove godine biti ovenčan titulom svetskog šampiona. Ipak, znala je da će njegove misli tog prepodneva biti usredsređene na predstojeću trku. Ako je suditi prema klicanju kojim je juče pozdravljena njegova pol pozicija, svakako će tog poslepodneva imati podršku publike.

Okrenula se kad je čula da se vrata stana otvaraju i zatvaraju.

– Olivija je namirena za danas – kazao je Matje kad je prišao Nanet na terasi. – Dan u akvaparku s drugaricama mnogo je više po njenom ukusu nego gledanje dosadne trke bolida.

Nagnuo se preko ograde i posmatrao rulju i aktivnosti ispod sebe.

– Osećaš li žal za starim životom? – pitao je pogledavši je. – Za svim onim VIP zabavama i događajima kojima ste ti i Zak prisustvovali?

– Ne baš – odgovorila je Nanet. – Čini mi se da je to bilo pre sto godina, toliko toga se desilo. Tad je bilo zabavno, ali sve se menja, i ja sam se promenila.

– Sve se zaista menja – kazao je Matje tako tiho da ga je Nanet jedva čula. Ućutao se i samo zurio u boksove.

– Matje, jel' sve u redu? – konačno se usudila da ga pita. – Mogu li u nečemu da pomognem? – Shvatila je da će verovatno dobiti odričan odgovor, ali pošto je bila zabrinuta već danima, od one njegove svađe sa Žan-Klodom, želela je da on zna kako će mu pomoći ako ikako može.

– Hvala – rekao je Matje. – Trenutno ima teškoća, ali sve je pod kontrolom. – Osmehnuo joj se pa promenio temu i delotvorno je sprečio da postavi još neko pitanje. – Danas bi trebalo da bude dobra trka. Zak je uspeo da se kvalifikuje za pol poziciju. Nadajmo se da će i u trci ostati ispred svih. Monako je jedina staza koju nije osvojio.

– Ukoliko danas pobedi, biće u vrhu i za šampionat – kazala je Nanet. – Svi znamo da očajnički želi da postane svetski šampion – dodala je suvo. Zastala je, pa nastavila: – Matje, moram da te pitam jesi li siguran da Borisu ne smeta ako danas ostanem?

Matje ju je iznenađeno pogledao. – Zašto bi mu smetalo?

Slegnula je ramenima. – Samo sam mislila da Boris želi stan za sebe i svoje ortake. Ako se sećaš, prvobitni plan je bio da Olivija i ja odemo kod Žan-Kloda.

– U redu je da i ti i Pjer budete ovde. *Papa* isto dolazi – rekao je Matje. – Zato se opusti i uživaj u danu.

Nanet je smatrala kako je bolje da ne kaže Matjeu kako je upravo Žan-Klod rešio da promeni plan, jer je želeo da motri na sina i pokuša da shvati u šta se on to upustio s Borisom.

U tom trenutku začulo se zvono na vratima, pa se Matje okrenuo da dočeka prve goste.

Boris je pozdravio Nanet sa „*Bonjour*, madmoazel" i naklonom glave, a zatim je Pjeru grubo razbarušio kosu, pa se dečko izmakao od njega. Za nekoliko minuta pristigla je i Borisova družina, te na Nanet i Pjera sledećih sat vremena niko nije obraćao pažnju.

Nanet je laknulo kad je, neposredno pre nego što je poslužen ručak, stigao Žan-Klod, pa su zajedno seli za jedan od okruglih stočića koje je Florans postavila na kraju dugačke terase. Pjer, kojeg je više zanimalo da gleda prizore dole nego da ruča, upravio je dvogled u boks.

Atmosfera na terasi delovala je srdačno i druželjubivo. Florans je raspoređivala hranu, a Matje je marljivo svima sipao piće.

– Čini mi se da je Matje danas lepo raspoložen – rekao je Žan-Klod pošto je pogledao sina.

– Jeste – složila se Nanet. – Doduše, nešto ga svakako muči, veoma je napet.

Žan-Klod je upitno izvio obrve.

– Ne znam o čemu se radi, Džej-Si, ali jutros je više puta rekao kako je „sve pod kontrolom". Čini mi se da ponavlja to kao mantru kako bi sebe ubedio – rekla je tiho Nanet i bacila usplahiren pogled na Pjera.

– Ima li vesti od Vanese i Ralfa? – upitao je Žan-Klod shvativši poruku, pa je vešto promenio temu.

– Juče nam je stiglo pismo od mame – kazao je Pjer ne skidajući pogled sa automobila poređanih na startnoj liniji. – Ostavila ga je nekome u prvom eko-kampu u kojem su noćili da ga pošalje kad se vrati u civilizaciju. Dovde je putovalo *sto godina*. Žao mi je što ne možemo da se dopisujemo imejlom, ali u selu u kojem su nema struje, a solarni punjač za satelitski telefon ne radi sasvim dobro u džungli.

– Jel' rekla kako stoje stvari? – pitao je Žan-Klod.

– Rekla je samo da je videla neverovatne stvari i da će opet pisati i, ako bude moguće, telefonirati.

U tom trenutku automobili su krenuli u formacijski krug, pa je Pjer stavio na uši zvanične zaštitne slušalice koje mu je Zak dao. Pošto je krug za zagrevanje završen, a automobili se vratili na početnu poziciju spremni za polazak, Boris i njegovi gosti su se načičkali na terasi i čekali početak trke. Nanet, obožavateljka Formule 1 i pre nego što je radila za Zaka, osetila je prvi nalet uzbuđenja koje bi je uvek obuzimalo uoči trke. Kako od nesreće nije pratila takmičenja, zaboravila je koliko je uzbudljivo posmatrati bolide kad jurnu.

Svi su pomno pratili kako se jedno po jedno crveno svetlo na startu gasi, a zatim se stanom razlegao zaglušujući zvuk koji prave automobili visokih performansi u velikoj brzini na putu do krivine Svete Devote, pre nego što zađu uzbrdo prema Kazinu.

Zaorilo se glasno klicanje jer je Zak savršeno krenuo i zadržao vođstvo, pa nekoliko sekundi kasnije nestao iz vidokruga i za sobom ostavio automobile da se najbolje što umeju bore za bolju poziciju.

Sad su svi pažnju preusmerili na veliki televizijski ekran postavljen kod ugla Svete Devote. Nanet je na ekranu videla kako Zak prvi put proleće pored hotela *Pariz* na putu prema krivini Potkovica.

Nadala se da će trka proći bez problema. Gran pri Monaka je vozačima omiljena trka zbog izazova koji predstavlja vožnja ulicama, ali Nanet je znala da sama ta činjenica čini ovu trkačku stazu najopasnijom na svetu. Ako nešto pođe naopako, naprosto nema kuda da se skrene. Puknuta guma ili greška vozača ovde mogu imati ozbiljne posledice, a savremeni automobili su veoma brzi.

Pošto je prošao kroz tunel i opet krenuo prema luci, Zak je nastavio da prednjači ispred automobila iza sebe i već je dobio prednost od pet sekundi kad je uz riku motora prošao pored zgrade i krenuo u drugi krug.

Ubrzo nakon početka trke Boris i dva gosta su se povukli u dnevnu sobu i tiho razgovarali, povremeno bacajući pogled na trku na televizoru na komodi. Kad je pošla u kuhinju po bocu vode Nanet se napregla da čuje šta pričaju, ali je uhvatila samo reči „novac" i „jahta".

Zak je bez imalo muke ostao na čelu trke, a njegova ekipa mu je omogućila dva savršena zadržavanja u boksu kako bi ostao u vođstvu. Dok ga je posmatrala kako se u šezdeset devetom krugu penje uz brdo pored hotela *Ermitaž*, Nanet je znala da je, uz još samo devet preostalih krugova, konačno pred osvajanjem Gran prija Monaka, uz vođstvo od devetnaest sekundi ispred drugoplasiranog.

Katastrofa se dogodila u sedamdeset drugom krugu. Vozač na četvrtom mestu pogrešno je procenio ugao Raskas i udario u zid. Nepovređen, ali iznerviran, vozač je izašao iz automobila i tužno odmahivao glavom publici. Žute zastavice su se zavijorile, bezbednosno vozilo je ubrzo izašlo na stazu, a vozači su primorani da uspore i ostanu iza njega. Prema pravilima trke svi automobili moraju da zadrže trenutne pozicije i nije dozvoljeno preticanje dok je bezbednosno vozilo na trkačkoj stazi.

Kad su sa staze uklonjeni slupani automobil i ono što je s njega otpalo, ostala su samo dva kruga trke, a preostali automobili išli su jedan iza drugog i Zakovo nenadmašno vođstvo od devetnaest sekundi se istopilo. Pošto je bezbednosno vozilo napustilo stazu, svi su pratili bez daha i sa željom da Zak izbegne svaku opasnost kao i da ostane na čelu jer su znali da mu predstoji prava bitka da osvoji trku u kojoj je vodio od početka pa sve do nesreće.

Dok je poslednji put savladavao serpentinu pred kompleksom bazena drugoplasirani i trećeplasirani bolidi disali su mu za vratom na samo nekoliko sekundi. Ipak, Zak je obišao oko Raskasa i uz urlanje motora prešao ciljnu liniju prvi pod kariranom zastavom.

Nanet se pridružila spontanoj erupciji radosti na terasi. Uprkos svemu što se dogodilo između njih, nije mogla da ne oseti radost zbog Zaka.

– Mogu li da siđem i gledam dodelu? – upitao je Pjer uzbuđeno.

– Poći ćemo i mi s tobom – kazao je Žan-Klod, znajući da Nanet ne bi pustila Pjera samog, a da Matje ne bi ostavio goste.

Na ulici su se mehaničari i ostali članovi ekipe okupili oko ograda i posmatrali princa Alberta, princezu Šarlin i ostale članove kneževske porodice koji su se pojavili spremni da podele trofeje.

Nanet, Žan-Klod i Pjer uspeli su da se uguraju u tesan prostor kod pobedničkog postolja. Dok je posmatrala ceremoniju u kojoj razdragani Zak prima trofej od princa Alberta i visoko ga podiže, Nanet je preplavio osećaj *déjà vu*. Koliko puta je gledala slične svečanosti, a zatim bila uz Zaka dok je po čitavu noć slavio? Kad je protresao šampanjac i prskao njim na sve strane, pridružila se opštoj buci proslave pobede, ali osećanja su joj bila nekako odvojena od onoga što se oko nje dešavalo.

Potrčavši preko staze da bocu sa šampanjcem dâ svojim mehaničarima, Zak je mahnuo Pjeru, pa ugledao Nanet i Žan-Kloda kako stoje pored njega. Odmah je skrenuo i prišao im.

– Čestitam, Zak! – uglas su uzviknuli Nanet i Žan-Klod.

– Hvala. – Zak je pogledao Nanet. – Sutra večera. Doći ću po tebe u osam. Nema izgovora. Treba hitno da porazgovaram s tobom.

Tad se vratio mehaničarima, ne ostavivši Nanet vremena da odbije, pa se ona naljutila što je unapred zaključio da će svakako prihvatiti njegov poziv. Poziv koji je zvučao pre kao naređenje kojem mora da se potčini.

– Taj čovek je stvarno nemoguć – promrsila je tiho.

– Slažem se – rekao je Žan-Klod. – Mogu ja da ga odbijem u vaše ime ako hoćete? A vi da sutra uveče dođete kod mene u vilu? Za slučaj da on... – Žan-Klod je ostavio nedovršenu rečenicu i ozbiljno gledao Nanet.

– Hvala vam, Džej-Si. Možda – zahvalno je odgovorila Nanet. – Moram da razmislim kako da postupim u ovom slučaju.

22.

U ponedeljak rano ujutru Nanet je probudio snažan tresak na ulici pred zgradom. Trebalo joj je nekoliko trenutaka da se povrati i shvati da su to radnici započeli dug proces skidanja ograda i tribina da bi Monako vratili u uobičajeno stanje za sledećih deset meseci.

Ostala je još malo u krevetu i razmišljala o Zakovom „pozivu" na večeru. Razgovarala je o tome sa Žan-Klodom nešto više prethodne večeri pre nego što je otišao kući.

– Imam još pitanja na koja bih volela da mi Zak odgovori – rekla je. – Možda je to prilika. Moguće je da je rešio da porazgovara sa mnom i odgovori na sva pitanja koja imam o... – nije dovršila rečenicu. – Možda samo želi da me izvede na večeru, a zna da ne bih drage volje razmišljala o tome, pa mi nije pružio priliku da ga odbijem. Mada mogu da ga pozovem i kažem mu da to ne dolazi u obzir.

– Čini mi se da je on muškarac koji ne voli reč *ne*, a iz iskustva znam da Zak Juart nikad ništa ne radi bez nekog razloga – rekao je Žan-Klod tiho.

– To je istina – zamišljeno se složila Nanet. – Ipak mislim da ću otići i iskoristiti priliku. Čim Zak završi sa onim što ima hitno da razgovara sa mnom, postaviću mu nekoliko pitanja. Zahtevaću da mi pruži odgovore koji mi trebaju.

Žan-Klod je uzdahnuo i uzeo je za ruke. – Nanet, ne verujem mu. Svakako ponesite mobilni. Ako vam zatrebam, pozovite me. Obećavate?

Nanet mu se nasmešila. – Obećavam. – Odavno se nijedan muškarac nije brinuo o njoj, želeo da je zaštiti. Mada, iskreno govoreći, to je samo večera s bivšim verenikom u restoranu u Monaku, odakle uvek može da ode.

Nekoliko sekundi gledao ju je pravo u oči, pa joj je pustio ruke i oprostio se.

Čitavog dana, dok je obavljala sve po uobičajenom rasporedu, Nanet je razmišljala o Zaku i večeri koja joj predstoji. Znala je da je Zak, inače majstor neočekivanih smelih manevara na trkačkoj stazi, u stvarnom životu mnogo manje spontan. Kad je počela da radi za njega shvatila je kako njime vlada glava, a ne srce. Kasnije, kad su već stupili u vezu, upoznala je Zakovu mekšu stranu, koju vrlo malo ljudi ikad vidi. No čak i tada, kad su bili zaista bliski, prihvatila je da nije ni najlakši, ni najromantičniji muškarac na svetu. Bilo je poklona za njen rođendan i Božić, nekih skupih, nekih ne, ali neočekivano cveće ili bombonjera, bez ikakvog povoda ili samo zato što želi da je obraduje bili su veoma retki.

U osam sati, kad je Zak zazvonio na vrata stana, Nanet je gotovo ubedila sebe kako je njihova zajednička prošlost razlog – i to jedini – što Zak želi da je izvede na večeru. Da nema skrivenih poriva. Samo nostalgičan razgovor o mestima na kojima su bili, o onome što su zajedno radili. Bilo je jasno da se nada kako će ubediti Nanet da zaboravi prošlost i opet se sprijatelji s njim. Ništa zloslutnije od toga. A ubediti ga da gubi vreme, budući da je ona spremna samo na to da u javnosti bude pristojna prema njemu, biće prilično teško.

– Kuda idemo? – pitala je, dok su liftom silazili do prizemlja.

– Ješćemo na *Pol poziciji* – rekao je Zak. – Ove godine imam sjajnog kuvara koji mi je obećao obrok za pamćenje.

Nanet, koja je bila zaboravila Zakovu sklonost ka privatnosti kad god ne mora da se pojavljuje u javnosti zbog sponzora, shvati da je trebalo da predvidi da će večera biti na brodu.

Pošto ju je Zak dopratio uz mostić i ona kročila na palubu, posada jahte se dala u dobro uvežbanu akciju kako bi sve teklo glatko.

Dok je pijuckala šampanjac i grickala kanapee, Nanet se osvrtala po glavnom salonu, a Zak je pritisnuo nekoliko skrivenih dugmića na zidu. Istovremeno su se otvorili bočni prozori pustivši blag morski povetarac unutra, a romantična muzika s klavira se probijala iz zvučnika.

Nanet je pogledala Zaka. Na koju kartu tačno igra večeras? Sveće u kitnjastim svećnjacima bacaju senke, zavodljiva muzika u pozadini, mesečina nad Mediteranom. Savršena scenografija za romantično veče.

– Pleši sa mnom zarad starih vremena – rekao je tiho Zak.

Pre nego što je shvatila šta se dešava, Zak joj je uzeo čašu iz ruke i ona se našla u njegovom zagrljaju pa su se njihali uz „Lady in Red", nekad njihovu omiljenu pesmu.

Dok ju je Zak držao čvrsto, prethodne tri godine razdvojenosti kao da se i nisu dogodile. Izgledalo je da je on sasvim zgodno zaboravio traumu, bol, telesne povrede, kao i slomljeno srce s kojima ju je ostavio. Međutim, Nanet ništa nije zaboravila pa, čak i ako su na površinu izbijala stara osećanja, za koja je mislila da su umrla i zauvek sahranjena, nije imala nameru da im se prepusti.

Kad je Zak počeo nežno da joj ljubi glavu, drhtaj gneva joj je prostrujao telom. Morala je da prekine to.

– Ne, Zak. Prestani, inače ću otići – odgurnula ga je.

Zak je spustio ruke i slegnuo ramenima. – Samo sam pomislio kako bi možda htela da zaboraviš prošlost, da je ostaviš iza nas.

Nanet ga je ošinula pogledom. – A ti si to očigledno već uradio. Dok ja... – zastala je. – Ja nikad neću zaboraviti najgore tri godine svog života.

Zak je kratko zatvorio oči i odmahnuo glavom. – Hajde da pokušamo da uživamo bar ove večeri – rekao je. – Imamo jastoga. Kupio sam ga posebno zbog tebe. Znam da ti je bio omiljeno jelo.

Očito i dalje opijen pobedom prethodnog dana, Zak je sve vreme izgledao kao da je rešen da s večerom i vinom povrati Nanetinu naklonost. Poslužio joj je obilnu porciju omiljenog jela, a Nanetine misli su se vratile tri godine unazad, u vreme kad su ovakve večere sa Zakom bile normalne. Gotovo uobičajene, ali otad se mnogo toga promenilo.

Kad je pokušala da ga pita nešto u vezi s nesrećom, nežno joj je stavio prst na usta.

– Nemoj večeras, Nanet. Večeras je nov početak. – Kucnuo je čašu o njenu. – *Santé.*

Nanet ga je ljutito pogledala. – Rekao si da želiš nešto važno sa mnom da razgovaraš, a ja imam još pitanja na koje želim odgovore.

– Radiš li nešto posebno za svoj rođendan ove godine? – upitao je Zak, prenebregavši njene reči.

Nanet je odmahnula glavom. – Ne, nisam ništa nameravala. – Nije pomenula kako od nesreće nije čestito ni proslavila rođendan. Te dve godišnjice bile su preblizu jedna drugoj.

– Sećam se da smo uvek slavili ranije zbog trka. Ove godine ću biti u Kanadi, pa ću ga opet propustiti. Moraćeš ovu večeru da smatraš ranom rođendanskom proslavom – rekao je Zak.

– Samo da mi kasnije ne pokloniš automobil – dodala je brzo Nanet. – Zato što... – ućutala je usred rečenice i zagledala se u njega.

– Zato što? – pogledao ju je znatiželjno.

– Zato što bih, naravno, morala da ga odbijem – rekla je Nanet. Stavila je šaku preko čaše kad je Zak pošao da joj je dopuni. – Dosta mi je vina, hvala. – Pažljivo je spustila salvetu na sto. – Uživala sam u hrani, ali ako nećeš da razgovaraš sa mnom ni da odgovaraš na pitanja, vreme je da krenem. – Odlučno je ustala i dobacila Zaku prkosan pogled, izazivajući ga da je zaustavi.

Zak ju je načas čudno gledao, pa je i sâm ustao. – Pozvao sam te večeras ovamo s razlogom, osim što naprosto uživam u tvom društvu. Imam za tebe predlog. Veoma se nadam da ćeš ga prihvatiti.

– Kakav god „predlog" da imaš, nisam zainteresovana – rekla je Nanet hladno. Znala je da kakav god predlog on imao, to neće biti objašnjenje, niti izvinjenje kojima se nadala. Veoma je pogrešila što je uopšte došla večeras, nadajući se da će iz Zaka izvući ijedno od toga.

Zak je pratio Nanet kad je pošla na palubu. Uznemirena čitavim fijaskom više nego što bi priznala, jedino je želela da ode s jahte.

– Vrati se i popij još jednu čašu šampanjca – podsticao ju je Zak. – Zaista želim da razgovaram s tobom.

– Onda je trebalo da pričaš od početka večeri, a ne da traćiš vreme vraćajući sat unazad.

Mislila je da je prevazišla Zaka, a ipak je dokazao kako i dalje ima moć da je uznemiri. Samo što nije stupila na mostić kad ju je pozvao po imenu. Progutala je pljuvačku i okrenula glavu prema njemu, držeći se čvrsto za konopac na mostiću radi potpore. Bila je neverovatno ljuta zbog njegovih postupaka, kako nekadašnjih, tako i sadašnjih. Zadržavajući dah čekala je da on progovori i bila rešena da mu ne pokaže koliko ju je uzdrmao.

– Nanet, želim da se vratiš i radiš za mene. Nekad smo bili dobar tim.

Njegov neočekivan zahtev izazvao je dugo ćutanje kad se Nanet upiljila u njega. Sve to čašćavanje i lažna romantika bili su samo zato što je želeo da ponovo radi za njega?

– Molim? – gledala ga je u neverici. – O tome si hitno hteo da razgovaraš?

– Pokrećem nov posao u turizmu, i potreban mi je neko u koga imam potpuno poverenje – rekao je Zak.

– Imam posao, pazim blizance. Kad se Vanesa i Ralf vrate iz avanture u Amazoniji, vratiću se s njima u Veliku Britaniju.

– Hajde, Nanet, sposobna si za mnogo više od izigravanja dadilje deci. Bila si najbolja lična pomoćnica koju sam imao.

– Ako sam bila tako dobra, zašto nije bilo ni reči, ni poslovne ponude od tebe ranije, kad mi je bila potrebna sva pomoć ovog sveta? – brecnula se Nanet ljutito.

– Skresao sam sve poslovne delatnosti kad sam shvatio da nećeš biti ovde duže vreme – rekao je Zak i slegnuo ramenima. – Bio sam prezauzet trkama i naprosto nisam imao vremena da nađem novu pomoćnicu.

Nanet je polako klimnula glavom, posmatrajući ga. Nije htela da mu dozvoli da vidi koliko je te reči pogađaju. Osim što je bila njegova lična pomoćnica, bila mu je i verenica, ali to izgleda nije bilo bitno. S mukom je progutala pljuvačku i upitala ga:

– Sad imaš vremena za nov poduhvat?

– Ovog puta se trudim da uložim u posao kojim mogu da se bavim kad odustanem od trkanja.

– Nameravaš da odustaneš od trkanja? – upitala je Nanet zaprepašćeno. To nije očekivala da čuje.

– Ne odmah, ali ne želim da budem najstariji vozač u branši koji se bori za vožnju. Pretpostavljam da mi predstoje još dve ili tri godine, ali ako ove godine ne osvojim šampionat – napravio je grimasu – ko zna? Možda ću naprosto bataliti sve to na kraju sezone. – Zastao je i osmehnuo joj se. – Uz to, mislio sam kako bi to bila savršena prilika da pokušam da se iskupim za bol koji sam ti u prošlosti naneo. Oboje bismo mogli mnogo da postignemo u tom novom poslu.

Gledao ju je pun iščekivanja i čekao odgovor.

Nanet je uzdahnula. Kad uključi šarm, Zak ume da bude veoma uverljiv. Videla je kako to deluje u prošlosti, kad je želeo da u nečemu bude po njegovom. Međutim, od toga nema ništa ovog puta s njom.

– Samo što ja ne tražim drugi posao, i zadovoljna sam brigom o blizancima. Nije mi ni na kraj pameti da ponovo radim za tebe.

– Hoćeš li da razmisliš? – bio je uporan. – Blizanci rastu, nećeš im večno biti potrebna.

– Nisam potrebna ni tebi, Zak. – Ostavila je neizgovorene reči „a ti meni tek nisi potreban ponovo u životu".

– Ali, Nanet, potrebna si mi – rekao je Zak, uhvatio je za ruke i čvrsto ih stegao. – Sutra idem za Kanadu, pa se vraćam ovamo, možda na dan, pre Gran prija Francuske. Molim te, razmisli o tome dok sam odsutan. Kad se vratim, večeraćemo i tad mi možeš reći šta si odlučila.

– Zak, nije mi potrebno vreme da razmislim. Neću...

– Pssst. – Delotvorno ju je ućutkao time što joj je prste čvrsto prislonio uz usne. – Do sledeće nedelje.

– Laku noć, Zak. – Ponovo se okrenula od njega, pa kročila na mostić da ode.

– Samo mi daj dva minuta da donesem nešto iz salona.

Nanet je obuzela silna potreba da oseti čvrsto tlo pod nogama, i skočila je s mostića da ga sačeka na keju. Dok je tako stajala i posmatrala večernje delatnosti u luci, osetila je neobičnu vrtoglavicu. Događaji od poslednjih nekoliko sati bili su krajnje neočekivani, ali bila je zadovoljna što je zadržala hladnu glavu i uspela da bude nepokolebljiva prema Zaku uprkos snažnom lupanju srca. Shvatila je da joj srce ne lupa snažno zbog toga što i dalje nešto oseća prema njemu nego zbog živciranja i gneva.

– Izvoli, nešto za čitanje pred spavanje – rekao je Zak kad se pojavio s velikom kovertom punom papira na kojoj je pisalo *Odmor na suncu.*

– Koji deo odbijanja nisi shvatio? – pitala ga je Nanet. – Čitaj mi sa usana: Uopšte... nisam... zainteresovana.

– Barem baci pogled dok nisam tu – rekao je Zak kad je Nanet pokušala da odbije da ga uzme. – U svakom slučaju bih voleo da čujem tvoje mišljenje o tome. Uvek si bila prilično razložna u vezi s mojim ranijim ulaganjima. Nikad se ne zna, možda ćeš se predomisliti dok čitaš o tome.

Shvativši kako je jedini način da ga skrene s te teme bio da uzme kovertu, Nanet ju je nevoljno prihvatila, zaklinjući se u sebi da će mu je sledeće nedelje predati neotvorenu i nepročitanu. Kad ju je uzela, Zak se nagnuo i poljubio je u obraz pre nego što se okrenuo i vratio na brod, ostavivši Nanet besnu zbog njegove drskosti.

Pošto se vratila u stan bilo je prekasno da zove sestru, ali je rano ujutru, posle nemirne noći podigla mobilni da razgovara s Petsi iz udobnosti kreveta. Budući da je Petsi farmerova žena, uvek se budila rano da doručkuje s Brajanom pre nego što on krene na dnevne dužnosti na farmi.

Pošto su razmenile uobičajena pitanja o tome kako se osećaju, Petsi je rekla: – Dobro. Šta to iziskuje razgovor ovako rano?

Nanet je duboko udahnula pa joj ispričala kako je provela veče sa Zakom. – Možeš li da poveruješ kako želi da opet radim za njega?

– Nadam se da si mu rekla šta može da uradi sa svojim poslom?

– Bez tako mnogo reči, ali sam odbila. Jedina nevolja je u tome što nije slušao. – Nanet je uzdahnula. – Mislim da ću morati da zamolim Džej-Sija da mi pomogne da mu prenesem poruku.

– Ja ću to uraditi drage volje – kazala je Petsi. – Daj mi njegov telefon. Ni u čemu ne bih toliko uživala kao da Zaku Juartu kažem kuda da se nosi.

Nanet se nasmejala revnosti u sestrinom glasu. – Hvala, ali mislim da će pre poslušati kad mu Džej-Si kaže da me ostavi na miru.

– Pa, uz tebe sam i u stanju pripravnosti – rekla je Petsi.

Razgovarale su još nekoliko minuta pa je Nanet završila razgovor i ustala. Vreme je da se istušira i organizuje svoj dan.

Dok se oblačila, pogled joj je pao na kovertu na toaletnom stočiću, gde ju je prethodne večeri bacila s namerom da na nju ne obraća pažnju dok je ne vrati Zaku. Morala je da prizna kako joj je Zak malčice zagolicao maštu u vezi s poslom kojim je nameravao da izgradi život kad se povuče iz trka. Nije bilo šanse da se ponovo upetlja s njim, ali kad se setila da je rekao kako svejedno želi da čuje njeno mišljenje, pružila je ruku i podigla kovertu. Pažljivo ju je otvorila, izvadila listove i počela da čita.

23.

– Kako je prošla večera i sastanak sa Zakom? – upitao ju je Matje. – Jeste li konačno opet prijatelji?

Matje je postavio to pitanje dok su on, Nanet i blizanci išli rtom prema bioskopu pod vedrim nebom. Blizanci, uzbuđeni zbog toga što će gledati najnoviji nastavak *Zvezdanih staza*, žurili su ispred njih.

– Baš i nismo – polako je odgovorila Nanet. – Zapravo, ništa se nije promenilo. Zak svakako nije. – U sebi se i dalje osećala zbrkano posle večeri provedene s njim i pored toga što je odlučno odbijala da Zak i dalje ima mesto u njenom životu. – Osim toga, što se mene tiče, to nije bio sastanak. – Kratko je pogledala Matjea. – Jesi li znao da Zak pokreće novi posao za vreme kad se povuče iz trka?

– Čuo sam da se priča. Nekakav posao u turizmu.

– Možeš li da poveruješ da me je pitao da mu pomognem – rekla je Nanet ogorčeno.

– Kako Zak želi da se uključiš? Iza scene, pretpostavljam da organizuješ posao?

Nanet je klimnula glavom. – Sinoć mi je dao koverat s pojedinostima onog što namerava. Za početak, kancelarija će biti na *Pol poziciji*. Sudeći prema opisu radnog mesta, koji je smišljeno priložio, želeo bi i da putujem i proveravam mesta kako bih se uverila da su dovoljno raskošna. I da počnem narednog meseca.

– Moglo bi da bude zabavno – kazao je Matje. – Ima li taj biznis neko ime?

Nanet je oklevala. Zaku Matje može biti najbolji prijatelj, ali da li bi on želeo da ona priča o njegovom poslu? Nije joj rekao da to ne radi, a Matje je izgleda već ponešto znao. Pre nekoliko godina tajnovitost i odanost bile su ključne reči u njenom životu sa Zakom Juartom. Više nisu. Nije osećala da mu duguje ni mrvu odanosti. Svakako ne otkad joj je onako surovo okrenuo leđa posle nesreće.

– *Odmor na suncu*, ekskluzivni klub za odmor koji će, naravno za ogroman novac, članovima organizovati letovanje iz snova bilo gde u svetu. Dubai, Sen Trope, Rio, San Siti i, naravno, Monako. – Nanet je ispričala Matjeu ono što je saznala iz papira u koverti. – Priznajem da je to vrsta posla kakva bi me interesovala kad bih tražila nešto drugačije, a i da je za bilo koga drugog osim za Zaka. Sasvim zgodno je prenebregao događaje od poslednje tri godine i činjenicu da vodim računa o blizancima. – Zastala je. – Osim toga, ostalo je samo još nekoliko nedelja pre početka dugog letnjeg raspusta. Čak i da sam u iskušenju, što nisam i što sam mu rekla, nikad na taj način ne bih izneverila Vanesu i Ralfa, kao ni tebe.

Matje je načas ćutao, pa ju je pogledao.

– Imaš li ikakve planove za budućnost? Blizanci rastu, neće im još dugo trebati dadilja. Možda bi Zak zadržao to mesto za tebe? Ili bi mogla da počneš samo sat-dva dnevno dok su blizanci u školi.

Nanet je zurila u njega, ogorčeno. – Matje, šta ti zapravo nije jasno? Ne želim više nikad da radim za Zaka Juarta. Više ne pripadam njegovom svetu. Mislim da mi se čak i ne dopada, a svakako mu ne verujem. – Odahnula je kad su stigli do ulaza u bioskop pod vedrim nebom. Nadala se da će Matje morati da prekine taj razgovor.

Platio je ulaznice i poslao blizance da kupe grickalice, pa se okrenuo ka njoj ozbiljnog izraza lica.

– Ne mogu ti reći pojedinosti, ali ova „priča“ u koju sam se upustio sve se više usložnjava – rekao je tiho. – Značila bi mi pomoć iznutra. Moglo bi mi biti od velike koristi da radiš za Zaka i imaš pristup dokumentima i njegovim saradnicima.

– Hoćeš da kažeš da i Zak učestvuje u toj „priči“? – upitala je Nanet zaprepašćeno.

Matje nije neposredno odgovorio, samo je ovlaš slegnuo ramenima.

– Je li Žan-Klod u pravu i kad smatra da si se uvalio u nešto nezakonito? – dodala je zabrinuto.

Matje je uzdahnuo. – Nije tako jednostavno u smislu da li je nedozvoljeno ili nezakonito, a sad, da sve bude još složenije, mislim i da me prate.

U tom trenutku su se vratili blizanci sa čipsom i kokicama, pa zažagorili da krenu na svoja mesta.

– Hajde, tata, film počinje za pet minuta – rekao je Pjer.

Matje je pogledao Nanet, izvinjavajući se. – Razgovaraćemo kasnije, a sad da pogledamo pustolovine u svemiru!

Sedeći pod nebom bez oblačka dok se sumrak spuštao nad Mediteranom, Nanet se trudila da se usredsredi na film, ali čak ni specijalni efekti zamišljenog futurističkog sveta koji je gledala nisu joj odvratili misli od sopstvenih problema i problema čoveka koji je sedeo pored nje. Matje se očigledno upustio u nešto rizično i Žan-Klod je bio u pravu što se brine, ali kako se Zak uklapa u sve to?

Prigušila je uzdah. Nikako nije želela da se upetlja u nešto što joj najblaže rečeno zvuči sumnjivo, a tu je i Matjeovo ustezanje da ono što radi nazove nedozvoljenim ili nezakonitim.

A što se tiče njegove izjave „mislim da me prate“, kako je mogla da mu kaže da mu je to najmanja muka jer je osoba koja stoji iza tog konkretnog problema njegov rođeni otac?

24.

U satima i danima koji su usledili nakon što je Vanesa smislila da osnuju zadrugu za prodaju seoskih proizvoda, ona i Ralf su beskrajno diskutovali o tome šta bi sve mogli da urade – o stvarima koje bi nešto zaista promenile.

Spisak za spiskom bacan je na pod kolibe. Ralf je ispisivao imena mogućih pokrovitelja, ljudi koji mu duguju uslugu i koji bi rado učestvovali. Vanesa je zapisivala sve proizvode kojih je mogla da se seti da bi se mogli prodavati, pa su se zajedno trudili da sagledaju logistiku čitavog poduhvata. Od proizvodnje, ubiranja plodova, skladištenja i reklamiranja do iznošenja iz džungle – što je bilo najveći kamen spoticanja.

– Treba da ugovorimo sastanak sa seljanima – rekao je Ralf – pre nego što se suviše zanesemo. Da saznamo kako bi tačno želeli da to funkcioniše i da li im se ta zamisao uopšte dopada.

– Ipak, misliš da bi to prihvatili, zar ne? – zabrinuto je pitala Vanesa. – To je za njihovu budućnost, ne za našu.

Ralf je načas zaćutao. – Nisam siguran. Seti se upozorenja da se ne mešam koje sam dobio pre nesreće? Ne vole svi meštani što smo mi – što sam ja – ovde. Onaj tip iz Rija je izgleda naveo seljane da se slože sa svakim potezom njegovog gazde. Trebalo bi ti da ubediš glavnog šamana kako će seljani imati koristi od toga. Sve je stvar poverenja – dodao je. – Dopadaš im se, tako da se nadam da će ti verovati dovoljno da rade s tobom. – Pogledao ju je. – Znaš kako te zovu, zar ne?

Vanesa je odmahnula glavom.

– *Pacchumama*, što grubo prevedeno znači Majka Zemlja. Dopada im se kako se odnosiš prema životinjama i deci.

Vanesa se osmehnula. – Zaista? Možda bismo večeras na proslavi mogli da im predočimo svoje predloge i da vidimo imaju li oni neke svoje. U pravu si. Treba da ih uključimo od samog početka, barem zato da im dokažemo kako nemamo skrivenih motiva.

– Shvataš li koliko je potrebno da se taj projekat pokrene i da nastavi da funkcioniše? – pitao je Ralf. – Ne govorim samo o novcu – za to je potrebno jako mnogo vremena.

– Znam, ali moramo pokušati – odgovorila je Vanesa.

– Pomoći ću ti koliko mogu, ali već sam se obavezao za druge projekte kad se vratimo. Neću biti sve vreme uz tebe i veći deo organizacije pašće na tebe.

– Vična sam tome, a i Nanet će želeti da se uključi, to znam. Uvek se isticala u takvoj vrsti posla – rekla je Vanesa. – Dobro, razgovaraću sa Anželom i ostalima, a na večerašnjoj proslavi tvog oporavka možemo razgovarati sa seljanima o svojoj ideji.

Anžela se otvoreno oduševila, ali neke žene su bile neprijateljski nastrojene prema toj zamisli, pa je Vanesa morala stalno iznova da im objašnjava kako bi zadruga za njih bila blagodet. A uporno ih je uveravala i da ona sama ne bi imala koristi od nje.

Kad je te večeri sedela na podu pored glavnog šamana i iznosila način na koji bi seljani mogli da zaštite svoju budućnost, bilo je jasno da su mišljenja podeljena.

– Imamo dogovor s pridošlicom – rekao je glavni šaman, sav blistav u tradicionalnoj nošnji i s ratničkim bojama. – On nam već pomaže oko rudnika zlata, a obećao je da će nam dogodine pomoći sa opremom za branje oraha. Uskoro treba da dođe njegov čovek i plati nam zlato koje smo iskopali, tako da ćemo imati novca za neophodne zalihe.

Vanesu su njegove reči razočarale. – Ne smatrate da bi naša zamisao uspela i bila bolje rešenje za selo?

Podigao je ruku da je prekine. – Mi smo ljudi od reči. Stoga vam se zahvaljujem na brizi, ali već smo se obavezali.

Pored nje, Anžela je nešto kratko rekla, a šaman joj je odgovorio naglašeno odmahnuvši glavom pa ustao i udaljio se.

– To je gotovo, je li tako? – pitala je Vanesa Anželu.

Anžela je klimnula glavom. – Muškarci su ubeđeni da će taj čovek uraditi više da nam pomogne. Osim toga, svesni su i opasnosti toga da ga uznemire – tiho je dodala.

– Šta je sa ženama? Mogle bi same nešto da učine – rekla je Vanesa trudeći se da prikrije razočaranje.

Anžela je odmahnula glavom. – Muškarci bi to zabranili.

Kasnije te večeri kad su se Vanesa i Ralf vratili u svoju kolibu i pripremali da legnu u ležaljke, ona je žalosno kazala: – Zaista sam se radovala organizovanju zadruge. Čak sam smislila i ime. *Plodovi šume.*

– Možda je tako bolje – rekao je Ralf, pokušavajući da je uteši. – Za nekoliko nedelja ćemo biti kod kuće. Moraćeš svoje organizacione veštine da upotrebiš za reklamiranje mog filma. Time ćemo skrenuti svetsku pažnju na stradanje džungle i njenih stanovnika.

– Svakako ću učiniti sve što mogu da predstavim tvoj film – kazala je Vanesa – ali želim da uradim nešto, da nešto promenim, ja lično. Zaista mi je neverovatno da su odbacili predlog o zadruzi samo zato što je glavni šaman dao reč nekom ljigavcu. – Zastala je. – Taj pridošlica, kako ga šaman zove, očigledno misli da je nešto nanjušio čim šalje svog poslušnika iz Rija čak u džunglu.

– Živo me zanima ko je to – zamišljeno je rekao Ralf.

Vanesa je slegnula ramenima i odmahnula glavom. – Nikad nećemo saznati. Samo mi je žao što seljani ne vide kako bi im zadruga pružila mnogo više kontrole nad vlastitom budućnošću. Kao i budućnošću džungle – dodala je.

Sledeće dve nedelje Ralf se usredsredio na oporavak od nesreće i na to da snimi što je moguće više pre nego što krenu na dugo putovanje nazad u civilizaciju i zatim kući. Kako je do dana povratka ostalo još nešto vremena, Vanesa je shvatila da sve više razmišlja o blizancima.

Ispostavilo se da je održavanje kontakta iz dubine džungle nemoguće, baš kao što je i znala da će biti, pa se radovala što će za nedelju-dve stići u Manaus na Amazonu i moći da im telefonira. Mnogo su joj nedostajali i jedva je čekala da ih čvrsto zagrli.

Zamisao o zadruzi više nikom nije pominjala pa se iznenadila kad je jednog kasnog poslepodneva, dok su u činije sipale povrće za večeru, Anžela pokrenula temu.

– Zaista veruješ da bi ideja o zadruzi imala uticaja na selo?

– Naravno – rekla je Vanesa. – Potrebno je nekoliko meseci da se sve organizuje i pronađu prodajna mesta, ali vrlo sam vešta u tome. Selo bi bilo potpuno samoodrživo, niko ne bi mogao na silu da se ubaci i pokupi kajmak, kao što sad rade.

Anžela je spustila činiju s listovima vinove loze na sto pre nego što je pogledala Vanesu. – Seljani se ljute na tebe i Ralfa. Čovek iz Rija nije došao da otkupi zlato. – Zastala je. – Neki muškarci misle da si bacila kletvu na to.

Vanesa ju je užasnuto pogledala.

– Šaman zahteva da ti i Ralf večeras prisustvujete sastanku seoskog veća. Želi da čuje šta imate da kažete pre nego što odluči šta će s vama.

25.

U nedelju pre podne Nanet i Žan-Klod su krenuli u Antib na ručak, ali je Žan-Klod iznenada skrenuo i zaustavio kola na praznom parkingu supermarketa.

– Morate opet da vozite – blago je rekao. – A ovo mesto je savršeno za vežbu.

Nanet ga je pogledala. Radovala se ovom danu od trenutka kad je Matje rekao da će odvesti decu na ceo dan.

– Biću odsutan veći deo sledeće nedelje – rekao je. – Zato sam mislio da ih počastim jedrenjem u Italiji.

Žan-Klod, koji je tad bio u stanu, odmah je pozvao Nanet da taj dan provede s njim, a ona je s radošću prihvatila poziv.

Osim činjenice da je volela njegovo društvo, ukazala joj se i sjajna prilika da razgovaraju. Da mu ispriča kako joj je Matje rekao da prihvati Zakovu ponudu za posao. Međutim, kad je Žan-Klod izašao iz kola i obišao ih kako bi otvorio suvozačka vrata, ona se sledila.

Zatresla je glavom. – Ne mogu ja to.

– Isto je kao s konjem. Kad padnete s njega, ponovo ga uzjašete – navaljivao je Žan-Klod. – Inače strah prevlada. Mislim da se upravo to s vama dogodilo. Hajde, pokušajte meni za ljubav. – Pružio je ruku i pomogao joj da izađe. Nanet su se noge tresle kad se uspravila i krenula do vozačkih vrata.

Morala je da se natera da sedne za volan besprekornog sportskog jaguara f-tipa i drhtavim prstima zakači pojas.

Žan-Klod joj je pokazao da pritisne dugme za paljenje motora, pa strpljivo čekao da ona umiri živce.

Nanet je duboko udahnula, čvrsto stegla volan i blago pritisnula papučicu za gas. Kad je automobil krenuo napred jedva se usuđivala da diše.

– Opustite se – rekao je Žan-Klod. – Ništa se neće dogoditi. Samo vozite ukrug. Steknite opet osećaj za vožnju.

Nanet je vozila po velikom parkingu koji je obično krcat ljudima i vozilima, ali kako je supermarket nedeljom zatvoren, bio je to samo prostran, otvoren prostor.

Kad je napravila šest-sedam krugova menjajući brzine, ubrzavajući, kočeći, opustila se i, na sopstveno iznenađenje, osetila kako joj se vratilo uživanje koje je uvek osećala kad vozi. Stala je na jedno mesto za parkiranje, povukla ručnu kočnicu i pogledala Žan-Kloda.

– Uživala sam u ovome, hvala vam, Džej-Si. Dobar je osećaj sedeti opet za volanom. Hvala vam što ste bili uporni da je već vreme.

– Jeste li onda za vožnju duž obale? – tiho je upitao Žan-Klod.

Nanet se premišljala čitava dva sekunda i onda rekla: – Zašto da ne?

– Ako skrenete levo na izlazu pa onda u prvu desno, bićemo opet *au bord de mer.*[16]

Do prometnog glavnog puta bilo je samo nekoliko stotina metara, a Nanet se iznenadila kako se brzo vratila automatskom procenjivanju brzine saobraćaja. Hitro se ubacila između automobilâ i otkrila da prvi put posle tri godine uživa u vožnji duž obale.

Pet minuta kasnije uznemirio ju je bučni skuter koji je vijugao između vozila, a kad joj je očešao retrovizor sa suvozačke strane jer je prošao preblizu obilazeći je pogrešnom stranom, naglo je skrenula na prvo proširenje na koje je naišla i stala.

Tresla se kad je povukla ručnu kočnicu, pa je ugasila motor i okrenula se Žan-Klodu. – Sledeće nedelje je treća godišnjica moje nesreće. Skuter me je upravo podsetio na to koliko se brzo saobraćajni udesi dese i sve promene.

– Nije vaša greška – rekao je on. – Morate imati na umu kako su neodgovorni mladi vozači skutera ovde. Seku svakog iz svih uglova.

– To sam zaboravila. Dotad sam zaista uživala, i zato vam hvala, Džej-Si, što ste me naterali da se suočim sa strahom – rekla je, otkopčala pojas i otvorila vrata. – Za danas je ipak dosta. Molim vas da vi vozite dalje.

---

[16] Fr.: pored mora. (Prim. prev.)

Dvadeset minuta kasnije parkirali su se i prošetali duž zidina starog Antiba na putu do jednog od Žan-Klodovih omiljenih restorana. Pošto su se smestili za sto uz izlog, Nanet mu se zadovoljno osmehnula.

U restoranu omiljenom podjednako meštanima i turistima bila je gužva, ali je osoblje bilo revnosno, pa su nekoliko minuta kasnije Nanet i Žan-Klod pred sobom imali aperitive i korpicu s hlebom, a konobar je otišao da donese čašu vina koje je Žan-Klod izabrao za Nanet uz glavno jelo, dok se sâm držao vode.

– Trebalo bi s vama da porazgovaram o nečemu – rekla je Nanet tiho. – Znate da sam vam rekla kako Zak želi da radim za njega u novom poslovnom poduhvatu?

Žan-Klod je klimnuo glavom.

– Kad sam to ispričala Petsi, ona je maltene dobila srčani udar zbog ideje da uopšte i pomislim da radim za Zaka. Htela je da joj dozvolim da mu ona kaže šta da uradi sa svojim poslom – kazala je Nanet, oklevajući. – S druge strane, Matje bi voleo da prihvatim taj posao. Smatra da bih mogla i njemu da pomognem – dodala je tiho.

Žan-Klod se odmah uznemirio. – Kako?

Nanet je slegnula ramenima. – Nisam sigurna. Samo je rekao da bi to što radim za Zaka i imam pristup papirima i imenima njegovih saradnika njemu moglo da bude korisno. – Otpila je gutljaj vina. – Nisam rekla da hoću, ali nisam ni odbila. Znam da ste zabrinuti za Matjea, pa da li bi i vama pomoglo kad bih radila za Zaka zato što izgleda da su obojica upetljani u nešto?

Žan-Klod ju je uhvatio za ruku i čvrsto je stegao.

– Nanet, saslušajte me. Ne mogu vam zabraniti da radite za Zaka, ali molim vas da ne činite to. Ne zanima me šta Matje priča o tome kako mu je potrebna pomoć. Mnogo greši što pokušava vas da uplete. – Gledao ju je netremice. – Obećajte mi da nećete ni pomisliti to da uradite. Ne želim da se nađete u nekakvoj opasnosti. Nikad to sebi ne bih oprostio.

Zaprepašćena snagom njegovih reči i načinom na koji ju je posmatrao, Nanet je samo tiho uspela da kaže: – Obećavam, Džej-Si. – Zastala je. – Znate, Matje je svestan da ga prate. Doduše ne zna ko je to naručio – dodala je brzo.

U tom trenutku pojavio se konobar s hranom, pa joj je Žan-Klod pustio ruku.

– Je li privatni detektiv otkrio nešto? – pitala je Nanet kad su opet ostali sami i počeli da jedu.

– *Non*. Svakako ne ništa novo. Matje je nekoliko puta večerao u *Automobilskom klubu*. Boris je bio tamo jednom prilikom. Zak drugom. Moj detektiv nije jedini koji sve nadzire. Prepoznao je kolegu, nekadašnjeg žandarma koji sad drži agenciju u Nici.

– Jel' i on pratio Matjea?

– Izgleda da nije. Pošao je za Borisom kad je ovaj otišao. Zanima me ko ga plaća za to.

– Vaš čovek ne može da pita bivšeg kolegu?

– Može da ga pita, ali ne sme meni da kaže. Poverljivost odnosa s klijentom i tako to – rekao je Žan-Klod vrteći glavom. Ćutao je nekoliko sekundi i zamišljeno vrteo čašu s vodom. – Kakva zbrka – uzdahnuo je. – Kad bi mi samo rekao šta se dešava, mogao bih da mu pomognem. Nisam bez veza. Što se kaže, poznajem ljude na pravim mestima. – Slegnuo je ramenima i bespomoćno pogledao Nanet.

– Znam da je teško ne brinuti se, ali zapravo jedino možete da pustite da sve ide svojim tokom i budete spremni da priskočite u pomoć kad god možete – rekla je Nanet pa ga bez razmišljanja uhvatila i stegla za ruku.

– Oprostite, Nanet, želeo sam da nam ovaj dan ostane u lepom sećanju, a ne da bude ispunjen brigom. Pričajte mi o vašoj sestri Petsi.

Ostatak ručka prošao je kao u trenu dok su pričali i smejali se, pa je Nanet shvatila da se odavno nije osećala tako ugodno s muškarcem kao što joj je bilo sa Žan-Klodom. Poslepodne su proveli lunjajući po starom gradu Antiba, a prošlo je pet kad su nevoljno krenuli nazad u Monako.

Dok su se vozili kroz Kap d'Aj, na radiju su čuli vest da je Zak osvojio Gran pri Kanade.

– Mislim da će ove godine postati šampion – rekao je Žan-Klod zamišljeno. – Vozi zaista dobro.

Nanet je klimnula glavom. – Kad se sledeće nedelje vrati, biće opijen – rekla je. – Biće mu teško da prihvati *ne* kao odgovor.

– Želite li da mu ja kažem umesto vas? – pitao je Žan-Klod.

Nanet se zahvalno nasmešila. – Hvala na ponudi, ali mislim da to moram sama da obavim.

Kad je stao pred njenom zgradom Nanet se impulsivno nagnula i nežno ga poljubila u obraz.

– Džej-Si, zaista sam uživala danas. Hvala vam.

Žan-Klod ju je gledao u oči pre nego što ju je neočekivano zagrlio i privukao sebi. Poljubac je bio nežan i neusiljen, a iznenađena Nanet uopšte nije bila spremna za osećanja koja je on u njoj izazvao. Kad su se razdvojili, pogledala ga je zabezeknuto.

– Videćemo se sutra – rekao je Žan-Klod i pustio je.

Bez reči je izašla i zatvorila vrata automobila. Žan-Klod joj se zagonetno osmehnuo, pa okrenuo volan i odvezao se.

S čitavim rojem misli u glavi, Nanet je posmatrala kako nestaje s vidika. Da li je taj poljubac značio njemu isto što i njoj? Da ne pridaje suviše važnosti gestu koji je možda samo znak dubokog prijateljstva muškarca koji joj je već veoma drag?

26.

Sutradan ujutru Matje je pošao na poslovni put, a Nanetin dan je tekao ustaljenim tokom određenim školskim rasporedom blizanaca.

S još svežim sećanjem na Žan-Klodov poljubac, Nanet se osetila neobično sramežljivo kad je odvela blizance posle škole u njegovu vilu na plivanje. Nije bilo razloga da se brine. Žan-Klod, kao i uvek savršen gospodin, dočekao je nju i blizance na uobičajen način. Tek kad su na nekoliko minuta ostali sami dok su se blizanci brisali i presvlačili, uzeo ju je u naručje i nežno poljubio.

– Kako si danas, *ma chérie*?[17] – upitao ju je.

Nanet mu se stidljivo osmehnula jer joj je srce načas zastalo zbog tog tepanja. Dakle, ništa nije umislila – poljubac je i njemu nešto značio.

– Imaš li planove za sutra uveče? – upitao ju je. – Mislio sam da bi možda volela da ti pravim društvo kad blizanci odu u krevet – dodao je.

Shvativši da je Žan-Klod upamtio kako je tad treća godišnjica njene nesreće, Nanet je klimnula glavom.

– Molim te.

– Imam poslovni sastanak rano uveče, ali mogao bih da budem kod tebe oko devet sati – rekao je Žan-Klod.

– Blizanci imaju probu školske predstave. Treba da odem po njih u pola devet tako da će to biti savršeno – taman kad se došetamo kući.

– Dobro. *Ma chérie*, mislim da bi trebalo o nečemu da porazgovaramo – rekao je Žan-Klod blago.

---

[17] Fr.: draga moja. (Prim. prev.)

* * *

Sledeće večeri su ulice Monaka bile tihe dok je Nanet polako išla po blizance. Proći će još pola sata pre nego što krene navala ljudi spremnih za provod po restoranima i noćnim klubovima.

Sala u kojoj su blizanci imali probu bila je deo savremene stambene zgrade u kojoj je pre nekoliko godina živeo Zak, i Nanet je shvatila da, što je bliže zgradi, sve više vuče noge.

Pošto je od ponovnog dolaska namerno izbegavala taj deo Monte Karla, nije mogla da ne pomisli kakva je ironija da je upravo te večeri opet morala da dođe baš u tu zgradu.

Pokušala je da odagna misli o prošlosti i usredsredi se na trenutni život – na blizance, Žan-Kloda – posebno na njega – ali dok je prelazila ulicu prema zgradi, prizori iz prošlosti pomešali su se sa ovim sadašnjim.

Svetla su gorela u mnogim stanovima, pa i u stanu broj pet, gde su ona i Zak provodili mnogo vremena. Kad je podigla pogled, žena otmenog izgleda izašla je na mali balkon i pogledala na ulicu, pa se vratila unutra i zatvorila francuski prozor ostavljajući Nanet i svet napolju.

Zastavši nasred kratkog prolaza koji vodi u podzemnu garažu, Nanet se zagledala u taj prozor. Tri godine ranije, ona i Zak su se u tom stanu spremali da izađu i proslave njen rođendan pre nego što on krene na sledeći Gran pri.

Setila se kako su bili srećni kad su pošli iz stana. Ušli su podruku u lift da se spuste do garaže. Prišli su njenom novom automobilu, lagano se izvezli iz garaže i krenuli auto-putem na večeru koju su rezervisali u Moženu. Bio je to početak savršene večeri s muškarcem kojeg je volela i bila ubeđena da on voli nju.

Neočekivan drhtaj joj je protresao telo, pa je nekoliko puta duboko udahnula, trudeći se da se pribere. U glavi su joj se tiskale slike onoga što je bilo kasnije te sudbonosne večeri.

Svega čega se dotad nije sećala. Šampanjca koji je pila, prijatelja s kojima se videla, jake kiše koja je počela da pada dok su bili u restoranu. Zakovog navaljivanja...

Nanet je poskočila jer se iza nje začula prodorna automobilska sirena.

– Hej, gospođo, nije vam to najbolje mesto za stajanje osim ako ne želite da vas neko pregazi – prekoreo ju je muškarac koji se promolio kroz prozor skupog sportskog automobila.

Nanet se slabašno osmehnula i nečujno mu se izvinila, pa se sklonila na uzan trotoar i pustila ga da nestane kolima u dubinu podzemne garaže.

Drhteći, naslonila se na zid. Bilo joj je potrebno nekoliko minuta da se oseti dovoljno jakom i pređe nekoliko preostalih metara do ulaza u salu za probe.

Učinilo joj se da su blizanci istrčali samo nekoliko minuta kasnije.

– Zdravo, Neti – rekla je Olivija i uhvatila je za ruku, pa pošla za Pjerom koji je hodao ispred njih.

– Večeras nisam zaboravio ni jedan jedini stih – s ponosom je izjavio Pjer.

– Odlično – kazala je Nanet mučeći se da govori normalno. – A kako ide tebi, Olivija?

– Dobro – kazala je devojčica i okrenula se prema njoj. – Ionako imam da izrecitujem samo tri-četiri stiha. Neti, jesi li dobro? Ne izgledaš kao inače.

– Malo me boli glava – uspela je Nanet da smisli na brzinu. – Hajdete, idemo kući. Hoćemo li popiti toplu čokoladu kad stignemo?

Kad je Nanet ispratila decu u krevet, izašla je na terasu i pogledala brodove koji poskakuju na sidrištu. U glavnom salonu *Pol pozicije* sijalo je svetlo, i dok je Nanet posmatrala, neko od posade je izašao da proveri položaj bokobrana. Iako Zak nije bio na brodu, posada je znala kako treba sve da održavaju u besprekornom stanju. Poznato je da se Zak neočekivano pojavljivao čak i kad ima sasvim malo vremena u rasporedu između dve trke.

Zurila je u jahtu i pitala se zbog čega su u pamćenju najednom počeli da joj iskrsavaju prizori iz prošlosti. Zbog Zakovog predloga? Ili je možda okidač to što je u nedelju vozila? Šta god da je bio povod, izgleda da nije bilo kraja naletu bolnih sećanja koja su joj neočekivano ispunila glavu.

Krupne kapi kiše najednom su uletele pod zaklon terase, a Nanet se namrštila. Čvrsto je stegla ogradu terase jer joj je svest preplavio nov prizor one užasne večeri od pre tri godine...

Kad su pošli iz restorana pljuštala je kiša. Na auto-putu u blizini prvog tunela lilo je kao iz kabla i očekivala je da Zak odluči da skrenu na sledećem izlazu. Umesto toga, on je naprosto uključio radio, a nostalgične reči pesme „Yesterday" s mukom su se probijale kroz buku nevremena i ritmično šuštanje beskorisnih brisača pod naletima kiše.

U tunelu je bilo mirnije, ali samo nekoliko metara po izlasku iz njega, Nanet je spazila ogromnu baru delić sekunde pre nego što se auto odigao i nekontrolisano kliznuo preko tog neočekivanog jezera, za dlaku izbegao drugo vozilo i udario u ostrvo koje razdvaja saobraćajne trake, pa se uz tresak zaustavio kao skrhana olupina.

Nanet je na trenutke gubila svest i dolazila sebi, pa je mutno bila svesna mučnog smrada benzina i toga da je Zak izvlači iz olupine i odvlači dalje od nje.

– Pozvao sam pomoć. Trebalo bi brzo da stignu – uveravao ju je dok je ležala uz put.

Medicinski tehničari su bili ljubazni i nežno su je stavili na nosila. Dok su je dizali u kola hitne pomoći, Zak se nagnuo nad nju i nešto joj šapnuo.

Sada, tri godine kasnije, konačno se setila šta je rekao.

– Nanet, žao mi je. Molim te, oprosti mi.

27.

Nanet je poskočila kad se Žan-Klod iznenada pojavio na terasi. Izgubljena u sećanjima, nije ni čula da se otvaraju vrata stana.

– Je li sve u redu? Veoma si bleda – kazao je Žan-Klod i čvrsto je zagrlio pošto ju je poljubio u obraze.

– Dobro sam, hvala. Pokušavala sam da smislim šta ću reći Zaku kad se vrati.

– Kako bi bilo da naprosto kažeš: *Ne, hvala. Ne želim posao u „Odmoru na suncu"*.

– Više nije tako jednostavno, Džej-Si – rekla je Nanet tiho. – Treba s njim da razgovaram i o... – duboko je udahnula pre nego što je nastavila – o onome čega sam počela da se sećam.

– Vraća ti se pamćenje o nesreći?

Nanet je klimnula glavom. – Pokrenulo ga je nešto kad sam večeras prošla pored Zakovog starog stana – rekla je i zadrhtala. – A onda, kad sam izašla ovamo... – Ućutala je i pokazala na *Pol poziciju*.

Žan-Klod ju je zaštitnički zagrlio. – Ta sećanja su te očigledno potresla. Želiš li da mi pričaš o njima?

Osećajući se bezbedno u njegovom naručju zagledana u njegovo zabrinuto lice, Nanet je poželela da može da mu se poveri. Da od njega zatraži savet kako to da saopšti Zaku, no ipak je polako odmahnula glavom. – Mislim da prvo moram da razgovaram sa Zakom, da vidim je li moje sećanje tačno ili se samo poigrava mnome.

Žan-Klod ju je nežno poljubio. – *D'accord.*[18] Ispričaćeš mi kad budeš spremna da govoriš o prošlosti. Večeras ćemo razgovarati o nama, možda i o budućnosti.

---

[18] Fr.: u redu, slažem se, prihvatam. (Prim. prev.)

Nanet mu se zahvalno osmehnula, a on ju je uzeo za ruku pa su ušli s terase. Odmakla se od njega da zatvori vrata i navuče teške zastore, ali trgla se na glasno zvono na vratima stana.

– Ah, večera – rekao je Žan-Klod. – Ja ću. Zbog poslovnog sastanka sam preskočio večeru – objasnio je i vratio se s kutijama iz kojih se pušilo, pa ih spustio na trpezarijski sto. – Nadam se da voliš kinesku hranu.

Nanet je postavljala sto dok je Žan-Klod hitro pogasio svetla, upalio sveće, pustio CD plejer i otvorio bocu vina. Nekoliko jednostavnih postupaka, ali je Nanet shvatila da je nekako uspeo da u prostoriji stvori intimnu atmosferu. Najednom se osetila stidljivo i smeteno, pa se zapitala šta stoji iza njegovih postupaka.

Dok je stanom lebdeo glas Šarla Aznavura u nizu romantičnih melodija, Žan-Klod se okrenuo prema njoj.

– *Voila!*[19] Hajde da jedemo – pa joj je pažljivo pridržao stolicu.

Slatko-kisela svinjetina bila je izuzetno ukusna, a Nanet se iznenadila što je veoma gladna.

Tek kad je nasuo vino, Žan-Klod je digao pogled i upitao: – Da li ti je Matje ikad išta pričao o meni i njegovoj majci?

Zatečena, Nanet je odmahnula glavom. – Ne.

– Pre razgovora o budućnosti mislim da bi trebalo da ti ispričam nešto o prošlosti – rekao je i vratio bocu u kiblu od pečene gline. – Amelija i ja smo se voleli od detinjstva. Rođendani su nam bili dan za danom. Ja sam bio mlađi, što je nju uvek zabavljalo. Ni jedna ni druga porodica nije smatrala da smo dobri jedno za drugo. – Žan-Klod se žalosno nasmešio. – No, kad je zatrudnela, porodice su se ujedinile u zahtevima da se venčamo. Matje se rodio na Amelijin sedamnaesti rođendan pre trideset godina.

– Bogo moj, baš ste bili premladi za roditelje – rekla je Nanet i zbirajući te brojke shvatila da Žan-Klod ima četrdeset sedam godina.

Žan-Klod je tužno klimnuo glavom i otpio gutljaj vina.

– U početku je sve bilo lepo, ali kad je nekoliko godina kasnije Amelijina porodica rešila da se preseli u Pariz, ona je smatrala da i

[19] Fr.: evo. (Prim. prev.)

mi treba da pođemo s njima. Ovde sam bio zauzet osnivanjem sopstvene firme i nisam želeo da se selim. Na kraju je ona rešila da ide, sa mnom ili bez mene, ali i da povede Matjea.

– Mora da ti je bilo teško kad si se suočio s tim – rekla je Nanet.

– *Oui*. Mislim da mi Matje to nikad nije oprostio. Kad razmišljam o tome, mislim da je trebalo da odem u Pariz s njima i da je sve moglo da bude drugačije. – Žan-Klod je odmahnuo glavom. – Čovek greši u životu, naročito kad je tako mlad.

– Posećivao sam ih kad god sam mogao i bilo nam je lepo, ali naši životi su uskoro krenuli različitim pravcima. – Uzdahnuo je. – Drugačije nije ni moglo. Moj posao se brzo širio. Otišao sam u Pariz i molio Ameliju da se vrati jer sam mogao da joj priuštim život kakav je želela ovde. Ali Amelija je... pa, recimo samo da je uživala u Parizu. Njena majka je pomagala i čuvala Matjea, a Amelija je mogla da izlazi i pretvara se da je opet neudata. Imala je mnogo obožavalaca.

Nakratko je zaćutao vrteći vino u čaši.

– Matje je imao trinaest godina kad su Amelija i tadašnji muškarac u njenom životu stradali u helikopterskoj nesreći, pa je on došao ovamo da živi sa mnom. U to vreme nije bio srećan dečak. Majka mu je mnogo nedostajala. No, polako je sve leglo, pa smo opet postali bliski. Dok sve ovo nije iskrslo mislio sam kako sam uspeo da podignem dobro ljudsko biće. Barem građanina koji poštuje zakon. Kad je bio tinejdžer imali smo problemčić s kolima i poverenjem, ali izgledalo je da je u dvadesetim godinama sazreo. Činilo mi se da su ga poznanstvo i brak s Vanesom i zasnivanje vlastite porodice učinili boljim čovekom. Postao je dobro prilagođen, brižan pojedinac i ponosio sam se njim. Imali smo dobar odnos. Bilo mi je žao kad mu je brak propao, što ne znači da krivim Vanesu – kazao je i pogledao Nanet. – Katkad se tako nešto događa, a i njih dvoje su bili mladi kad su se venčali. Ali sad, sad ga više uopšte ne razumem. – Žan-Klod je odmahnuo glavom.

– Džej-Si, sigurna sam da će se sve srediti s Matjeom. Kao i ti, ni ja ne mislim da je on po prirodi loš. Naprosto se uvalio u nešto što se naglo otrglo kontroli. – Nanet je oklevala pa upitala: – Ima li ikakvih novosti od tvog detektiva?

– Samo činjenica da Boris izgleda vuče sve konce. Navodno policija, i ovdašnja i Interpol, diskretno motri na njega. Nezvanično se šire glasine. Priča se o pranju novca, o poslovnom kartelu i da je i droga umešana.

– Matje se ne bi bavio drogom – odmah je rekla Nanet. – Mora da je nešto drugo u pitanju. A šta je sa Zakom? Jel' detektiv shvatio gde se tu on uklapa?

– *Non*. Osim onoga da, izgleda, on za sebe vuče konce mimo Borisa. Koji je, uzgred, navodno u Južnoj Americi i nadgleda nekakav poslovni aranžman.

– Pitam se da tamo ove nedelje nije i Matje. Nije rekao kuda ide. Kazao je samo da ide na poslovni put – rekla je Nanet.

Žan-Klod je slegnuo ramenima. – Matje je odleteo za London, ali odande je mogao da presedne i ode doslovno bilo gde u svetu. Nije se javljao da se čuje s decom?

– Kad je odsutan skoro svakodnevno im šalje imejlove, ali samo povremeno telefonira. Znam da je obećao da će se vratiti iduće nedelje, za njihovu školsku predstavu.

– Dobro je. Nekako mi je lakše kad je u gradu. Ako mu se išta dogodi ovde u Kneževini, barem sam tu da pomognem da se to sredi. – Zamišljeno se zagledao u Nanet. – Bilo kako bilo, hteo sam da ti ispričam o Ameliji da bi znala istinu o mojoj prošlosti. Iako je sve pošlo naopako, u početku sam je zaista voleo. I... – nagnuo se preko stola i uhvatio je za ruku. – Sve dosad nikad nisam bio ni blizu da opet volim nekog drugog.

Nastala je tišina dok je nežno gladio Nanetinu šaku, a onda je tiho upitao: – Misliš li da bi ikad mogla da me smatraš za nešto više od prijatelja?

Nanet mu se toplo osmehnula. – O, Džej-Si, ti si mi već više od prijatelja. – Pre nego što je uspela još nešto da kaže, zazvonio joj je mobilni. – Izvini. Trebalo bi da se javim.

Kad je otišla da se javi, Žan-Klod je uzdahnuo i počeo da raščićava sto. Nanet je i dalje pričala telefonom, a on je završio pa izneo ostatak vina na terasu i tamo je čekao.

Nanet se osmehivala kad mu se pridružila nekoliko minuta kasnije.

– Džej-Si, izvini. Bila je to Petsi i veoma je uzbuđena, pa nisam mogla da je prekinem. Brajan ju je častio dolaskom avionom ovamo. Stiže sledeće nedelje za moj rođendan! Upoznaćeš je. Zar to nije divno? Želela je da zna mogu li da je dočekam na aerodromu u Nici. Rekla sam da naravno mogu, ali da nemam auto. Da li bi ti mogao da me povezeš?

– Svakako. – Zagrlio ju je. – Nanet, trebalo bi da završimo pređašnji razgovor. Mislio sam ozbiljno kad sam rekao kako od Amelije nikog nisam voleo. Znam da te je Zak veoma povredio i ne želim da te požurujem u vezu pre nego što budeš sigurna, ali misliš li da bismo mogli da imamo nekakvu zajedničku budućnost? Jasno mi je da sam nekoliko godina stariji, ali... – uznemireno ju je pogledao.

Nanet se okrenula prema njemu i nežno ga poljubila. – Džej-Si, već si mi veoma drag, ali zasad ne mogu ništa da ti obećam. Možemo li da nastavimo ovako? Da idemo polako, da se dobro upoznamo, pa da vidimo šta će se dogoditi? Sad, kad mi se izgleda vraća pamćenje, postoji nekoliko stvari koje želim da raščistim. Potrebno mi je da konačno raskrstim sa Zakom Juartom. Čim to uradim, moći ću da krenem dalje.

Nije dodala „pre nego što bih opet nekog mogla da zavolim", ali kada ju je opet poljubio, ponadala se da ju je Žan-Klod razumeo.

28.

Sutradan ujutru, čim je ispratila blizance u školu, Nanet je polako krenula kejom prema staroj luci. U tašni joj je bio koverat s papirima *Odmora na suncu*, spreman da ga vrati Zaku. Čvrsto je rešila da on ovog puta prihvati činjenicu kako ona ne želi posao koji joj nudi.

Posada *Pol pozicije* bila je zauzeta uobičajenim jutarnjim dužnostima, ali nije bilo nikakvog znaka da je Zak tu. Dok je Nanet neodlučno stajala na keju, kapetan jahte je sišao niz mostić.

Prepoznavši je, rekao je: – Zak se zadržao zbog nečeg u vezi sa isporučenim pogrešnim gumama za probnu vožnju. Postoji mogućnost da neće stići ovamo sve do neposredno pred francusku trku.

– Nadala sam se da ću pre nje razgovarati s njim – kazala je Nanet.

– Ako vam to nešto znači, mogu vam dati broj njegovog mobilnog – ponudio je kapetan.

Nanet se spremila da odbije ponudu, ali se predomislila i rekla: – Hvala. To bi mi koristilo. – Doduše, to je značilo da i dalje ne može da mu vrati papire za *Odmor na suncu*.

Pruživši joj posetnicu s brojem Zakovog mobilnog telefona, kapetan je rekao: – Iznenađen sam da već nemate telefon, naročito zato što ćete ponovo raditi za Zaka.

– Ko vam je to rekao?

– Zak pre nego što je otišao za Kanadu.

Besna u sebi, a ne želeći o tome da razgovara s kapetanom jahte, samo je kazala: – A, tako. Hvala vam za broj telefona. Videćemo se.

Zaustavila se u prvom kafeu na koji je naišla i naručila kapučino. Ruka joj je drhtala dok je kašičicom sklanjala penu s površine, pa je nekoliko puta duboko udahnula trudeći se da smiri.

Zak je bio neverovatan. Opet pribegava starim trikovima i pretpostavlja kako može da je natera da radi sve što on želi. Kako se samo usudio da kaže kapetanu kako će ona opet raditi za njega, naročito kad mu je već rekla da nije zainteresovana?

Otvorila je tašnu i izvadila koverat, pa u njega ubacila posetnicu pored ostalih papira i opet ga stavila u tašnu. Iako je bila u iskušenju da mu se javi, Nanet je rešila da se suoči s njim licem u lice, makar morala da pričeka nedelju ili dve.

Preko stola je pala senka, pa je Nanet iznenađeno podigla pogled.

– *Bonjour*, Nanet. – Matje je seo pored nje. – Hoćeš li da popiješ sa mnom još jednu kafu?

Nanet je odmahnula glavom. – Ne, hvala. Otkud ti ovde? Nismo te očekivali u najmanju ruku pre vikenda.

Slegnuo je ramenima. – Dva poslovna sastanka su mi otkazana, pa sam odlučio da se ranije vratim kući. Kako su blizanci? Još vežbaju za koncert?

– Naravno. Radovaće se što te vide.

– Ako hoćeš, sačekaću ih ja posle škole – rekao je.

– Hvala. Petsi uskoro dolazi u posetu. Može li da odsedne u stanu?

– Svakako. Zamoli Florans da se postara da gostinska soba bude spremna. Koliko dugo ostaje?

– Oko nedelju dana. To je kratak predah za nju pre nego što je ophrva majčinstvo.

Matje je klimnuo glavom i otpio gutljaj kafe, pa upitao: – Jesi li skoro razgovarala sa Zakom?

Nanet je odmahnula glavom. – Nadala sam se da ću ga danas videti, da nešto razjasnim s njim, ali nije ovde.

– Znam – tiho je rekao Matje. – Trebalo je da se sastanemo, ali je sprečen. – Pogledao ju je. – Imaš li i dalje papire koje ti je dao o *Odmoru na suncu*?

– U tašni su mi.

– Mogu li da ih pogledam, molim te?

– Oh, Matje, ne znam – negodovala je Nanet. – Oni su Zakovo privatno vlasništvo i lični posao.

– Jesu li označeni kao privatni i poverljivi? Da li je Zak tražio da ih čuvaš samo za sebe? – Navalio je Matje.

– Ni jedno ni drugo.

– U njima bi moglo biti nečega što bi mi pomoglo – nastavio je tiho Matje.

– U čemu bi ti pomoglo? To su samo papiri sa opisom Zakovog posla i onoga što bi se od mene očekivalo da radim. – Nanet je zastala. – Znam da sam ti pre nekoliko nedelja ponudila da ti pomognem ako budem mogla, ali ovo mi je vrlo neprijatno.

Matje je nekoliko sekundi ćutao. – Potreban mi je određeni podatak, a postoji mogućnost da se nalazi u tim papirima. Molim te, Nanet. Uveravam te da Zak nikad neće saznati da sam ih video.

Nanet je zažmurila i duboko udahnula. Otvorivši oči, pogledala je Matjea.

– U redu. Nije mi drago što ovo radim, ali daću ti ih da ih pročitaš. – Ustala je.

– Samo ne ovde. Kad se vratimo u stan.

29.

Kao što je obećao, Žan-Klod je odvezao Nanet na aerodrom u Nici da dočeka Petsi koja je stizala poslepodnevnim letom. Dok je stajala u sali za putnike u dolasku i čekala da joj sestra izađe nakon što je avion sleteo, Nanet je shvatila da je možda ne baš nervozna, ali svakako nestrpljiva. Petsi i Žan-Klod se dotad nisu upoznali, pa se nadala da će se dopasti jedno drugom i da će se slagati. Posle fijaska od veze sa Zakom – on i Petsi se jedno drugom uopšte nisu dopadali i nervirali su jedno drugo kad god se sretnu – rešila je da ubuduće sve podvede pod slučaj: „Ako si moj prijatelj, onda si i prijatelj moje sestre." Petsi joj je bila jedina porodica pa nikakvo prijateljstvo, kao ni prolazni momak, nije bilo vredno rizika da se raziđe s njom ili udalji od nje. Doduše Žan-Klod je zaista bio prvi muškarac posle Zaka kojeg je Nanet poželela da predstavi Petsi.

Stajala je pred staklenim zidom koji je odvajao deo za prihvatanje prtljaga od sale za putnike u dolasku i nadala se da će ubrzo ugledati sestru. Žan-Klod je zastao u foajeu da kupi engleski časopis za koji je tvrdio da može da se nabavi samo na aerodromu, i još se nije pojavio kad su putnici naišli hodnikom koji vodi do dela za prihvatanje prtljaga. Petsi je bila među poslednjima i radosno je mahala kad je spazila Nanet, a zatim prišla pokretnoj traci da pričeka svoj kofer.

Pošto je uzela kofer, prošla carinsku kontrolu i izašla na dvokrilna vrata vukući ga za sobom, Žan-Klod koji je stajao uz Nanet ispred pregrade odmah joj je preuzeo prtljag.

Zagrlila je sestru, a Nanet ih je brzo upoznala, pa su sve troje krenuli prema otvorenom prostoru i parkingu.

– Lepo si putovala? – pitala je Nanet.

Petsi je klimnula glavom. – O, drago mi je što te vidim i što sam opet ovde. – Duboko je udahnula. – Oh, oseti taj miris eukaliptusa. Ubeđena sam da je aerodrom u Nici jedini na svetu koji miriše ovako divno.

Žan-Klod je išao napred do kola, a Nanet je iskosa pogledala sestru. – Lepo izgledaš. Bucmasto, ali lepo.

– Počinjem da ličim na slona – progunđala je Petsi. – Samo kad pomislim da ću ovako još devet nedelja...

Imali su sreće u saobraćaju, pa je vožnja do Monaka kratko trajala. Žan-Klod je ostavio kola u podzemnoj garaži i odneo je kofer u stan pre nego što je otišao.

– Sigurno nećeš da ostaneš i pojedeš nešto? – upitala je Nanet kad je Petsi izašla na terasu da gleda brodove.

– Danas neću. Ostaviću vas dve da se ispričate. Kad god hoćeš dovedi Petsi u vilu na plivanje i ručak – rekao je. – Pozvaću te kasnije – nagnuo se i poljubio je.

– Hvala ti što si izigravao vozača ovog poslepodneva, stvarno mi to mnogo znači – kazala je Nanet i uzvratila mu poljupcem.

Florans je u kuhinji ostavila spreman poslužavnik za čaj, pa je Nanet skuvala čaj i iznela ga na terasu gde se Petsi, i dalje nagnuta preko ograde, divila pogledu.

– Matjeova novčana situacija se popravila kad je stekao ovakvo mesto, zar ne? – kazala je, pa izvukla stolicu i sela.

Nanet je klimnula glavom i sipala Petsi čaj.

– Lepo je od Brajana što te je častio ovim odmorom – rekla je Nanet. – Šteta što nije mogao da pođe s tobom.

– Želeo je, brinuo se kako ću sama da putujem, ali trenutno je potpuno pogrešno vreme za farmera da uzme odmor – rekla je Petsi sa žaljenjem. – Treba skupiti silažu i kositi, da ne pominjem pripremanje veštačkog osemenjavanja da bi se krave otelile početkom sledeće godine. – Pogledala je Nanet. – Zapravo, prilično me je sramota što sam ovde. Rekla sam ti da sam zamolila Brajana da porazgovara s Helen? Uradio je to i bilo je dobro nedelju-dve. Ali onda, prošle nedelje, poludela sam na neku njenu opasku koje se čak više i ne sećam, i učinila nešto nezamislivo. U lice sam joj rekla da je baba iz pakla i tresnula pečeni krompir na pod. – Petsi se kiselo osmehnula Nanet. – Moram priznati da mi je u tom trenutku to prijalo.

Nanet se upiljila u nju, shvativši koliko je njena staložena sestra morala biti napeta da bi se tako ponela. – O, Petsi, žao mi je što si bila pod takvim pritiskom. I što nisam u stanju da ti više pomognem.

– Helen je sve počistila, mrmljajući sve vreme o mojim hormonima, a Brajan je, srećom, shvatio da nije samo to posredi i da mi je zaista potrebno malo prostora. I tako, evo me ovde. – Petsi se radosno nasmešila sestri.

– Muža si ostavila na milost i nemilost njegovoj majci – našalila se Nanet. – Kad se vratiš kući, ona će se verovatno već ponovo useliti u nju.

Petsi je jeknula. – S tim nemoj ni da se šališ. Već je nabacila kako će se preseliti u gostinsku sobu da nam bude pri ruci za veliki događaj. Znam da je ona Brajanova majka, znam da je uzbuđena što će postati baba i znam da je dobronamerna, ali stalno pokušava da sve preuzme. – Pogledala je Nanet. – Hoćeš li moći da se vratiš i budeš sa mnom kad beban dođe na svet? Razumeću ako ne budeš mogla.

– Daću sve od sebe – odgovorila je Nanet. – Sve zavisi. Možda povedem blizance sa sobom.

Petsi je upitno pogledala sestru.

– Mislimo... ne, *znamo* da su se Matje i Zak uvalili u nešto nezakonito – rekla je Nanet. – Da li se radi o istom nezakonitom poslu ili o dva različita, još nismo uspeli da dokučimo. A kad smo kod Zaka, možeš li da poveruješ da je posadi *Pol pozicije* rekao kako ću opet raditi za njega?

– Mislila sam da nameravaš da mu i drugi put kažeš *ne* i da ćeš se uveriti da je shvatio! Stvarno, Nanet, svako bi pomislio da se još premišljaš.

Nanet je uzdahnula. – Nisam mogla biti jasnija kad sam mu rekla ne, ali on me ne sluša. Ili ne želi da čuje šta govorim. Sad mi Matje kaže kako bi njemu bilo od pomoći kad bih pristala da radim za Zaka. – Bespomoćno je slegnula ramenima. – Zaista, zaista ne želim ništa što ima veze sa Zakom, ali znam koliko se Džej-Si brine zbog Matjea, pa sam mislila... – oprezno je bacila pogled na sestru. – Možda bi bilo korisno da pristanem da radim nešto, naravno privremeno. – Nagon joj je i dalje govorio da ne veruje Zaku ni mrvicu, ali ako bi to što bi po nekoliko sati radila za njega bio jedini način da otkrije šta se dešava, možda bi trebalo da pokuša.

– Da se nisi usudila – kazala je Petsi.

– Džej-Si je i sâm protiv toga, čak i ako bi to pomoglo Matjeu.

– Onda poslušaj nas dvoje. Zna li Vanesa za tvoje brige zbog Matjea?

Nanet je odmahnula glavom. – Ne. Predaleko je da bi išta preduzela, a ne želim da je zabrinjavam ukoliko baš ne moram. Nadam se da će se sve srediti dok se ona i Ralf ne vrate.

– Čak i ako se ne sredi, ne smeš da se mešaš – kazala je Petsi odlučno.

Setivši se Petsinog stanja, Nanet je shvatila kako je razborito da joj još ne govori o tome koliko se zapravo već umešala zbog Žan-Kloda. Pogledala je sestru. – Postoji još nešto. Počinjem da se prisećam onoga što se dogodilo pre nesreće.

– To je dobro – kazala je Petsi. – Zar ne?

– Da, dobro je to što mi je sećanje opet proradilo, ali nešto od onoga čega sam se setila ne poklapa se sa istinom. Ili barem sa onim za šta sam verovala da je istina.

Petsi ju je pogledala zabrinuto. – Nemaš valjda opet košmare?

– Nemam. – Nanet je odmahnula glavom. – Ali šta ako su ta sećanja lažna? Ako mi se uopšte ne vraća pamćenje? Šta ako sam podsvesno pristrasna i ako se trudim da poverujem u laž? – Načas je zaćutala, pa pogledala Petsi i tiho rekla: – Šta ako... – Zastala je i ugrizla se za usnu pre nego što je kazala: – Šta ako nisam ja izazvala nesreću?

30.

Vanesa je prešla rukavom preko lica u uzaludnoj nadi da će upiti nešto znoja od kojeg ju je svrbela koža. Kosa pod šeširom joj je bila mokra i znoj joj je curio niz vrat. Prošlo je tri sata otkad su se pozdravili sa seljanima i kako ih je vodič Luiđi poveo džunglom na dugo putovanje nazad u civilizaciju.

Poslednjih četrdeset osam sati bilo je prenaporno. Ne samo da se njihov boravak u selu okončao a da Ralf nije uspeo da dovrši film onako kako je želeo, već im se činilo da će prijateljstva koja su uspostavili sa seljanima uskoro razoriti najobičnije praznoverje.

One večeri koja je trebalo da im bude poslednja u selu bojažljivo su pratili Anželu do glavne kolibe jer su bili pozvani na seoski savet. Koliko je Vanesa uspela da shvati, svi seljani, od najmlađeg novorođenčeta do najstarijeg starosedeoca, čekali su ih smrknutih lica. Lovci su se ranije vratili iz pohoda za hranom pa su, još stežući koplja, okružili glavnog šamana i netremice gledali Vanesu i Ralfa.

Vanesa je zadrhtala. Zar zaista veruju da su ona i Ralf bacili „kletvu" na njihovo zlato? Najednom su joj se u glavi javila nezvana sećanja na to kako je kao devojčica bila u zastrašujućoj poseti Britanskom muzeju u Londonu i videla smanjene glave na izložbi o kanibalizmu. Da li ovi domoroci znaju da je ta praksa stavljena van zakona? Da li praktikuju neke druge, jezivije obrede?

S mukom je progutala pljuvačku kako bi sprečila žuč da joj se podigne u grlu i sa strahom pogledala domoroce koje je nekoliko nedelja smatrala prijateljima. Neki neznanac kože blistave od znoja, s kopljima i mačetom zakačenim na leđima razgovarao je s glavnim šamanom i mahao rukama. Vanesa ga je načas znatiželjno pogledala.

– On je jedan od ovdašnjih trkača koji povezuje sva sela. Izgleda da je doneo važne vesti – ispričao joj je Ralf pošto je kratko porazgovarao sa Anželom.

Luiđi, koji je uz kamermana Nika imao ulogu prevodioca, primakao se i napeto slušao šta taj čovek govori. Vanesa je nervozno stezala Ralfovu ruku jer je u kolibi zavladala tišina, a glavni šaman se okrenuo prema njima i pozvao ih da priđu.

– Stigla je vest da je naš *aviamento*, pridošlica Takjanov, uhapšen. Prekršio je reč. Niste vi bacili kletvu. – Zastao je. – Slobodni smo da trgujemo s vama.

Vanesa je osetila kako joj celo telo protresa olakšanje. Zatim joj se u mozgu izdvojila rečenica „slobodni smo da trgujemo s vama", pa je užasnuto pogledala Nika i Luiđija. Seljani su očigledno pogrešno razumeli šta im je nudila.

– Nik, Luiđi, pre nego što ovo ode dalje, morate im objasniti da bi zadruga *Plodovi šume* bila njihova odgovornost. Ja ne kupujem njihove proizvode, samo pomažem da se organizuju da ih proizvode i prodaju.

Kad se uverila da su seljani, a posebno glavni šaman, shvatili šta tačno predlaže, Vanesa je osetila da je napušta napetost, pa je brzo iznela sve što bi seljanima bilo potrebno da urade kako bi osnovali i pokrenuli zadrugu.

– Jedino mi je žao što sutra odlazimo – rekla je. – Toliko toga treba objasniti i sprovesti.

– Možemo ostati još jedan dan ako hoćeš – ponudio je Ralf. – Duže ne možemo jer Nik i Hari imaju radne obaveze kojima se vraćaju.

Vanesa i Ralf su do sitnih sati radili, trudeći se da obezbede osnovni poslovni plan kampanje za pokretanje zadruge. Ujutru su sami sazvali sastanak seoskog saveta i ispričali glavnom šamanu i seljanima šta je potrebno da urade.

Taj dodatni dan bio je užurban zbog mnoštva stvari koje treba urediti, pa i pakovanja uzoraka domorodačkih lekova, među kojima i nekoliko tegli melema *sangue de grado*, koji je Ralfu pomogao da mu onako lepo zacele povrede.

– Kamo sreće da smo ovo smislili čim smo došli – rekla je Vanesa. – Mogla sam mnogo više toga da učinim pre nego što bih njima prepustila da nastave. – Uzdahnula je i pogledala Ralfa. – Jedno me ipak i dalje brine. Šta će biti ako se taj Takjanov vrati i pokuša da se umeša u zadrugu? Anžela je rekla kako muškarci znaju da je opasno njega uzrujati.

– Ne brini. Čim se vratimo u civilizaciju možemo upozoriti vlasti na ono što radimo. Što ti radiš. Kad obezbediš fondove, možeš imenovati nadzornika od poverenja koji će doći ovamo i nadgledati sve u tvom odsustvu. Koji će se starati da nema ometanja i da se nikakav pridošlica ne umeša. A videćeš da ćeš prilikom sledeće posete biti zadivljena napretkom – uverljivo je rekao Ralf.

Sutradan ujutru, Vanesa se iznenadila što mora da zadržava suze dok je na rastanku grlila Anželu. Iako je žudela da ode iz džungle, bila je neobično tužna što se opršta od svoje prijateljice.

– Zbogom, *pacchumama*. Neka te duhovi prate na putu – rekla je Anžela, grleći je.

– Nedostajaćeš mi, ali čim organizujem zadrugu za selo, vratiću se i videćemo se opet. – Vanesa se sagnula i pomilovala Maju pa je čvrsto zagrlila, a onda se okrenula i otišla.

Dok je blatnjavom stazom umorno pratila Luiđija i nosače, misli su joj se i dalje rojile oko logistike za zadrugu i smišljanja koga bi mogla da nađe voljnog da sponzoriše *Plodove šume* bar prve godine njihovog poslovanja.

Pao je mrak kad su stigli do logora u kojem će provesti poslednju noć u srcu džungle. Vanesa je posrćući od umora ušla u njihovu kolibu. Sledećeg dana će malim kanuom otploviti pritokom do samog Amazona, a onda će ih, dan, moguće dva kasnije, veći čamac odvesti do grada Manausa.

Bio je to početak njihovog povratka kući. Delimično je žalila što se njihova pustolovina u amazonskoj džungli bliži kraju, ali u njoj je sve bridelo pri pomisli da će videti Pjera i Oliviju. Da će ih čvrsto zagrliti. Da će ih ušuškati u njihovim bezbednim krevetima. Da će im pričati o maloj Maji i njenom tako drugačijem životu. Nadala se da će uspeti da obezbedi pristojnu budućnost njoj i ostaloj deci iz sela. Očajnički je želela da *Plodovi šume* uspeju.

31.

Od Petsinog dolaska Nanetin dnevni raspored se promenio jer se starala da njena sestra ni u čemu ne preteruje. Zahtevala je da Petsi ostane u krevetu svakog jutra dok bi se sama pobrinula za blizance, pa bi se vratila iz praćenja u školu s kesom toplih kroasana iz pekare.

S obzirom na to da je Petsi već nekoliko puta bila u Monaku i u tim prilikama joj je Nanet pokazala turističke zanimljivosti, nije bilo preke potrebe da kreću u istraživanja. Stoga su prvih nekoliko dana samo lagano šetale lukom, svraćale u omiljeni kafe, pa se vraćale u stan da se opuste, a upravo to je Petsi bilo potrebno. Večeri su provodile s blizancima, uz društvene igre i u međusobnom takmičenju u video-igrama koje su Pjer i Olivija voleli da igraju kad god im se ukaže prilika. Nanet je bila zadovoljna jer je Petsi iz dana u dan izgledala sve bolje i srećnije, pa su se odvažile da šetaju sve dalje od stana.

Jednog dana su prihvatile Žan-Klodov poziv da plivaju i ručaju s njim u vili. Drugog su otišle na izložbu u *Grimaldi forumu*, pa usput kupile picu da je ponesu u stan. Dok je kasnije sedela na terasi i listala časopis o poznatima, Petsi je pogledala sestru.

– Da li me Matje izbegava? Jedva je i bio kod kuće otkad sam stigla.

Nanet je odmahnula glavom. – Tako je trenutno. Izgleda da ono u šta se uvalio iziskuje mnogo vremena. I blizanci su primetili da je retko ovde.

– Mislila sam da jedno veče izvedem sve na picu u znak zahvalnosti što me je pustio da boravim ovde – slegnula je ramenima Petsi – ali mi se čini da od toga neće biti ništa.

– Ne bih se previše brinula – kazala je Nanet. – Blizancima je rekao da će biti na večeri za moj rođendan, tako da ćeš ga tad videti i zahvaliti mu. A uvek možeš da mu kupiš bocu šampanjca ili tako nešto.

Kasno poslepodne na svoj rođendan, Nanet je s Petsi stajala na terasi Matjeovog stana gde su nameštale veličanstven buket cveća od Žan-Kloda.

Čitavog dana su lunjale po starom gradu, a posle škole zabavljale blizance. Matje se pojavio posle ručka i proveo poslepodne za računarom, pa poveo Oliviju i Pjera nekud neodređeno, a sestre ostavio same.

– Nikad ti se nisam čestito zahvalila na divnom cveću koje si mi poslala – rekla je Petsi, dok je pažljivo stavljala žutu ružu u aranžman. – Zaista mi je mnogo značilo iz više razloga. Samo to što sam znala da si tamo negde i da si na mojoj strani bilo je pravi podsticaj.

– Drago mi je što ti je pomoglo. Trudila sam se da umirim savest zbog toga što nisam tamo kad sam ti potrebna – rekla je tiho Nanet.

– Molim te, nemoj da te peče savest. Znam da bi ti u krajnjoj nuždi ostavila sve i bila sa mnom. I ovo je prelepo cveće – kazala je pomirisavši krin. – Izgleda da si stvarno draga Žan-Klodu. On je veoma privlačan – dodala je i iskosa pogledala sestru. – Rekla bi mi da je na pomolu romansa, zar ne? Nisam mogla da ne primetim određeno uzbuđenje kad ste vas dvoje zajedno.

Nimalo iznenađena time što je Petsi zapazila njena osećanja prema Žan-Klodu, Nanet se usredsredila na to da pažljivo ugura cvet nalik orhideji u aranžman, pa se tek onda zagonetno osmehnula sestri jer je znala da pred njom ne može i neće da poriče svoja osećanja.

– Džej-Si je divan čovek i veoma mi je drag – rekla je. – Ipak, ne brzamo. Brine ga ta zbrka s Matjeom, a meni je potrebno da raščistim sve sa Zakom.

– Šteta što ga nema dok sam ja ovde – rekla je Petsi. – Uživala bih u „raščišćavanju svega“ s njim.

– Verovatno je tako bolje – odgovorila je Nanet. – Mislim da Monako nije spreman da čuje kako koriš jednog od njegovih omiljenih stanovnika.

Petsi je slegnula ramenima. – Mogu ja da pričekam.

Baš u tom času se pojavila Florans s novim velikim buketom cveća.

– Domar je upravo poslao ovo i karticu – rekla je i pružila koverat Nanet.

I pre nego što je pocepala koverat i otvorila ga Nanet je naslutila od koga je to cveće. Kratku poruku je pročitala Petsi.

– Srećan rođendan! Pozvaću te večeras. Nadam se da lepo provodiš ovaj dan. Zak.

Nanet je ljutito rekla: – Cveće je divno, ali volela bih da mi ga nije poslao. Sad ću morati da mu se zahvalim, a u ovom trenutku je zahvaljivanje Zaku Juartu poslednje što želim. Zašto će me pozvati doveče?

– Mi ionako nećemo biti ovde, zar ne? – kazala je Petsi. – Zar ne idemo na večeru za – pogledala je na sat – oko sat i po sa Žan-Klodom i Matjeom da u stilu proslavimo tvoj rođendan?

– Zaboga, zar je već toliko? Biće bolje da počnemo da se spremamo.

Nanet je odnela Zakovo cveće u kuhinju i zamolila Florans da pronađe vazu za njega.

Upravo tada se vratio Matje s decom i pružio paketić Nanet. – Olivija i Pjer su mislili da bi ti se ovo dopalo. Srećan rođendan od nas troje.

„Ovo“ je bila lepa svilena marama iz jednog od dizajnerskih butika na Aveniji Monte Karlo.

– Hvala vam – rekla je Nanet grleći blizance i nežno gladeći raskošnu tkaninu. – Divna je. Nosiću je večeras.

Italijanski restoran u kome je Žan-Klod rezervisao sto bio je blizu, pa su se prošetale s Matjeom u pratnji. Nanet je sa osmehom shvatila da joj je srce poskočilo kad je ugledala Žan-Kloda kako stoji tamo i čeka ih.

– Srećan rođendan – rekao je i poljubio je u obraze. Reči *ma chérie* dodao je tako tiho da ih je čula samo Nanet, i na tome mu se zahvalno osmehnula.

Uhvativši je galantno za ruku, Žan-Klod ju je doveo do stola gde ih je već čekao predusretljivi konobar, pa im sipao šampanjac pre nego što je saslušao narudžbine. Pijanista je svirao niz italijanskih pesama, a nekoliko parova je iskoristilo omanji plesni podijum oko kojeg su stolovi bili poređani.

– Hoćete li nas izviniti dok slavljenica i ja odigramo ovaj ples? – upitao je Žan-Klod, pogledavši Matjea i Petsi.

– Samo napred – odvratio je Matje i pogledao Petsi. – Pleše li se tebi?

– Radije bih ostala da sedim, hvala – odgovorila je Petsi. – Mislim da bi nam moj stomak prilično smetao.

Nanet je, lagano se krećući po podijumu u Žan-Klodovom čvrstom zagrljaju, srećno uzdahnula. Čitavu ju je preplavilo osećanje da će taj rođendan najaviti godinu promena u njenom životu, i da će te promene svakako ovoga puta biti pozitivne.

– Hvala ti na cveću, Džej-Si – šapnula je.

– Bilo mi je zadovoljstvo. Imam i druge poklone za tebe, ali moraćeš po njih da dođeš u vilu. Možda kad se Petsi vrati kući? A sad bi bilo bolje da se vratimo za sto, vidim da konobari donose jelo.

Hrana je bila divna. Njih četvoro su razgovarali i smejali se. Tek kad je konobar dogurao kolica sa slatkišima Nanet je shvatila da se Petsi ućutala.

Zabrinuto ju je pogledala. – Petsi, jel' ti dobro? Strašno si prebledela.

– Dobro sam, samo mi je malo muka. Možda zbog jake hrane. Mislim da ću preskočiti desert.

– Hoćeš li da se vratimo u stan? – pitala je Nanet.

– Nikako, ali mogla bi da mi pokažeš gde je toalet.

– Poći ću s tobom – rekla je Nanet, zabrinuto je odmerivši.

– Ostani ovde – kazala je Petsi i ustala. – Trudna sam, nisam bespomoćna. Vidim da imaju tvoj omiljeni slatkiš – dodala je bacivši pogled na kolica. – Zato uživaj.

Nanet jedva da je mogla da proguta kašičicu tiramisua iako je bio izuzetan. Pošto se Petsi nije vratila ni deset minuta kasnije, ustala je od stola.

– Idem samo da proverim Petsi – rekla je.

Sestru je zatekla kako sedi na trščanoj stolici i pije vodu iz čaše koju joj je dala zabrinuta radnica u toaletu.

– Šta se dešava?

– Lekar će stići svakog časa – odgovorila je radnica. – Rekla sam gospođi da se ne miče.

– Šta će ti lekar? – upitala je Nanet. – Jel' beba krenula?

Petsi se ugrizla za usnu. – Prokrvarila sam. Ne mnogo – brzo je dodala kad je videla Nanetino lice. – Ipak, dovoljno da potražim savet lekara.

Vrata toaleta su se širom otvorila i na njima se pojavio muškarac.

– Ja sam dežurni lekar. Čujem da imamo problem s trudnicom? Zamolio bih sve ostale da sačekaju napolju.

– Doktore, moja sestra ne govori francuski – rekla je Nanet. – Treba li da vam prevodim?

– *Non, merci*. Govorim dovoljno engleski. Dajte mi, molim vas, pet minuta nasamo s pacijentkinjom.

Nanet se vratila do Žan-Kloda i Matjea i brzo im objasnila kakva je situacija, pa se vratila da čuje šta je lekar rekao.

– Odmaranje u krevetu naredna dvadeset četiri sata. Zatim kontrola kod lekara. Bez naprezanja.

– A letenje avionom? Imam rezervisanu kartu za povratak u Veliku Britaniju za nekoliko dana? – pitala je Petsi.

Lekar je slegnuo ramenima. – Idite sutra na kliniku i vidite šta će vam lekar reći.

Žan-Klod je zahtevao da pozove taksi za povratak kući, gde su on i Matje brižno pomogli Petsi kroz foaje do lifta. Kad su se našli u stanu, Nanet je ispratila Petsi u njenu sobu, pa se vratila muškarcima u dnevnoj sobi.

Matje je držao papir i pružio ga Nanet. – Florans ti je ostavila poruku. Izgleda da je Zak zvao cele večeri.

Nanet je uzdahnula pošto je pročitala poruku kućne pomoćnice:

Zaku Juartu je potrebno da hitno razgovara s vama. Moli da ga pozovete čim se vratite bez obzira na vreme. Matje će vam dati broj ako ga nemate.

– Šta li bi moglo da bude tako hitno? Pozvaću ga ujutru – rekla je Nanet. – Trenutno sam preumorna i zabrinuta za Petsi.

Matje je zaustio nešto da kaže, ali Nanet je podigla ruke.

– Matje, dani kada sam trčala za Zakom davno su prošli. Uzgred, jel' ti više ne trebaju papiri o *Odmoru na suncu*?

Žan-Klod je brzo pogledao sina. – Šta si se nadao da ćeš pronaći?

Matje je slegnuo ramenima. – Samo jednu adresu.

– I jesi li je našao? – pitao je Žan-Klod.

Došlo je do jedva primetnog zastoja pre nego što je Matje odmahnuo glavom. – Ne. Odmah ću ti doneti papire. – Otišao je do svoje privremene kancelarije i nekoliko sekundi kasnije vratio se s Nanetinom kovertom.

– Rekla sam Petsi da ću joj odneti toplo mleko da lakše zaspi – kazala je Nanet. – Da pripremim piće za pred spavanje i nama?

Matje je odmahnuo glavom. – Za mene ne. Sutra ujutru imam sastanak uz doručak, pa me izvinite, odoh u krevet. Laku noć.

– Mogu li tebi nešto da donesem? – upitala je Nanet Žan-Kloda kad su se vrata zatvorila za Matjeom.

– Ne, hvala. Ostaviću te da se staraš o Petsi, i ne brini, ubeđen sam da će ona i beba biti dobro. Videćemo se sutra.

– Hvala ti na ovoj divnoj večeri, Džej-Si – rekla je Nanet. – Zaista mi je bilo lepo. Najbolji rođendan godinama unazad.

Žan-Klod ju je nežno poljubio i otišao.

Samo što su se vrata za njim zatvorila, zazvonio je telefon. Nanet je brzo zgrabila slušalicu pre nego što prodoran zvuk uznemiri nekoga. Znala je tačno ko bi mogao da zove tako kasno.

– Zak, prestani da me gnjaviš...

– Nanet, potrebna mi je tvoja pomoć – prekinuo ju je Zak. – Hoću da sutra pre podne odeš na *Pol poziciju* i nađeš se s nekim, pa u moje ime staviš paket u sef.

– Šta? Zoveš skoro u ponoć da zatražiš nešto tako smešno što može i kapetan broda da uradi? – rekla je s nevericom Nanet.

– Ne, ne može – tiho je odgovorio Zak. – Osim mene, ti si jedina koja zna gde je sef i koja je kombinacija.

– Misliš na onaj tajni, lični, u tvojoj kabini? – upitala je, shvativši o čemu govori. – Nikad nisi menjao šifru?

– Ne.

– Zar ne može kapetan da stavi šta god to bilo u glavni sef dok se ti ne vratiš?

Zak je glasno uzdahnuo. – Ne. Da nije iskrsao problem s gumama, bio bih tu i lično se pobrinuo za to. Kako stvari stoje, izgleda da se još neko vreme neću vratiti. Voleo bih da to bude potpuno van bilo čijeg pogleda. Pet minuta, Nanet, samo toliko će trajati.

– Ne tražiš da pomognem u nečemu nezakonitom?

– Nikako – odmah je odgovorio Zak. – Ako ćeš se bolje osećati, mogu ti reći da ima veze sa *Odmorom na suncu*.

Nanet je duboko udahnula. – U redu – nevoljno je rekla. – Uradiću to sutra.

– Hvala ti. U jedanaest sati na brodu. Pamtiš kombinaciju?

– Da. – Budući da je bila datum njenog rođenja unatraške, teško je mogla da je zaboravi.

– Hvala ti, Nanet. Tvoj sam dužnik za ovo.

– Ako mi je pamćenje koje se vratilo tačno, Zak, duguješ mi mnogo više od toga – rekla je Nanet. – Kad se vratiš, treba ozbiljno da porazgovaramo. Laku noć.

Brzo, pre nego što Zak počne da je ispituje, Nanet je spustila slušalicu. Rešila je da Zaka izazove licem u lice i vidi kako će reagovati na njenu optužbu.

Sledećeg dana će otići na jahtu i uraditi ono što je Zak tražio, ali to je poslednji put u životu da radi nešto što Zak Juart traži.

32.

Sutradan ujutru Nanet je odvela blizance do škole pa se vratila u stan i spremila Petsi doručak.

– Još izgledaš pomalo slabo – rekla je. – Kako se osećaš?

– Dobro, hvala, i zaista mi je žao što sam ti pokvarila veče – kazala je Petsi.

– Zabrinula si me, ali nisi pokvarila veče. Rođendan mi je bio divan.

– Jesam li sinoć čula telefon kad je Žan-Klod otišao?

Nanet je klimnula glavom. – Zak.

Petsi ju je pogledala. – I?

– Ovog prepodneva ću nešto preuzeti i staviti u njegov lični sef na *Pol poziciji* – odgovorila je Nanet polako, znajući da se to Petsi neće dopasti. – Ne brini se zbog toga – dodala je. – Ne smeš to da radiš u stanju u kojem si. Otići ću samo na pet minuta i onda nameravam da zaboravim Zaka Juarta dok se sledećeg meseca ne vrati iz Indijanapolisa.

– Znaš li šta preuzimaš? – pitala je Petsi.

– Ne. Ne može biti ništa kabasto jer sef nije mnogo veliki – odgovorila je.

– Jesi li rekla Džej-Siju ili Matjeu šta radiš?

Nanet je odmahnula glavom. – Nisam. Matje je već otišao, a ne očekujem da ću videti Džej-Sija sve do posle podne. Tad ću mu reći. Šta to radiš? – Nanet je sa užasom gledala kako Petsi zbacuje jorgan.

– Ustajem i idem s tobom, naravno – kazala je Petsi.

– A ne, nećeš. Lekar je rekao da se odmaraš u krevetu dvadeset četiri sata, tako da se ne usuđuj ni da pomisliš da ustaneš – prekorela ju je Nanet. – Kad se vratim pošto u sef stavim već to nešto, pozvaću kliniku da ti zakažem pregled – rekla je i čvrsto ušuškala Petsi u krevet.

Kasnije tog jutra, ostavila ju je sa časopisima i strogim uputstvom da se odmara, pa se uputila u luku.

Prilazeći jahti videla je da je mostić podignut, čime je pristup s keja onemogućen.

Zar Zak nije rekao posadi da se dogovorio s njom da se tamo sastane s nekim? Šta da radi ako je cela posada nestala na ceo dan, pa ona ne može na jahtu?

Kad se još malo približila, sa olakšanjem je ugledala kapetana Fila kako razgovara s nekim na jahti desno od *Pol pozicije*. Pošto je primetio da ona stoji kod krme, Fil je podigao ruku da je pozdravi, ali nije odmah pošao da spusti most i pusti je na jahtu. Umesto toga, dovršio je razgovor i bez žurbe pritisnuo dugme koje spušta most.

Nanet je bila ubeđena da se nikad ne bi usudio da pusti Zaka da čeka, ali očigledno je to uradio namerno.

– Zak me je zamolio da se ovde sastanem s nekim i...

– Znam – prekinuo ju je Fil. – Jutros mi je telefonirao. – Presekao ju je pogledom. – Uveren sam da ste svesni kako je kapetan broda zakonski odgovoran za sve što se dešava na brodu, nezavisno od toga odobri li to on ili vlasnik.

– Da, znam – tiho je rekla Nanet. – Mogu samo da kažem da me je sinoć Zak uveravao da ne želi da ništa nezakonito stavim u sef, inače svakako ne bih bila ovde.

– Do jutros nisam ni znao da na ovoj jahti postoji drugi, *tajni* sef. To je nešto što je trebalo da mi se kaže.

– To treba da raspravite sa Zakom.

– O, nameravam to da uradim – kazao je Fil. – Ako pre mene budete razgovarali s njim, slobodno mu recite da ozbiljno razmišljam da potražim posao na drugom mestu. Negde gde će se vlasnik prema meni odnositi sa uvažavanjem i poverenjem koje zaslužujem.

Nanet je ćutala jer nije znala šta da kaže.

– Juhuuu! – Oboje su se okrenuli i spazili Ivi na keju.

– Ćao, Nanet, nisam te videla sto godina. Kako si? Kapetane, molim vas, smem li da se ukrcam?

Ne sačekavši odgovor, Ivi je izula cipele s visokim potpeticama i pošla mostićem.

– Donela sam paket za Zaka – rekla je, preturajući po velikoj torbi, pa izvadila paket srednje veličine.

– Ti si ga donela? – iznenadila se Nanet. Ivi je bila poslednja osoba koju je očekivala da ugleda na tom susretu.

– Od Lika je – objasnila je Ivi. – Od danas mog bivšeg šefa – rekla je i pružila paket Filu.

Fil je odmahnuo glavom i odbio da prihvati paket. – Ne ja. Nanet je ovde da ga preuzme. I stavi negde na sigurno – dodao je.

Ivi ih je zagledala očigledno osećajući napetost, pa je slegnula ramenima. – Svejedno. Ja sam svoje obavila.

– Hvala – kazala je Nanet i uzela paket.

– Imaš li vremena za kafu? – upitala je Ivi. – Kad završiš s tim što treba da uradiš.

– Baš bih volela. Daj mi samo pet minuta da ovo ostavim. – Nanet se okrenula Filu. – Jel' u redu da odem ispod palube?

– Samo izvolite, znate gde je – odvratio je i nezainteresovano se izmakao.

Pošto je zatvorila za sobom vrata glavne kabine, Nanet je prešla preko debelog tepiha krem boje i ušla u kupatilo. To luksuzno kupatilo, u mermeru i s pozlatom, nije preuređivano prethodne godine, pa je ostalo tačno onakvo kako ga je Nanet pamtila.

Kleknula je i otvorila ormarić ispod dvostrukog mermernog lavaboa, pa iz njega izvadila bele peškire koji su tu stajali. Pažljivo je lupnula po prednjem delu police u dnu, podigla je i spustila na pod.

Sela je na pete i zagledala se u mali brojčanik dotad skriven lažnim dnom ormarića a sad izložen u udubljenju pod lavaboom. Šta li će zateći kad otvori vrata sefa? Kakve li je tajne Zak već sklonio u tu čeličnu kutiju?

Duboko je udahnula. Davno su ona i Zak smislili šifru. Bilo joj je lako da zapamti datum svog rođenja unatrag. Tiho odbrojavajući, usredsredila se da se seti koliko puta treba da okrene udesno, a zatim ulevo između tih nekoliko brojki. Kad je poslednji put okrenula udesno, sa zadovoljstvom je začula *klik* brave koja se otvara, pa je uz dubok uzdah olakšanja povukla vratanca.

U sefu nije bilo ničeg osim jednog pištolja. Skamenjena Nanet se upiljila u njega. Otkad to Zak smatra da je nužno imati pištolj na brodu? Sedeći na petama, Nanet je pogledala paket koji joj je Ivi dala, pitajući se šta li je u njemu. Sedela je tako nekoliko minuta dok nije donela odluku, pa zatvorila vrata i zavrtela brojčanik.

Dno ormarića je s lakoćom kliznulo na mesto i Nanet je uredno vratila peškire, pa zatvorila vratanca, uzela torbu i izašla iz kupatila.

Ivi ju je čekala na krmi, a Nanet je brzo doviknula pozdrav Filu, koji je nameštao odbojnike blizu pramca, i krenula iza Ivi niz mostić na kej.

– Hoćemo li da popijemo kafu kod mene? – predložila je Nanet. – Tako mogu da te upoznam sa svojom sestrom Petsi. Nego, reci mi, otkud to da ti je Lik sad bivši šef?

Ivi je uzdahnula i obazrela se pre nego što je tiho počela: – Mislim da mu posao propada. Priča o restrukturiranju, a možda će i da digne ruke od svega. U svakom slučaju, umesto otkaznog roka dao mi je dvomesečnu platu i rekao mi da mu više nisam potrebna. Obećao je da će mi pomoći da nađem posao ako želim da ostanem u Monaku. A ja to želim.

– Jesi li čula za neke poslove?

– Ne. Sutra idem na razgovor u jednu agenciju pa se nadam da će oni imati nešto – rekla je Ivi. – Makar nešto privremeno.

Nanet ju je pogledala jer joj je nešto iznenada palo na pamet. Treba li da joj kaže kako je Zaku potreban neko za *Odmor na suncu*? Doduše kako bi mogla da preporuči nekom posao sa Zakom kad već podozreva da se umešao u nešto nezakonito?

Shvatila je da to ne može i zato je rekla: – Ako hoćeš, porazgovaraću sa Žan-Klodom, možda on zna za nešto.

– Hvala – rekla je Ivi. – Nadam se da će se nešto pojaviti. Zaista mi se sviđa ovde i bilo bi mi mrsko da moram da odem.

Dok su išle prema stanu, Nanet je očekivala Ivina neizbežna pitanja.

– Kapetan Fil mi je rekao da si i ranije živela u Monaku i bila verena za Zaka. Jel' to istina?

– Jeste. A nije ni neka velika tajna, samo retko pričam o tome s neznancima. Svaki put kad sam htela to da ti pomenem, razgovor je nekako skretao u drugačijem pravcu pre nego što bih prikupila hrabrost da načnem temu. Pretpostavila sam da će ti neko već reći – kazala je Nanet. – Pre tri godine kad sam otišla odavde ugled mi je bio uništen i bilo mi je teško da se pomirim sa onim što se dogodilo. Oduvek mi je teško da nekom novom pričam o toj saobraćajnoj nesreći. Lakše je ćutati.

– Razumem – rekla je Ivi.

– Pa, želiš li i dalje da se popneš na kafu i upoznaš Petsi? – upitala je Nanet jer su stigle do zgrade.

– Naravno. Zašto ne bih? Svi imamo nekakve neprijatne tajne iz prošlosti, zar ne?

Nanet se nasmejala. – Ajmo onda gore, pa ti pričaj meni i Petsi o svojim neprijatnim tajnama.

Lekar klinike u kojoj je Nanet zakazala sestri podrobno je pregledao Petsi i izneo nedvosmisleno mišljenje.

– Sad sve izgleda kako treba. Predlažem da se vratite kući što je pre moguće za slučaj da opet prokrvarite. Ostavite li to za kasnije, možda će avio-kompanija odbiti da vam dozvoli ukrcavanje. Mislim da ćete se verovatno ranije poroditi.

Pošto su izašle iz klinike, sestre su rešile da se kući vrate peške. Polako su šetale rivom, uživale u suncu i izbegavale turiste, a Nanet je rekla: – Pozvaću avio-kompaniju i promeniti ti rezervaciju za raniji let. Koliko god bih volela da ostaneš, mislim da je lekar u pravu.

Petsi je klimnula glavom. – Mada bi bilo u redu i za dvadeset četiri sata, jel' tako? Zaista želim da vidim večerašnju školsku predstavu s blizancima.

– Onda prvi mogući let posle toga – kazala je Nanet. – Nego, jesi li raspoložena pre ručka za malo terapije kupovinom u Ulici princeze Karoline?

– Još pitaš! Naravno – odgovorila je Petsi. – Treba u potpunosti da iskoristim preostalo vreme ovde, a osim toga moram da nađem poklon za Brajana.

– Dobro, ali moraš malo i da se odmoriš pre nego što odemo na predstavu. Danas posle podne radim kod Žan-Kloda, tako da neću biti tu nekoliko sati. Ako ne želiš da ostaneš sama u stanu, možeš da pođeš sa mnom u vilu.

Petsi je odmahnula glavom. – Biće mi dobro. Verovatno ću sedeti na terasi i dremati neko vreme. Kupovina me uvek zamori čak i kad nisam trudna!

Kad su se vratile u stan, Petsi je otišla na terasu, a Nanet je pozvala avio-kompaniju da promeni datum leta. Na njeno razočaranje, rekli su joj da slobodnih sedišta ima samo na letu osam sati ranije od onog za koji je Petsi već imala kartu, za šta nije vredelo doplaćivati.

Nanet je bacila pogled na sestru koja je zadovoljno dremala na jednoj od trščanih stolica na terasi i jednostavno rešila da napusti ideju o tome da se Petsi ranije vrati kući. Do porođaja joj je ostalo još najmanje dva meseca, pa je Nanet molila boga da se neće ostvariti lekarev strah od mogućeg preranog porođaja u narednih nekoliko dana.

Znala je da bi Brajan bio očajan kad ne bi bio uz Petsi dok se porađa s njihovim prvim detetom. A o tome kako da održi obećanje sestri da će biti s njom ako se beba zaista rodi ranije, kad ona ode kući, brinuće se kasnije.

33.

Ostavivši sestru uz strogu napomenu da se odmara do njenog povratka, Nanet je tog poslepodneva krenula u Žan-Klodovu vilu.

On ju je čekao u bašti, a Nanet je, po običaju, srce poskočilo kad ga je ugledala. Koliko god sebi govorila kako ne treba ništa da požuruje, znala je da se polako zaljubljuje u njega.

Stojeći u njegovom čvrstom zagrljaju, osetila je da drhti od želje kad ju je poljubio. Prošlo je neko vreme pre nego što ju je uz uzdah pustio.

– Kako je prošlo kod lekara? – pitao je.

– Izgleda da je sve u redu, mada on misli da bi Petsi trebalo ranije da se vrati kući, ali ne mogu da joj zamenim kartu jer nema slobodnih mesta – odgovorila je Nanet polako. – Još joj to nisam saopštila, ali sad se brinem da će odbiti da je prime ako im pomenemo šta se dogodilo.

– Kad bi želela da otputuje?

– Najbolje bi bilo sutra – kazala je Nanet.

– Izvini načas. – Žan-Klod je ukucao broj u mobilni. Dok je brzo pričao na francuskom, Nanet je prišla zidu terase i zagledala se u blistavo Sredozemno more pod azurnim nebom.

Žan-Klod joj se pridružio nekoliko trenutaka kasnije. – *Voilà*. Petsi poleće sutra u četrnaest časova s *Kan-Mandelijea*. Voziću vas obe tamo. Ti ćeš se dogovoriti s njenim mužem da je sačeka?

Nanet ga je zadivljeno gledala. – Kako ti je to uspelo?

– Imam prijatelja s privatnim mlaznjakom. Kao i ja, spreman je da pomogne – rekao je Žan-Klod. – Leti poslovno u Britaniju nekoliko puta nedeljno, a sutra slučajno ima slobodno sedište.

Nanet se osmehnula. Zaboravila je koliko su bogati zapravo drugačiji, sa svojim privatnim avionima i skupim navikama. – Ne mogu dovoljno da ti zahvalim, Džej-Si. Petsi će biti oduševljena. – Bez razmišljanja se propela na prste i poljubila ga, pa upitala: – Nego, šta hoćeš da radim danas po podne?

– Ništa. Danas hoću da ti dam rođendanske poklone – rekao je Žan-Klod, pa ju je uhvatio za ruku i poveo prema garaži gde je stajao njegov lotus. – Žao mi je što kasni dan-dva, ali želeo sam da ti ga pokažem nasamo – rekao je i otvorio vrata belog kabrioleta parkiranog pored njegovog dragocenog trkačkog automobila. Na Nanetino zaprepašćenje, pružio joj je ključeve kola. – Znam da si spremna da opet voziš, tako da je auto tu da ga koristiš kad god ti je potrebno.

– Džej-Si, ne znam šta da kažem – rekla je Nanet.

– Ne moraš ništa da govoriš. Samo stavi ključeve u torbu da su ti pri ruci kad ti zatrebaju.

Zatim je s vozačkog sedišta automobila uzeo narandžastu torbicu s vrpcama i pružio joj je.

– Auto je tu da ti olakša život kad treba nekud da odeš, a ovo je pravi rođendanski poklon od mene, *ma chérie*.

Nanet je ćutke otvorila torbicu, za koju je odmah shvatila da potiče iz skupe juvelirnice blizu Kazina. U njoj je bila kutija postavljena svilom.

Dah joj je zastao kad je podigla poklopac i ugledala poklon.

– Džej-Si, hvala ti – rekla je zapanjeno gledajući sat ušuškan u nabore svile. Klasičan *lejdi-dejtdžast roleks* od žutog zlata. – Predivan je. Nikad mi niko nije ovoliko ugađao. Baš sam dirnuta.

– Da li ti je narukvica taman? Ako treba, daćemo da se podesi – rekao je Žan-Klod zabrinuto. – Daj da ti pomognem da je zakačiš. – Pažljivo nagnut nad njenim zglobom, proverio je da li joj je taman i tiho rekao: – Divno je kad imaš nekog posebnog da mu ugađaš. – Zatim ju je zagrlio i poljubio.

Kad je usnama potražio njene, Nanet se prepustila divnim osećanjima koja su je preplavila, i strasno mu uzvratila poljubac.

34.

– Bravo, vas dvoje – pohvalila je Nanet blizance koji su dotrčali do nje i Petsi pošto ih je Matje doveo od zadnjeg izlaza pozorišta posle nastupa u školskoj predstavi. – Oboje ste bili sjajni.

– Volela bih da je mamica bila ovde – rekla je setno Olivija.

– Snimio sam sve delove u kojima se pojavljujete ti i Pjer – rekao je Žan-Klod. – Tako da će mamica moći da ih vidi. Vraća se za nekoliko nedelja.

– Ja sam slikala mobilnim telefonom – rekla je Petsi. – Evo, pogledajte – rekla je i pružila telefon Oliviji.

Dok su se blizanci uzbuđeno kikotali nad slikama, Matje je upitao: – Da li biste vas dvoje da odemo na hamburgere kao posebnu čast?

– Možemo li da odemo u ono novo mesto dole u Fonvjeju? – upitao je Pjer.

– Naravno, ako se i ostali slažu? – rekao je Matje.

Pola sata kasnije, kad su svi navalili na ogromne porcije hamburgera s pomfritom, zazvonio je Žan-Klodov telefon. Uz izvinjenje, izašao je napolje da se javi.

Kad se vratio ništa nije rekao, samo je pomogao blizancima da odaberu desert, ali Nanet je osetila da mu se raspoloženje pokvarilo.

Bilo je kasno kad su se vratili do stana, pa je očekivala da će se Žan-Klod oprostiti i otići pravo kući. Međutim, kad ga je Matje pitao hoće li se popeti s njima, rekao je: – Da. Hoću da popričam s Nanet.

Nanet se zbunila, ali pričekao je da blizanci budu ušuškani u postelju i Petsi poželi laku noć svima, pa ode u svoju sobu pre nego što je progovorio.

– Jesi li skoro videla Ivi? – pitao je čudnog izraza lica.

– Jesam – kazala je Nanet i odmah osetila grižu savesti što nije imala vremena da Žan-Klodu pomene njihov sastanak na *Pol poziciji*, a naročito razlog zbog kojeg je bila tamo. – Petsi i ja smo pre neki dan ovde pile kafu s njom – dodala je. – Htela sam da te pitam znaš li neko slobodno mesto za ličnu pomoćnicu. Lik ju je isplatio, pa joj je potreban drugi posao. Zašto pitaš?

– Ono ranije je Lik zvao. Zabrinut je. Nije mi bogzna šta rekao, ali suština je da je u velikoj nevolji. Upleo se u posao koji je krenuo naopako i sad misli da je drugima poslužio kao žrtveni jarac. Da li ti je Ivi pominjala išta od toga kad ste se videle?

Nanet je pomislila na paket koji joj je Ivi dala, pa je zažalila što nije imala priliku da razgovara sa Žan-Klodom o tome. Neraspoloženo je odmahnula glavom.

– Je li to onaj Lik koji mislim da jeste? – upitao je Matje, izlazeći iz svoje sobe. – Čuo sam da mu je posao u bedaku. Daj Ivi moj telefon, možda mogu da joj pomognem.

Žan-Klod se ljutito okomio na sina. – Ma da! Nađi joj posao kod jednog od tvojih prijatelja kriminalaca. Bar to neće biti Boris Takjanov jer mu je zahtev za boravišnu vizu odbijen.

– Otkud ti to znaš? To nisu javni podaci – pitao je Matje.

– Iznenadio bi se šta sve znam. Uključujući i tvoje takozvane poslovne aktivnosti – odvratio je Žan-Klod. – Na primer, znam da ste se nedavno ti i Zak Juart sastali u Luksemburgu. Znam i da si pre tri dana proveo šest sati u *gendarmerie*. Znam da Boris...

– To si ti, zar ne? – polako je rekao Matje. – Ti si poslao nekoga da me prati. – Zatresao je glavom. – Neverovatno je da me rođeni otac špijunira.

– Meni je lično neverovatno kako se lako moj sin pretvorio iz uspešnog poslovnog čoveka u kriminalca – povikao je Žan-Klod. – *Oui*, poslao sam nekog da te prati zato što sam se zabrinuo i hteo da saznam šta se dešava kako bih mogao da ti pomognem.

Obojica su zaboravila na Nanet, a ona je užasnuto gledala naizmenično jednog pa drugog, dok su se otac i sin međusobno strejali pogledima.

Matje je teško uzdahnuo. – Uporno ti govorim da nisam kriminalac i da ne treba da se mešaš.

– Onda prestani da se ponašaš kao da jesi i reci mi šta se dešava.

– Ne mogu. Zakleo sam se da ću ćutati. Osim toga, ono što ne znaš ne možeš ni da preneseš dalje.

Žan-Klod se upiljio u njega. – Neverovatno mi je da si bio tako glup da se upetljaš u nešto nezakonito. Ti ljudi s kojima si se upleo neće oklevati da te žrtvuju kako bi spasli svoju kožu. Šta će se tad dogoditi s blizancima?

Matje je odgovorio: – Nanet je ovde da pazi na blizance. Ti bi se, uopšte u to ne sumnjam, isto postarao da se njima ništa ne desi. Vanesa će se vratiti za nekoliko nedelja, pa će otići u Englesku. U međuvremenu, nameravam da sve sprovedem do kraja, šta god ti govorio.

Žan-Klod je bespomoćno odmahnuo glavom i okrenuo se od sina.

Matje je kročio kao da bi ga dotaknuo po ruci i rekao nešto, ali se predomislio i otišao u svoju sobu. Gotovo nečujno je poželeo laku noć i zatvorio vrata, da bi ih samo sekund-dva kasnije opet otvorio.

– Učini mi uslugu: molim te opozovi svog privatnog detektiva. – Potom su, nakon njegovih reči, vrata ostala zatvorena.

Gledajući Žan-Klodovo zabrinuto lice, Nanet je blago rekla: – Džej-Si, ništa ne možeš da uradiš.

– Osećam se tako bespomoćno – rekao je on stežući pesnice. – Želim da ga prodrmam, da ga urazumim. – Tužno joj se osmehnuo. – Doduše, ti si u pravu. Ovo mora da ode do kraja bez obzira na ishod. Mogu samo da se molim da Matje iz svega toga izađe bez ozlede. Šta god to bilo.

– Molim te, nemoj da se ljutiš na mene, ali postoji nešto što je trebalo da ti kažem još pre dva dana. Zak me je zamolio da učinim nešto za njega. Nisam htela to da pominjem pred Matjeom.

Brzo je ispričala Žan-Klodu o poseti *Pol poziciji* i paketu koji joj je Ivi dala da stavi u tajni sef.

– Hvala ti što si mi to rekla. Zbog tvoje posete *Pol poziciji* me je Lik i zvao. Zabrinuo se da si se i ti umešala u nešto. Znaš li šta je bilo u paketu?

Nanet je odmahnula glavom, pa se ugrizla za usnu i tiho rekla: – Ne. I... i nisam ga stavila u sef. Tamo je bio pištolj i to me je uplašilo. Zak ranije nikad nije imao oružje na brodu.

Žan-Klod ju je iznenađeno gledao. – Šta si uradila s paketom?

– U mojoj sobi je – rekla je Nanet. – Doneću ti ga.

Žan-Klod je dugo okretao paket u rukama kad mu ga je predala.

– Podozrevam da je u pitanju novac – rekla je Nanet. – Ali zašto bi Lik dao novac ili nešto drugo Zaku da čuva u tajnom sefu?

Žan-Klod je uzdahnuo. – Možda je sve to deo njegovih nevolja. Zakleo bih se da je Lik pošten poslovni čovek, ali isto tako sam rekao da se Matje nikad ne bi umešao u nešto nezakonito.

Pogledao ju je. – Jel' u sefu bilo još nečeg?

– Samo taj pištolj. Zak nikad ranije nije imao pištolj – tiho je dodala. – Hoćemo li da ga otvorimo? – upitala je, pogledavši prvo paket pa Žan-Kloda.

Nekoliko minuta je ćutao, a onda je polako odmahnuo glavom. – Ne ovde. Poneću ga i staviti na sigurno. Nije mi lagodno da ti ostane ovde. – Uzdahnuo je. – Kasno je. Vreme je da idem kući. Doći ću sutra oko jedanaest da odvezem Petsi na aerodrom. Laku noć, *ma chérie*.

Nežno joj je poljupcem okrznuo obraz i otišao, a nju ostavio sa čudnim osećanjem gubitka.

35.

Pre nego što je sledećeg jutra Nanet povela blizance u školu Matjea nigde nije bilo, a vrata njegove sobe bila su čvrsto zatvorena. Kad se vratila Petsi je bila na terasi i uživala u kroasanu i kafi za doručak.

– Nedostajaće mi ovaj pogled – rekla je. – Prosto ne mogu da poverujem kako ću za nekoliko sati biti opet na farmi. – Namazala je marmeladu po kroasanu, pa dodala: – Od jutros je baš živahno na *Pol poziciji*. Ljudi dolaze i odlaze.

Sipajući sebi kafu, Nanet je podigla pogled. – Kakvi ljudi?

– U odelima. Pogledaj, jedan od njih upravo odlazi.

Sestre su posmatrale kako se čovek sa akten-tašnom pojavljuje s Filom na krmi jahte. Njih dvojica su se rukovala, pa je Fil pričekao da ovaj ode, a onda podigao mostić i ušao u glavni salon.

– Hm – rekla je Petsi. – Zanima me šta sve to znači. – Pogledala je sestru. – Malo porodične galame sinoć?

Nanet je klimnula glavom. – Izvini ako smo te uznemirili. Žan-Klod je sve zabrinutiji zbog Matjea. Nažalost, mislim da ništa ne može da učini. Jesi li ga videla jutros?

Petsi je odmahnula glavom. – Nisam. Florans kaže da je veoma rano izašao.

Nanet je uzdahnula. – Delimično želim da, šta god da je to, pukne što pre, pa šta bude. Barem bismo svi znali na čemu smo.

Petsi je ustala. – E pa, bolje da odem i dovršim pakovanje.

– Treba li ti pomoć?

– Ne, hvala. Mada ću morati da zamolim Žan-Kloda da mi ponese kofer, potežak je.

Dok je Petsi privodila kraju pakovanje, Nanet je ostala na terasi i zamišljeno posmatrala *Pol poziciju*. Šta se to tačno događalo ranije na trenutno pustoj jahti? Možda nešto u vezi sa *Odmorom na suncu*?

Dok je spremala dnevnu sobu Florans je pustila tiho radio u pozadini, pa je Nanet pevušila neku omiljenu pesmu kad je stigao Žan-Klod.

– Kako si danas? – pitala je, uzvrativši mu zagrljaj i ostavši u njegovom naručju zabrinuta zbog brige koja mu je od prethodne večeri naborala lice.

Žan-Klod je neodređeno slegnuo ramenima. – Bivao sam i bolje, ali uradio sam ono što je Matje tražio i opozvao privatnog detektiva.

– Je li imao za tebe neki zaključak?

Žan-Klod je pogledao prema Matjeovoj sobi. – Jel' on ovde?

Nanet je odmahnula glavom. – Nije.

– Matje je, navodno, poslednjih nedelja održao nekoliko sastanaka odmah preko granice u Italiji. Detektiv to ne može da dokaže, ali misli da je regrutovao ljude da se priključe poslovnom kartelu. – Žan-Klod je uzdahnuo. – Pošto je Borisu odbijena trajna viza, bojim se da će Matje privući više pažnje vlasti i popeti se na spisku nepoželjnih. Ko zna šta će se tad dogoditi.

Nanet na to ništa nije rekla već je upitala: – Jesi li otvorio paket?

– *Non.* – Odmahnuo je glavom. – Pomislio sam da to uradimo zajedno kad se vratimo. Je li Petsi spremna? Zaista bi trebalo da krenemo. Rezervisao sam sto za rani ručak u Kanu pre nego što odemo na aerodrom.

Nanet i Petsi su uživale u vožnji i ručku kojim ih je Žan-Klod počastio u jednom od restorana uz obalu u Kanu. Bilo je jedan i trideset kad su prošli kružnim tokom sa starinskim avionom s propelerom na ulazu u aerodrom *Kan-Mandelije.*

– Žan-Klode, hvala ti za divan poslednji dan. A što se tiče dogovaranja ovog leta, još mi je neverovatno da idem kući privatnim mlaznjakom – rekla je Petsi.

Pošto se prijavila za let, Žan-Klod je ostavio sestre da se oproste.

– Kad stigneš kući, samo polako – rekla je Nanet. – Ako Helen poželi da te razmazi, pusti je!

– Hoću – obećala je Petsi. Zastala je pa nastavila: – Nanet, ma koliko bih volela da budeš sa mnom, razumeću ako zbog dešavanja ovde ne uspeš da dođeš kad beban dođe na svet.

Nanet je zagrlila sestru. – Držim palčeve da ću uspeti. Tebi treba još nekoliko nedelja, pa se nadam da će se sve srediti. Vanesa i Ralf bi dotad čak mogli da se vrate. Nego, čeka te avion. Javi se kad stigneš kući.

Nanet je ostavila sestru da se ukrca pa našla Žan-Kloda na parkingu, odakle je u njegovom umirujućem zagrljaju posmatrala kako poleće direktorski mlaznjak.

Seli su u auto da se vrate u Monako i Žan-Klod je upalio radio taman kad su počinjale vesti.

– Neuspeli državni udar u Južnoj Americi doveo je do hapšenja u Kolumbiji i Brazilu. U nizu racija jutros u zoru, u zajedničkoj akciji sa Interpolom, policija je uhapsila izvestan broj muškaraca u Londonu i Monaku.

Žan-Klod i Nanet su se sa zebnjom okrenuli jedno prema drugom, jer su oboje odmah pomislili na Matjea.

– Uhapšeni muškarci, među kojima je i ruski milioner Boris Takjanov, zadržani su u neimenovanim policijskim stanicama. Nema daljih pojedinosti, ali veruje se da je istraga, pod šifrovanim nazivom *Sunčana podneblja*, deo tekuće provere u vezi sa optužnicama za prevaru i utaju poreza u Monaku i Francuskoj.

Žan-Klod se bez reči nagnuo i isključio radio, pa upalio motor. Kratko je pogledao Nanet i tiho rekao: – Mislim da bi trebalo da stignemo kući najbrže što možemo.

36.

Jedva primećujući kilometre koji su proletali Nanet je ćutala zadubljena u misli dok je Žan-Klod vešto savladavao Auto-put A8 na povratku u Monako.

Podesio je radio u kolima na frekvenciju stanice *Monte Karlo*, nadajući se da će čuti još vesti o hapšenjima, ali ničeg novog nije bilo pre nego što su stigli u Kneževinu.

Zabrinuta Florans ih je dočekala na vratima stana, a u glasu joj se naslućivala histerija dok je nešto brzo govorila Žan-Klodu. Jedina reč koju je Nanet uhvatila i razumela bila je „Matje“, pa je zabrinuto gledala kako Žan-Klodov izraz lica postaje sve smrknutiji dok kućna pomoćnica nije zastala da uhvati dah.

– Misli da je Matje među ljudima koji su uhapšeni – rekao je Žan-Klod okrenuvši se Nanet. – Moram da odem i saznam, da vidim mogu li nešto da učinim. Vratiću se čim budem mogao.

– Treba da odem po blizance – kazala je Nanet. – Krenuću s tobom.

Ostavila je vidno zabrinutog Žan-Kloda na ulazu u podzemnu garažu, pa pošla prema školi, gde su je Pjer i Olivija već čekali na igralištu.

U staroj luci je bila gužva tog poslepodneva jer su jahte i brodovi stalno ulazili i izlazili. Turisti su šetali kejom, upijali atmosferu i trudili se da vide poznate ličnosti kako se sunčaju na palubama svojih velikih jahti.

Nanet je zastala da blizancima kupi sladoled pred jednim kafeom i posmatrala stotine putnika kako se iskrcavaju s velikog broda koji je celog leta krstario Sredozemnim morem i redovno se sidrio u luci.

Vraćajući se kejom prošli su pored napuštene *Pol pozicije*. Mostić joj je bio podignut, i na njemu je stajao natpis „Zabranjen ulaz". S obzirom na to da je Zak trebalo da se vrati tek pred Gran pri Francuske, posada je verovatno uživala u slobodnom vremenu.

Nanet je načas zažalila što mora tako dugo da čeka da popriča sa Zakom. Očajnički je želela da razgovara s njim o povratku pamćenja, da mu saopšti šta je odlučila da uradi. Želela je da bude slobodna da nastavi život.

Prigušila je uzdah pa povela decu preko ulice i ka stanu nadajući se da su Žan-Klod i Matje tamo. Međutim, Florans je i dalje bila sama i odmahnula je glavom kad ju je Nanet tiho upitala: – Ima li novosti?

Kad je u osam sati te večeri zazvonio telefon Nanet ga je odmah dograbila nadajući se da je Žan-Klod.

– Ćao, sestrice – začula je Petsin glas.

– O, ćao – odgovorila je, trudeći se da prikrije razočaranje u glasu kad je shvatila da nije Žan-Klod.

– Javljam se samo da ti kažem kako se beban pristojno ponaša i da sam bezbedno stigla kući – rekla je Petsi.

– Odlično. Sad povedi računa narednih nedelja. – Nanet je oklevala pre nego što je dodala: – Petsi, mogu li sutra da te pozovem da se ispričamo? Čekam da mi se javi Žan-Klod.

– Jel' tu sve u redu?

Nanet je ukrstila prste pre nego što je odgovorila: – Sve je u redu. Pozvaću te sutra, pa ćemo se ispričati.

Kad su se blizanci smestili u krevete, Nanet je izašla na terasu jer ni na šta nije mogla da se usredsredi dok je čekala novosti od Žan-Kloda. Noćni život u Monaku brujao je uobičajenim žarom za početak večeri. Posade jahti dočekivale su goste pristigle na večeru na brodu, otmeni parovi su šetali podruku kejom, a grupe muškaraca i žena probijale su se da restorana da bi uživali s prijateljima. *Kraljica sunca*, kruzer koji je videla i ranije, polako je manevrisao da izađe iz pretrpane luke i krene u noćnu plovidbu do Korzike.

Mrak se spuštao, a treperavi odrazi svetala s jahti i iz grada na vodi luke činili su se Nanet kao da doprinose setnoj romantici poznatog prizora. Prolazni večerni spokoj ispunjavao ju je nekom zebnjom.

Neočekivane suze peckale su je u očima, i najednom se osetila veoma usamljeno i neverovatno ranjivo, a da za to nije bilo pravog razloga. Čeznula je da Žan-Klod dođe i nije mogla da sabere misli.

Svega nekoliko minuta kasnije kad je stigao, Nanet se potpuno predala radosti što je u njegovom zagrljaju.

– Deluješ mi nesrećno, *ma chérie* – rekao je Žan-Klod. – Jesi li plakala?

Nanet je odmahnula glavom. – Ne baš. Samo sam iz nekog razloga bila tužna i usamljena. Bolje mi je otkad si došao. – Zadovoljno je ostala u njegovom zagrljaju, pa podigla pogled prema njemu. – Nego, reci mi, jel' Matje u zatvoru?

– *Non* – kazao je Žan-Klod. – Ne znam gde je. Zvao sam koga god sam stigao, čak i ljude s kojima obično ne bih razgovarao, sve u nadi da će neko nešto znati, ali ništa. – Uzdahnuo je. – Možda ćemo sutra saznati nešto. – Zastao je. – Poneo sam onaj paket – tiho je rekao. – Večeras bismo mogli da ga otvorimo.

– Misliš li da bi trebalo? – upitala ga je. – Počinjem da žalim što naprosto nisam uradila ono što je Zak tražio i stavila ga u sef.

– Iz nekog razloga nisi to uradila – kazao je Žan-Klod. – Ako ga otvorimo, možda nam to pruži trag o onome što se dešava. A ako ne... – Slegnuo je ramenima.

– Mislim da, šta god budemo našli, treba to da stavim u sef pre nego što se Zak vrati – polako je rekla Nanet ušavši za Žan-Klodom u dnevnu sobu.

– Ima li Florans u kuhinji gumene rukavice?

Nanet je klimnula glavom. – Trebaju li nam rukavice? Već sam držala paket u rukama, a i ti si. Ionako će biti prekriven našim otiscima.

– Da, biće otisaka na omotu paketa, ali za to imamo valjano opravdanje. Ne bi bilo jednostavno objasniti otkud tvoji ili moji otisci unutra.

– Idem po rukavice – rekla je Nanet.

Kad se ispostavilo da su Žan-Klodu premale, Nanet ih je navukla.

Žan-Klod je stavio paket na sto, pa su ga oboje načas zamišljeno posmatrali, pre nego što ga je Nanet podigla i proučila.

– Vidi, ako polako povučem ovaj selotejp i pažljivo otvorim, mogu ponovo da ga zalepim i Zak ne mora ni znati da smo ga otvarali.

Dok je govorila blago je prošla prstom ispod zalepljenog dela i obazrivo otvorila paket. Grickajući usnu, brižno usredsređena, osetila je da joj usta oblikuju jedno zaprepašćeno „oh" dok je posmatrala kako sadržaj paketa klizi napolje: list papira formata A4 s nekakvim rukom ispisanim spiskom i dve bočice šampona.

S nevericom je odmahnula glavom i pogledala Žan-Kloda, pa pružila ruku za jednom od boca.

– *Non*! Ne diraj ih – upozorio ju je Žan-Klod.

Nanet ga je zaprepašćeno pogledala. – To su samo boce šampona, Džej-Si – negodovala je.

– Ne, ne verujem da je to tako jednostavno – kazao je Žan-Klod. – Pusti zasad bočice i stavi papir na sto da ga oboje vidimo.

Na prvi pogled spisak je ličio na zbrku datuma, od kojih su neki bili precrtani, uz reči Pepi ili Kruz praćene inicijalima: KS ili LM.

– Datumi iz aprila su otprilike na dve nedelje razmaka – zamišljeno je rekao Žan-Klod.

– Izuzetak je trinaesti maj, koji je samo nedelju dana posle prethodnog. Jedino uz njega stoje Kruz i LM, uza sve ostale stoje Pepi i KS. Postoji li ovde neki šablon?

– Svi precrtani datumi su prošli – nastavio je Žan-Klod. – Sad je sredina juna i preostala su samo dva datuma, dvadeset četvrti jun, a za njim praznina do petnaestog jula.

Nakratko je zavladala tišina a onda je Nanet polako rekla: – Pogledaj, Džej-Si. Spisak kao da prati raspored Gran prija. Trinaesti maj je dan posle španskog, dvadeset četvrti jun je dan posle francuskog, a petnaesti jul dan posle Silverstona.

Žan-Klod ju je zamišljeno pogledao. – Može li to da ukaže na Zakovu umešanost? Dani kad se očekuje da bude ovde? Ali šta ili ko su Pepi, Kruz i šta predstavljaju oni inicijali?

Matjeov glas se začuo pre nego što je Nanet uspela da progovori: – To mogu ja da vam kažem. Pepi je član posade *Kraljice sunca*, a Kruz je na *Lutalici Mediterana*.

Žan-Klod i Nanet su se hitro okrenuli i ugledali razbarušenog Matjea koji ih je s vrata umorno gledao. Nanet je obazrivo stavila papir preko boca šampona, iz nekog razloga se beznadežno ponadala da će ih sakriti od Matjeovog pogleda. Bilo je prekasno. Već ih je video.

– Odakle to? – upitao je on.

– Nema to veze – prasnuo je Žan-Klod. – Gde si, dovraga, ti bio?

Matje je pogledao oca. – Duga je to priča i moraće da sačeka do sutra. – Podigao je ruku i sprečio Žan-Kloda da protestuje. – Obećavam da ćemo ti i ja sutra sesti i konačno ću ti reći sve što znam.

– Sve?

Matje je klimnuo glavom. – Obećavam. A sad, molim te, pomeri taj papir i pusti da lepo pogledam te boce.

Nanet je bez reči podigla papir.

– Odakle vam to? – upitao je Matje ponovo.

Nanet je oklevala pre nego što mu je rekla: – Trebalo je da ih stavim u tajni sef na *Pol poziciji.*

Žan-Klod je gledao u sina. – U ovim bocama je nešto drugo, a ne šampon, zar ne?

Matje je klimnuo glavom. – Pitao sam se kako to rade. Imao sam predstavu kako peru novac, ali ne i kako krijumčare dijamante.

– Pranje novca? Krijumčarenje dijamanata? – ponovila je Nanet gledajući čas Žan-Kloda čas Matjea. – Zak?

– Da – odgovorio je Matje. – Garantujem vam da će, ako s jedne od tih boca odvrnete poklopac, iz nje sa šamponom poteći više dijamanata nego što ste ikad sanjali da ćete u životu videti.

37.

Sledećeg jutra je Nanet zazvonio mobilni telefon kad se vraćala od škole kuda je odvela blizance. Bio je to Žan-Klod.

– *Chérie*, Lik je tražio da se vidimo ovog jutra. Doći ću u stan najbrže što mogu posle toga. Pokušaj da sprečiš Matjea da ode pre nego što stignem.

– Daću sve od sebe – obećala je Nanet mada nije bila sigurna kako bi mogla da zadrži Matjea ako reši da ode.

Kad se Nanet vratila u stan, Matje je bio u kutku sobe koji je koristio kao privremenu kancelariju, radio na računaru i preko slušalica pratio međunarodne vesti. Podigao je pogled kad se pojavila na vratima.

– Donela sam ti kafu – rekla je Nanet i pružila mu šolju. – Ima li vesti o Borisu i ostalima?

Matje je odmahnuo glavom. – Nema. U Formuli 1 je došlo do izvesnih poteškoća – rekao je kad su u vestima prešli na najnovija sportska zbivanja.

– *Gran pri Francuske predviđen za ovu nedelju pod znakom je pitanja zbog problema s gumama. Vozači prete da će bojkotovati događaj iz straha za bezbednost, kao što su učinili 2005. u Indijanapolisu. Naš reporter je ranije razgovarao s trenutno prvoplasiranim u svetskom šampionatu Zakom Juartom.*

Nanet i Matje su saslušali Zaka koji je izneo svoje mišljenje o tom problemu pa rekao: – Ubeđen sam da će se sve srediti u narednih četrdeset osam sati i u potpunosti očekujem da će se, kao i obično, u nedelju bolidi poređati na startu za trku, a da ću ja, nadam se, zauzeti pol poziciju.

Kad je spiker prešao na sledeću temu, Nanet se okrenula prema Matjeu.

– Ne razumem šta je Zaka uopšte nagnalo da se upetlja s Borisom i u sve te nezakonite radnje. Zarađuje toliko novca od vožnje. Znam da neće moći večito da vozi, ali nameravao je da osnuje *Odmor na suncu* kako bi imao zakonit posao kad napusti trkanje. Nije mu potrebno da se bavi nelegalnim stvarima.

Matje ju je kratko pogledao. – To *neće* biti zakonit posao. Zak namerava da *Odmor na suncu* bude paravan za još više pranja novca.

– Pozvao me je da radim za njega. Zna da nikad ne bih prihvatila ništa nezakonito – negodovala je Nanet.

– Zbog toga bi ti i bila savršena. Svakodnevno bi se bavila poštenim poslom i ne bi ni shvatila da trošiš novac do kojeg je Zak došao nezakonito.

– Kad bi njega uhapsili, niko ne bi poverovao da sam nedužna – rekla je Nanet polako. – Pretpostavili bi da učestvujem u prevari.

Matje je slegnuo ramenima. – Pretpostavljam da je tako. A što se tiče onoga zbog čega se upustio u sve to, mislim da je delimično zbog uzbuđenja. Nešto da ga ushiti kad ga prođe nalet adrenalina od vožnje preko trista na sat. A uostalom, tu je i dobra, staromodna pohlepa.

– Jesi li se i ti zbog toga upleo, zbog pohlepe?

Matje ju je uporno gledao. – Zar zaista to misliš o meni, Nanet?

– Pre tri godine ne bih to pomislila ni o Zaku – slegnula je ramenima – a sad mi se sve čini mogućim.

Neko vreme je ćutao, ali prenebregao je njenu optužbu i rekao: – Mislio sam da će otac doći rano jutros da me preslišava. Pitam se gde li je. Uzgred, jel' se između vas dvoje nešto dešava?

Nanet je osetila kako joj obraze obliva rumenilo i znala da bi bilo glupo poricati kako ima nečeg između nje i Žan-Kloda.

– Tako sam i mislio – rekao je Matje. – Pravi je srećnik.

– Zvao je i rekao kako mora da ode na sastanak i da će doći kasnije nego što je nameravao – rekla je Nanet. – Brinuo se da ne odeš pre nego što stigne. – Pogledala je Matjea. – Mnogo se brine da si se upetljao u nešto. Da se baviš nečim nezakonitim. Nadam se da ćeš moći da ga razuveriš kad dođe.

– Svakako nameravam da objasnim kako i zbog čega sam upetljan, ali – zastao je – to još nije gotovo. Moram još nešto da obavim. Ma šta kazao, neće me sprečiti da to završim.

Nervozno ga gledajući, Nanet je otpila gutljaj kafe. – Pre će biti kako želi da ti pomogne, a ne da te spreči – rekla je. – Trudi se da te spreči da upadneš u nevolju sa zakonom.

– Možda je vreme da ga pustim da se umeša.

Nanet je osetila da joj se srce zgrčilo na Matjeeve reči. Pomisao da se išta dogodi Žan-Klodu ispunila ju je strahom. – Matje...

– Ne brini. Uveravam te da ga neću gurnuti u prve redove.

Nanet je čula da se vrata stana otvaraju, pa je pošla da dočeka Žan-Kloda. Bilo joj je potrebno da oseti njegove ruke oko sebe, ali još nije bila spremna da pred Matjeom iskazuje nežnosti prema njegovom ocu. Brzo je uzvratila Žan-Klodu poljubac. –Odavno te čekamo – rekla je.

– Liku je bio potreban razgovor – odgovorio je Žan-Klod. – Kasnije ću ti ispričati šta je bilo. Gde je Matje? – upitao je zabrinuto. – Nije valjda opet nestao?

– Ne brini. U dnevnoj sobi sam – doviknuo je Matje. – Spreman da razgovaram s tobom.

– Krajnje je vreme – kazao je Žan-Klod i sa iščekivanjem pogledao Matjea.

– Znaš da sam oduvek održavao veze s maminom rodbinom – počeo je Matje. – Sećaš li se ujaka Sebastjena?

Žan-Klod je klimnuo glavom. – Stariji brat tvoje mame. Davno je imao restoran u centru Pariza. Zar se nije povukao pre nekoliko godina?

– Pre je posredi bila prodaja dok je još imao šta da proda – odvratio je Matje tiho. – Na njega se okomila reketaška banda, i jednostavno više nije imao snage da se bori protiv Borisa Takjanova i njegovih siledžija. – Načas je zastao, pa nastavio. – Kad se Boris pojavio u Monaku, znao sam da neće proći mnogo vremena pre nego što počne sa svojim kriminalnim aktivnostima i ovde. Bilo kako bilo, otišao sam u policiju da im objasnim ko je Takjanov za slučaj da pariska policija nije prosledila poverljive podatke o njemu. Osim toga, ponudio sam pomoć u tome da ga zaustave.

Matje je pogledao oca. – Smatrao sam da ujaku Sebastjenu dugujem barem toliko, ali policija je odbijala moju pomoć – sve do pre nekoliko meseci. To je glavni razlog zbog kojeg nisam mogao da uradim ono što je Vanesa htela i da pazim blizance u Velikoj Britaniji – dodao je, okrenuvši se Nanet. – Morao sam da ostanem ovde i postanem deo Takjanovljeve svite.

– Onog dana kad sam stigla, a ti bio uhapšen, jel' i to bio deo plana? – pitala je Nanet.

Matje je klimnuo glavom. – Policija je želela da izgledam kao kriminalac za kojeg će Takjanov pomisliti kako bi mogao da mu bude od koristi, tako da su me uhapsili na osnovu nekih lažnih optužbi. Time što je za mene platio kauciju obezbedili smo razlog da mu budem zahvalan. Kao što sam podozrevao, namera mu je bila da se uvuče u ovdašnje poslove i da odavde vodi međunarodne operacije.

– Jutros mi je Lik rekao kako mu se Boris približio čim je stigao u Monako, želeći da uloži u njegov posao. Naljutio se kad je Lik to odbio – kazao je Žan-Klod. – Nekako je saznao da ove godine Lik ima problema s gotovinskim prilivom, pa je ponudio da mu pomogne. Lik kaže kako je to što je prihvatio njegovu pomoć najgluplja odluka koju je ikad doneo. Paket koji je Ivi isporučila u *Pol poziciju*, a Nanet donela ovamo, bio je poslednji od nekoliko zadataka koje ga je Boris primorao da obavi za njega. Shvatio je da je jedini način da se izbavi Borisovog stiska rasprodaja i prestanak trgovanja, što mi zvuči slično ujaku Sebastjenu – rekao je Žan-Klod, gledajući Matjea.

– Je li Ivi znala šta isporučuje? – pitao je Matje.

– *Non*. Nije ni Lik. Kad mu je Ivi rekla da je Nanet preuzela paket, zabrinuo se da je ona opet povezana sa Zakom, pa i sa Borisom. Onaj telefonski poziv pre neko veče bio je da me upozori.

– Znaš li kako se Zak upetljao? – upitala je Nanet. – Njemu poslovni zajam nije bio potreban.

Matje je odmahnuo glavom. – Znaš da smo Zak i ja drugari od, pa odvajkada. Kad je sve ovo počelo nisam imao pojma da je i on umešan. Bilo mi je veoma teško da njega špijuniram. Uporno sam se nadao da će se nekako iskobeljati, ali bojim se da je već suviše duboko zaglibio. Žao mi je – kazao je Matje Nanet.

Ona je slegnula ramenima. – Zak i ja imamo neka lična nedovršena posla koja treba da razjasnimo, ali on više nije deo mog života.

– Zašto mi se ranije nisi poverio? – upitao je Žan-Klod tiho.

Matje je uzdahnuo. – Delimično zato što nisam želeo da te umešam za slučaj da postane gadno i – Matje je zastao, pa tiho dodao: – a i zato što znam kako si nepoverljiv prema maminim rođacima. Verovatno bi krivio ujaka Sebastjena što me je umešao.

Žan-Klod je odmahnuo glavom negodujući. – *Non.*

– Svejedno, kao što sam ti već rekao, u policiji su zahtevali da se nikome ne poveravam – rekao je Matje. – Tako je bilo lakše.

– Misli li Takjanov i dalje da si kolega kriminalac? – pitao je Žan-Klod. – Iako ovog puta nisi uhapšen.

– *Oui.* I Zak mi veruje, kao prijatelju i kao saučesniku. Kad se vrati s Gran prija Francuske osećam da će me pozvati da se više uključim u njegov posao s pranjem novca koji obavlja sa strane. – Matje se ugrizao za usnu. – Policija već dugo sumnja na njegovu vezu s Takjanovim, ali sad imamo dokaz da je umešan i u krijumčarenje dijamanata. To što ću prijatelja predati policiji biće nešto najteže što sam ikad uradio.

– Uzgred, šta se sinoć dogodilo sa šamponima? – pitao je Žan-Klod, obazirući se kao da očekuje da su oni i dalje na stolu.

– Hteo sam da ih krijem sve dok ne odlučimo šta ćemo raditi, ali nažalost tvoj dolazak mi ih je potpuno izbacio iz glave.

– Opet sam ih spakovala – odvratila je Nanet tiho. – U mojoj sobi su.

– Mislim da je suviše opasno da ih držiš ovde – kazao je Žan-Klod. – Ne smem ni da pomislim kakve bi bile posledice da se otkrije da su kod tebe. Možda je vreme da ih predamo vlastima? – nastavio je.

Matje je odmahnuo glavom. – Ja to radije još ne bih. Kako je Zak u Francuskoj na Gran priju, a ne ovde u Kneževini, to bi samo sve iskomplikovalo. Najbolje da ih krijemo dok se Zak ne vrati, a onda ga suočimo s tim. Ako hoćete da ih ja čuvam, hoću – ponudio se.

Nastala je kratka tišina i Nanet je pogledala Žan-Kloda pa Matjea.

– Lično smatram da je za njih najbolje mesto na *Pol poziciji*. Zaista ne znam šta me je nagnalo da ih ponesem – rekla je tiho i odmahnula glavom. – Ako su u sefu kad se Zak vrati, bar neće znati da nisam uradila ono što me je zamolio. – Duboko je udahnula i presekla Žan-Klodovo i Matjeovo negodovanje. – Pošto sam ga ja uzela i samo ja znam gde je sef, kao i kombinaciju za njegovo otvaranje, na meni je odgovornost da se vrati.

38.

Grad Manaus je za Vanesu predstavljao ogroman šok. Iako joj je Ralf rekao da je to jedno od najizolovanijih gradskih područja na svetu, nije bila pripremljena za veličinu i buku koja je iz njega dopirala.

Kad je njihov čamac doplovio uz dok koji je plutao, ustala je i osvrnula se oko sebe. Jedanaest sati ranije čamac je bio usidren u tihoj pritoci, zvuci životinja iz džungle pravili su buku u pozadini, a srećni nasmešeni domoroci pomagali su im da uđu u čamac za plovidbu uz reku.

Ovde su ih, dok su se iskrcavali sa sidrišta uz obalu Amazona, okružili oštri zvuci savremene industrijske džungle. Bilo je teško poverovati da je ova užurbana kopnena luka u srcu prašume.

Vanesa je opčinjeno posmatrala trajekte s dve palube i čamce za stanovanje na sve strane, zbijene duž obale ispred oronulih zgrada uz vodu. Iz desetina velikih privezanih teretnih brodova istovarivala se roba, a u druge su se utovarivale vreće sa zrnima kafe, kaučukom i orašastim plodovima, i sve to, kako se Vanesi činilo, u ogromnim količinama. Pogledala je Ralfa.

– Misliš li da će iko biti zainteresovan da doprema male količine proizvoda koje će u početku imati *Plodovi šume*?

– Naravno – rekao je Ralf samouvereno. – Potražićemo malog trgovca brodara raspoloženog da se širi i raste sa zadrugom. U početku nema svrhe ni prilaziti velikim međunarodnim igračima. Sutra ćemo se raspitati. Hajdemo sad u hotel.

Hotel, savremena visoka zgrada na deset minuta od gradskog centra, bio je blaženo osveženje posle vlage napolju. Pošto su se prijavili, Ralf je zamolio recepcionera da im zakaže telefonski poziv u Monako, pa su otišli pravo u svoju sobu.

Kad je telefon na noćnom stočiću zazvonio, Vanesa ga je zgrabila, ali recepcioner joj je saopštio da se niko ne javlja na njihov broj i da će pokušati kasnije.

– Možda ćemo dotad saznati tačno kojeg datuma stižemo u Veliku Britaniju – kazao je Ralf, trudeći se da ublaži njeno razočaranje. – Nik i Hari će kasnije otići na aerodrom da rezervišu karte. Jesi li raspoložena za istraživanje? – nastavio je. – Mogli bismo da razgledamo znamenitosti.

– Možemo li turizam da ostavimo za sutra? Zaista želim da se istuširam, pojedem nešto i legnem. Iscrpljena sam – rekla je Vanesa, trudeći se da odbaci nerazumnu brigu zbog toga što nije uspela da dobije Matjea i decu.

– Naravno. U tom slučaju, idem ja na aerodrom s momcima. Hoćeš li da ti naručim nešto u sobu ili ćeš sići u trpezariju?

– Biće mi dovoljan sendvič u sobi.

Pošto se istuširala, Vanesa se sklupčala na bračnom krevetu i večerala uživajući u svežini klimatizovane sobe.

Poslednjih nekoliko meseci u džungli zaboravila je kako je to kad ti je ugodno i kad nisi stalno mokar od znoja. Kad je Ralf otišao da ugovori let, iskoristila je vreme da u dnevnik zapiše pojedinosti puta pri povratku kroz džunglu i pripremi ga blizancima za čitanje.

Ralf se vratio s razočaravajućim vestima. – Žao mi je, Vanesa, znam da očajnički želiš da se vratiš kući i blizancima, ali nema direktnih letova. Moraćemo da idemo preko Sjedinjenih Država. Čak i u tom slučaju, ne možemo da krenemo još sedamdeset dva sata.

Vanesa je sakrila razočaranje. – Pa, šta da se radi. Nadam se da ću sutra uspeti da se čujem s njima. – Pogledala je Ralfa, ugrejanog i lepljivog od odlaska na aerodrom. – Zašto se ne istuširaš, pa dođeš u krevet? Mnogo je komforniji od ležaljki koje smo doskora koristili. Možemo zapravo ljudski da se ušuškamo. – Gledala ga je, blago se smešeći.

– Kako se samo ja toga nisam setio – kazao je Ralf, otkopčavajući košulju na putu do tuša. – Daj mi samo pet minuta, a onda se pozivam na tu ponudu.

* * *

Sledećeg jutra su rano ustali s namerom da odu do dokova i potraže špeditera spremnog da razgovara o prevozu i izvozu proizvoda *Plodova šume*. Vanesa je htela i da istraži *Merkado Adolfo Ližboa*, najstariju pijacu u gradu.

Potraga po dokovima za špediterskom firmom ispostavila se kao bezuspešna. Niko nije imao vremena čak ni da ih sasluša, a kamoli da razgovara o izvozu proizvoda *Plodova šume*.

– Hajde da odustanemo – kazala je Vanesa. – Imam osećaj da će biti lakše to ugovoriti preko treće strane iz Velike Britanije.

Pre nego što su se vratili u hotel, procunjali su po prastaroj pijaci prepunoj meštana koji kupuju s tradicionalnih tezgi. Okolne ulice bile su preplavljene drugim tezgama i prodavcima suvenira. Vanesa se oduševila što je naišla na jednog koji prodaje tkane torbe i pončoe domaće radinosti.

– Nanet će biti oduševljena jednom od ovih torbi – rekla je. – Uzeću pončoe za blizance.

Kad se vratila u hotelsku sobu Vanesa je zakazala nov poziv u Monako i držala palčeve da će taj put uspeti da ih dobije. Stajala je sa slušalicom u ruci i osluškivala kako telefon zvoni, a onda je odmahnula glavom Ralfu.

– I dalje se ne javljaju. Ne razumem. Oh... zdravo, Žan-Klode. Gde su svi? Samo što nisam prekinula vezu.

Vanesa je ućutala i nekoliko minuta slušala Žan-Kloda.

– Dobro. Hoćeš li reći Nanet da ću je onda pozvati sutra i saopštiti naše planove? Da, bilo nam je divno. Nadam se da ćemo se uskoro videti. Poljubi blizance. Do viđenja. – Vanesa je polako spustila slušalicu pa se okrenula i pogledala Ralfa. – Ovo je baš čudno. Ni Matje ni Nanet nisu u stanu. Nanet je nekud odvela blizance, a on ne zna gde je Matje. Uveravao me je da su deca dobro i da se raduju što će me uskoro videti. – Uzdahnula je. – Nešto se tamo dešava. Jednostavno osećam to.

39.

– Hajde, vas dvoje. Obrišite se, obucite i idite u sobu za igranje dok ja malo plivam. *Papa* Žan-Klod će uskoro doći, pa ćemo pojesti nešto na brzinu i krenuti kući.

Nanet je u nedelju posle podne blizance odvela u vilu na plivanje. Razočarala se što Žan-Klod nije bio tamo. Aneka joj je rekla: – Mesje je morao da izađe na jedan sat. Zamolio je da sačekate da se vrati.

Pošto je energično preplivala nekoliko dužina, lenjo je plutala na leđima i razmišljala o onome što im je Matje otkrio i o paketu trenutno skrivenom ispod njenog kreveta. Moraće nekako da nađe pravi trenutak da neupadljivo ode do *Pol pozicije* i stavi ga u sef.

Čula je blizance kako dovikuju: – *Bonjour, papa* Žan-Klod – pa je brzo otplivala do stepenica i izašla iz bazena. Pre nego što je stigla da podigne peškir, Žan-Klod se pojavio i zagrlio je.

– Skroz ću te iskvasiti – negodovala je slabašno, pa se predala njegovom zagrljaju. Prošlo je nekoliko minuta pre nego što je uzdahnula i odmakla se. – Mislim da bi trebalo da me pustiš da se obučem pre nego što naiđu blizanci i zatraže da ih nahranimo – rekla je sa žaljenjem i još jednom ga strastveno poljubila.

Bilo je rano veče kad je Nanet s blizancima pošla kući. Olivija i Pjer su već poljubili dedu na rastanku pa su čekali Nanet na terasi kad je Žan-Klod rekao: – Razmišljao sam o paketu. Ako si rešena da ga staviš na mesto, a slažem se da bi to verovatno bilo najbolje, poći ću s tobom. Mislim sutra ujutru, pošto blizanci odu u školu, *n'est pas*?[20] Čekaću na keju dok ti budeš na brodu.

---

[20] Fr.: Zar ne? (Prim. prev.)

Nanet se premišljala pa rekla: – Možda bi Matje trebalo da pođe sa mnom. Policija ga je zvanično uključila dok tebe... – Ućutala je.

– *Non*. Idem ja s tobom.

Nanet se osmehnula i nežno ga poljubila. – Onda dobro, hvala. A sad idem kući da smestim blizance u krevet i mislim da bih i sama mogla rano da legnem. Videćemo se ujutru.

Kad je zaista ubrzo posle blizanaca otišla u krevet, Nanet je spavala isprekidano. Bila je ubeđena da je toliko umorna da neće imati muke da zaspi, ali vreo letnji vazduh ju je gušio. Nije mogao da je rashladi ni ventilator koji se tiho vrteo na tavanici nad njenom glavom. Nije je razbudila samo vrelina. I njen um se vrteo i premetao. Čitavog dana su joj se glavom vrzmale Matjeove reči kako „još nije gotovo".

Znala je da je Boris i dalje u zatvoru jer mu je odbijena kaucija, a prema najnovijoj glasini koja se širila Monakom, Interpol je uhapsio i njegovog sina. Očekivala su se uskoro i nova hapšenja. Da li će među njima biti i Zakovo?

Matje je veći deo dana proveo u stanu, za računarom, a nju i Žan-Kloda je upozorio da će rasplet događaja ubrzo dostići vrhunac, pa je nameravao da se na nekoliko dana primiri.

Pošto nije mogla da spava, uzdahnula je isfrustrirano i ustala iz kreveta. Navukla je kućnu haljinu i prošla tihim stanom do kuhinje da uzme čašu vode. Ispod vrata Matjeove sobe dopiralo je prigušeno svetlo, inače je svugde vladao mrak. Barem je te noći on bio kod kuće.

Vrativši se u sobu, razvukla je zavese i otvorila balkonska vrata. Povetarac iz luke joj je razbarušio kosu, ali bilo je pretoplo da bi joj doneo olakšanje od vreline.

Pogledala je u luku i nešto joj je iznenada palo na pamet kad je ugledala kako se *Pol pozicija* ljuljuška na sidrištu. U glavnom salonu na jahti gorelo je svetlo. To mora značiti samo jedno: članovi posade, ili bar kapetan Fil, još nisu legli.

Potrebno joj je samo deset-petnaest minuta najviše, da siđe, stavi paket u sef i vrati se u stan. Na keju skoro da nema ljudi, tek nekoliko parova u romantičnoj noćnoj šetnji.

Uz malo sreće niko je čak neće ni primetiti. Ujutru će moći da kaže Žan-Klodu kako ne treba da se brine i prati je do jahte. Paket je tamo gde treba da bude. Ona i Žan-Klod više ne mogu biti povezani s njegovim sadržajem.

Brzo je obukla farmerke i tamnu majicu, obula brodarice i izvukla kutiju ispod kreveta, pa izvadila papire *Odmora na suncu* i paket. Ako je posao s luksuznim letovanjima paravan za pranje novca, kao što je Matje rekao, bolje bi bilo i da ti papiri opet završe na brodu.

Uzevši ključeve, Nanet je izašla iz stana i sišla mermernim stepeništem umesto liftom. U tišini u to doba noći do stana bi dopro zvuk kretanja lifta, a ona nije želela da uznemiri Matjea.

Kad je kejom stigla do *Pol pozicije* iznenadila se što je, iako je znak „Zabranjen ulaz" bio istaknut, mostić bio spušten, pa je jednostavno otkačila lanac s tablom „Privatno", popela se i opet ga zakačila. Vrata glavnog salona bila su zatvorena, a kad ih je otvorila, Fil je podigao pogled sa stola na kojem je proučavao neke hartije.

– Zdravo. Moram samo ovo da stavim u Zakov sef – rekla je Nanet samouvereno i prošla pored njega prema glavnoj kabini, snagom volje ga sprečavajući da je zaustavi.

Fil je izgledao kao da se sprema da nešto da kaže, a onda je naprosto slegnuo ramenima i vratio se papirima.

Nanet se nije potrudila da okrene prekidač za svetlo u kabini. Bilo je dovoljno svetlosti iz prolaza da vidi kuda ide. U kupatilu je zatvorila vrata i upalila svetla na ogledalu, kleknula i pomerila peškire, pa podigla dno ormarića ispod lavaboa.

Još jednom se usredsredila na okretanje brojčanika, pa je sa olakšanjem odahnula kad je otvorila vrata sefa. Radila je upravo ono što je trebalo i prvobitno da učini, da stavi paket u sef.

Još minut i krenuće prema stanu. Usred pokreta se ukočila kad je spazila praznu policu gde je ranije stajao pištolj: samo jedna osoba na svetu mogla je da ga izvadi odande.

Vrata iza nje su škripnula. Polako je podigla glavu i sleđeno se stresla kad je ugledala odraz muškarca u osvetljenom ogledalu.

Skamenjena od straha, posmatrala je kako Zak Juart ležerno oslobađa kočnicu i podiže pištolj ka njoj: – Zašto, Nanet? Zašto si morala da se petljaš?

Zvuci posade koja se pri noćnim zadacima kreće po palubi naglašavali su tišinu dok je Zak napeto gledao Nanet i čvrsto držao pištolj.

- Šta ti radiš ovde? - naterala se Nanet da upita, pogleda uprtog u pištolj.

- Samo pet vozača ima poverenje u gume, pa će stati na startnu liniju. Kako niko od njih nije ni blizu mene u šampionatu, rešio sam da i sâm mogu da bojkotujem trku a da to ne utiče na moje šanse za titulu - rekao je Zak. - Tako sam, budući da imam važna posla ovde, a i da je moj privatni mlaznjak bio u pripravnosti, odlučio da se vratim kući.

- Nameravaš li da upotrebiš to, ili da i njega stavim u sef? - upitala je Nanet tiho, pokazavši pištolj.

Zak je pogledao pištolj kao da je zaboravio da ga drži, pa slegnuo ramenima. - Baš bi i mogla. - Nagnuo se napred i pružio joj pištolj pa rekao: - Ne brini, nije napunjen.

Bez reči, Nanet je od njega uzela pištolj i stavila ga u sef.

- Zašto pre neki dan nisi ostavila paket u sefu?

Nanet je progutala knedlu. - Nisam mogla da se setim tačno koliko puta treba da okrenem brojčanik između brojki - konačno je rekla s nadom da će joj poverovati.

- Oh, a sad možeš. U trenu ti se javilo, jelda? Uzgred, uzeću papire za *Odmor na suncu*, ako su u koverti. Ne moraju da stoje u sefu.

Nanet mu je ćutke pružila koverat. - Lagao si me, zar ne, Zak? Kad si mi rekao da u paketu nema ničeg nezakonitog.

Zak je slegnuo ramenima. - Jesi li ga otvorila?

Nanet je pocrvenela, ali nije odgovorila.

Zak je začkiljio. - Znači, jesi. Nadam se da nisi išla tako daleko da koristiš sadržaj? Ili da ga pokažeš nekome?

- Zašto bih ikome pokazivala boce šampona? - rekla je Nanet najnevinije što je mogla. Ništa je ne bi navelo da Zaku otkrije kako je Žan-Klod bio s njom kad je otvorila paket. Ni da je i Matje video njegov sadržaj i rekao joj je šta je tamo.

- Dobro. Hajde, stavi ga u sef. - Gledao ju je kako pažljivo radi to što joj je rekao i zatvara vrata. - Nećeš zaboraviti da sve pospremiš?

– upitao je, pogledavši policu i peškire na podu, pa se okrenuo i ostavio Nanet samu u kupatilu.

Drhtavim rukama pažljivo je uvukla na mesto policu i mašila se peškira. Još samo nekoliko minuta, pa će sići s jahte i krenuti kući.

Kad se jahta neočekivano zaljuljala na sidrištu, Nanet se pridržala za ormarić. Nešto nije bilo u redu. Brodovi se ne zanose tako kad su usidreni u luci. Iznenada je začula potmulo brujanje brodskih motora. *Pol pozicija* se pokrenula. Kad je shvatila šta se dešava, ispunio ju je užas, a žuč joj se podigla u grlo.

Ostavila je peškire na podu i za sobom zalupila vrata od kupatila, pa pritrčala najbližem okruglom prozoru u glavnoj kabini. Gradska svetla Monaka pretvarala su se u neraspoznatljive mrlje duž obale. Zidovi koji čuvaju ulaz u luku nestali su s vidika, dok je jahta izlazila na otvoreno more.

– Zar ne misliš da je veče divno za vožnju po zalivu? – Nanet se brzo okrenula i ugledala Zaka kako je lenjo posmatra iz ogromnog bračnog kreveta.

– Okreni jahtu i pusti me da se iskrcam – zahtevala je Nanet.

Zak je odmahnuo glavom. – Žao mi je, to ne mogu. Moramo da razgovaramo.

Nanet ga je streljala pogledom. – Ako me nema ujutru da blizance odvedem u školu, Matje će se zabrinuti.

Zak je slegnuo ramenima. – Razgovarao sam s njim pre nekoliko minuta. Rekao sam mu da ćeš provesti noć sa mnom na brodu.

Nanet je pocrvenela od gneva zbog onoga šta su te reči nagoveštavale. – Ako odmah ne okreneš brod, prvo što ću uraditi kad se vratim biće da te prijavim vlastima za otmicu – zapretila je.

– Samo bi pomislili da si odbačena ljubavnica. Uostalom, ranije si bila sasvim zadovoljna da dolaziš na brod. Sem toga, ukrcala si se slobodnom voljom. Fil će to potvrditi.

Snuždena i na ivici suza, zurila je u njega. Činilo joj se da je mnogo vremena prošlo otkako je mislila da voli tog čoveka. – Koliko misliš da me držiš na brodu?

Pre nego što je Zak uspeo da odgovori, na vratima kabine se začulo neupadljivo kucanje.

– Sve je spremno, gospodine – rekla je glavna stjuardesa.

Zak se okrenuo Nanet. – Nedavno si mi rekla kako treba ozbiljno da razgovaramo, pa, hoćemo li biti uljudni i porazgovarati uz jelo?

– Odgovori mi na pitanje. Koliko?

Zak je uzdahnuo pa polako odgovorio: – Koliko bude potrebno. Dakle, hoćemo li da jedemo? Satima ništa čestito nisam pojeo.

– Nisam gladna – rekla je Nanet.

– Kako god hoćeš. Možeš da pričaš dok ja jedem. – Skočio je s kreveta i pošao prema glavnom salonu.

Na trpezarijskom stolu od mahagonija postavljena su bila dva tanjira, kristalne čaše, srebrni escajg, a sveće u zlatnim svećnjacima širile su blag sjaj po prostoriji. Šampanjac se gnezdio u srebrnoj kibli, a s muzičkog uređaja u pozadini čula se tiha gitara.

– Kao u stara vremena kad smo bili zajedno – rekao je Zak.

– Neće biti – prasnula je Nanet.

Zak je nasuo šampanjac u čašu i ponudio je njoj. Kad je odmahnula glavom i okrenula se, on je podrugljivo podigao čašu kao da joj nazdravlja, pa otpio velik gutljaj i ponovo napunio čašu.

– Vanesa treba uskoro da se vrati, zar ne? Jesi li još malo razmislila o tome da radiš sa mnom u *Odmoru na suncu*? Mogli bismo opet da budemo dobar tim. Čak ću te učiniti direktorkom ako želiš. Nadam se da će se u bliskoj budućnosti i Matje pridružiti. – Obišao je oko stola i poslužio se dimljenim lososom.

Nanet je zaustila da negoduje kako mu se Matje sigurno neće pridružiti i kako zna da je *Odmor na suncu* paravan za pranje novca, ali se zaustavila. Zak još nije znao kakvu ulogu se Matje tek sprema da odigra u njegovom padu.

– Odgovor je i dalje ne, Zak. Neću opet raditi za tebe. – Zastala je. – Osim toga, nisam potpuno ubeđena da me ne lažeš kad kažeš da je u pitanju posao.

Zak ju je uporno gledao.

– Pre tri godine si slagao mene, slagao si ceo svet o saobraćajnoj nesreći, jel' tako? Šta bi te onda sprečilo da me opet lažeš? – upitala je prateći promene na njegovom licu posle tih reči. – Nisam ja vozila te noći, zar ne, Zak? Samo ne razumem zbog čega si lagao? Zbog čega si mi uništio život?

U tišini koja je nastala posle njenih reči, Zak je ravnodušno viljuškom stavio malo lososa u usta.

Nanet je osetila kako u njoj raste bes. Kako može da bude tako nezainteresovan za ono što priča, za njena osećanja? Nije ga briga. Da li ga je ikad zaista bilo briga?

– Sećam se da sam vozila do restorana – nastavila je tiho. – Sećam se prijatelja koji su bili tamo. Svi smo divno večerali, a šampanjac je tekao u potocima. Pošto je bio moj rođendan, vozila sam nas donde, a ti si obećao da ćeš nas odvesti kući, pa si popio samo pola čaše šampanjca.

Nanet je dubok udahnula. – Sećam se i kako izlazimo iz restorana i vidimo da pada kiša. Pljušti. Vreme je bilo upravo onakvo po kakvom je poznato da voliš da testiraš vozilo do krajnjih granica. Sećam se da si, kad smo izašli iz restorana, seo za volan zadovoljno se smešeći. A ipak si posle nesreće namerno učinio da izgleda kao da sam ja vozila s prekomernom dozom alkohola. A zapravo si ti izgubio kontrolu nad kolima zbog akvaplaninga. – Nanet je zadržala dah čekajući njegovu reakciju.

Zak je uzdahnuo i konačno je pogledao u oči. – Zar ne možeš da zamisliš naslove u *Nis matenu*: „As Formule 1 optužen za opasnu vožnju"? Zbog toga sam, kad su stigli *pompiers*[21] i pretpostavili da si ti vozila jer je auto tvoj, odlučio da ih ne razuveravam.

– Onda ti je vrlo zgodno došlo što sam na tako dugo izgubila pamćenje, zar ne? Nisam mogla da progovorim i obelodanim istinu.

Zak nije odgovorio.

– Da li mi zbog toga više nisi prišao? Zbog toga si me poslao avionom nazad u Veliku Britaniju? Plašio si se da ću čitavom svetu objaviti da te noći nisam ja bila za volanom. Nego se čuveni vozač poneo kao kukavica da bi se izvukao!

– Ipak sam te izvukao iz olupine pre nego što se zapalila. Za to ne zaslužujem bar malo priznanja? – tiho je upitao.

---

[21] Fr.: vatrogasci. (Prim. prev.)

– Videla sam naslove u kojima te nazivaju herojem jer si mi spasao život, za šta ti dugujem zahvalnost. – Nanet je sevala očima. – Ali, Zak, ono što si posle uradio vredno je prezira. Mene su prijatelji ocrnili i odbacili, odgurnuli me kao da sam kužna. Obeležena sam kao pijani vozač, kažnjena sam zbog opasne vožnje i izgubila sam dozvolu. Ceo svet je smatrao da te umalo nisam ubila, a u stvari umalo ti nisi ubio mene.

– Nanet, mediji bi me razapeli, tad mi je u karijeri bila prekretnica, samo što sam promenio tim, nije mi trebao takav loš publicitet. S druge strane ti... – slegnuo je ramenima pa joj se podrugljivo osmehnuo – koga bi stvarno bilo briga jesi li ti ostala bez dozvole? Bila si samo moja devojka, u očima sveta krajnje nebitna osoba.

Dok je zurio u nju i izazivajući je da mu se usprotivi, Nanet je znala da je ono malo zaostale ljubavi koju je nekad osećala prema Zaku Juartu upravo zatučeno tim njegovim bezosećajnim rečima.

– Sutra ću početi da spiram ljagu sa svog imena – prkosno je kazala.

– Zašto bi se gnjavila posle tako mnogo vremena? Osim toga, kome će ljudi verovati: svetski poznatom vozaču bolida ili nekadašnjoj službenici? – Zastao je pa tiho dodao: – Nanet, zaista sam jednom probao sve da razjasnim, ali tad je policija već bila zavela zapisnik i bilo je kasno.

– Da imaš još imalo poštenja, pošao bi sa mnom i naterao ih da prihvate istinu. – Zamišljeno je zurila u njega. Život na trkačkoj stazi je nešto ozbiljno, ne treba ga shvatati olako, ali Zak je van piste oduvek imao nadmen stav prema životu. Bila je to jedna od osobina koju joj je bilo teško da prihvati kod njega. Znala je da je Žan-Klod nikad ne bi ostavio na cedilu. Ni na tren nije sumnjala u to da bi Žan-Klod uvek bio uz nju.

– Nanet, o čemu razmišljaš? Odlutala si nekud daleko. Sećam se dok smo bili zajedno da si ponekad delovala kao da sanjariš. Razmišljaš li o nama?

Nanet je odmahnula glavom. – O ne, Zak. Nisam se vratila uspomenama s tobom. Razmišljam o svojoj budućnosti, a ti ostaješ odlučno u prošlosti.

– Jesi li upoznala nekog?

– Jesam – jednostavno je rekla Nanet. – Nekoga veoma posebnog. Nekoga ko me istinski voli.

Nanet nije razumela bolan izraz koji je preleteo Zakovim licem, ali shvatila je da očigledno nije očekivao takav odgovor.

Kratko je vladala tišina, a onda je zaustio: – Želim ti sve najbolje. – Ispio je šampanjac pa tiho nastavio: – Posle nesreće se i moj život promenio. Poslednje tri godine su mi bile teške. U poslednje vreme su drugačije stvari na kocki, zato ne mogu naprasno da objavim da sam odgovoran za nesreću.

– Prilike kao što su poslovni dogovori sa onim kriminalcem Borisom Takjanovim? Znaš, Zak – zamišljeno je nastavila – nikad te nisam zamišljala kao običnog kriminalca. Kako je došlo do toga?

Zak je nekoliko trenutaka ćutao, pa rekao: – Glupo sam se upetljao u nešto u šta nisam smeo. Dok sam se osvestio, Takjanov mi je dao ponudu koji nisam mogao da odbijem, koju se nisam usudio da odbijem – dodao je tiho. – A sad sam predaleko zabrazdio da bi on pustio.

– Ucenjuje te? Oh, Zak, kakva zbrka – rekla je tužno Nanet. – E pa, ne vidim da će mnogo moći da uradi u poslu iz zatvora u Monaku – dodala je.

Zak se naglo okrenuo od stola na kojem je sipao sebi još šampanjca. – Takjanov je uhapšen?

– Zar nisi čuo? Pored nekoliko njegovih takozvanih poslovnih saradnika. A i njegov sin u Brazilu.

Zak je prošao pored nje i otvorio vrata salona. – Fil, Okreći i vraćaj nas u luku, *odmah*! – povikao je.

Nanet je čula da kapetan odgovara „Razumem“, i osetila kako *Pol pozicija* menja kurs, pa je zažmurila dok joj se telo opuštalo. Noćna mora će se uskoro završiti.

Zak ju je neočekivano zgrabio za ruku. – Treba mi vazduha. Dođi, izađimo na palubu da gledamo svetla.

Dok ju je vukao prema pramcu jahte, Nanet je spopao iracionalan strah. Da li možda namerava da je gurne u more i proglasi to nesrećnim slučajem?

40.

Zora je zarudela nad usnulim Monakom kad je *Pol pozicija* doplovila do ulaza u luku. Dok je stajala u upravljačkoj kabini, Nanet je preplavilo ogromno olakšanje. Uskoro će biti na kopnu.

Napeti Zak je zahtevao da sve vreme povratka provedu na palubi i Nanet je sad s neskrivenim zadovoljstvom posmatrala sve bliže valobrane luke.

Kad je Fil pažljivo usmerio jahtu da polako pristane na mesto, a posada vezala velike tamnoplave odbojnike na bokove, Zak se okrenuo prema Nanet.

– Pretpostavljam da smo nas dvoje sad gotova priča. Zar nema mogućnosti čak ni da ostanemo prijatelji?

– Postali smo gotova priča, kako si rekao, još kad si rešio da lažeš o nesreći – rekla je Nanet gledajući kako Fil pritiska dugme za spuštanje mosta. – To ti nikad neću oprostiti.

Zak ju je iznenada okrenuo prema sebi i čvrsto joj stegao mišice.

– Prekini, Zak, to me boli.

Zak je zanemario njene reči i pojačao pritisak kad ju je jače stegao.

Nanet je sklopila oči, snagom volje ga je terala da prestane da joj nanosi bol i čekala da je pusti.

– Misliš da ovo boli? Upozoravam te, Nanet, nije to ništa šta bi moglo da se dogodi. Napravio sam grešku kad sam pustio da ti snosiš krivicu za nesreću, i žao mi je. Učini još samo jedno za mene: udalji se od ovog šta god mislila da jeste. Drugi ljudi neće imati obzira – niti imaju zajedničku prošlost s tobom.

Stisak na rukama je popustio, pa je Nanet otvorila oči i videla da Zak napeto zuri u nju.

– Zbogom, Zak – rekla je. Drhteći je pošla od njega prema mostiću sa očajničkom željom da se što je moguće više udalji od Zaka Juarta.

Zaslepljena suzama koje su joj se slivale niz obraze, nije videla da Žan-Klod stoji na keju sve dok nije bilo prekasno i dok nije naletela na njega.

– *Doucement, ma chérie,*[22] rekao je i nežno je zagrlio. – *Doucement.* Sad sam ja ovde da se brinem o tebi.

Nežan poljubac koji joj je spustio na čelo nije za nju bio dovoljan. Okrenula se i pogledala ga pa ga bojažljivo poljubila u usta. Predajući se Žan-Klodovom strastvenom zagrljaju Nanet je bila svesna da Zak stoji kao kip i posmatra ih s nedokučivim izrazom lica.

Šuštanje zavese ju je probudilo, i Nanet je zatreptala kad je sunce preplavilo sobu. Žan-Klod je tiho ušao u sobu i spustio poslužavnik s kafom i kroasanima na noćni stočić, pre nego što je prišao prozoru i razgrnuo zavese.

Nanet se pospano osmehnula dok ga je posmatrala. Kad ju je rano tog jutra doveo u stan, zahtevao je da ona ode u krevet.

– Ja ću odvesti blizance u školu ako se Matje nije vratio. Ti malo odspavaj. Posle ćeš mi objasniti zbog čega si tačno otišla sama na jahtu – rekao je.

Nanet je uradila kako joj je naložio i otišla u krevet. Na svoje iznenađenje, nekoliko minuta kasnije zaspala je dubokim snom i ništa nije sanjala.

– Koliko je sati? – upitala je, uspravivši se, a Žan-Klod joj je stavio poslužavnik u krilo.

– Jedan. Kako se osećaš?

– Dobro.

– Jesi li spremna da mi kažeš zašto si otišla sama na *Pol poziciju*?

Nameravala je da mu nehajno kaže kako joj se to tad učinilo kao dobra zamisao, ali kad je videla njegov zabrinut izraz lica, tiho je rekla: – Izvini, Džej-Si. – Pružila je ruku i nežno mu dotakla lice. – Bar me nije gurnuo s palube kao što sam u jednom trenutku pomislila da će uraditi – tiho je rekla.

---

[22] Fr.: Polako, draga moja. (Prim. prev.)

Žan-Klod ju je užasnuto gledao. – *Mon Dieu.*[23] Ubiću ga ako te povredi.

– Uspeo je da me povredi samo u prošlosti. Ubuduće nemam nameru ni da mu priđem – rekla je umorno Nanet. – Ispričaću ti sve šta je bilo noćas, ali prvo moram da ustanem. Daj mi deset minuta da se istuširam i obučem.

– Čekaću te u dnevnoj sobi – rekao je Žan-Klod, pa je, uzevši poslužavnik, nežno poljubio u obraz. – Ne moraš da žuriš.

Pola sata kasnije Nanet mu se pridružila na terasi gde je čitao novine.

– Iz dana u dan sve su duže optužnice protiv Takjanova – rekao je i presavio novine. – A sve više ljudi je uhvaćeno u mrežu.

– Je li Matje ovde? – pitala je Nanet.

– Nije – odmahnuo je glavom. – Nemam pojma kuda je otišao. Vanesa je zvala dok si spavala. Ona i Ralf se krajem meseca vraćaju u Veliku Britaniju. Želi da tamo odvedeš blizance. Spomenula je nešto o tome kako će ih ona i Ralf odvesti nekud preko raspusta. U svakom slučaju večeras će te zvati da se dogovorite o tome.

Nanet je rastuženo pogledala Žan-Kloda. Zaboravila je da Vanesin povratak znači kraj njenog boravka u Monaku.

Žan-Klod ju je uhvatio za ruke. – Ti ostavi decu Vanesi i vrati se meni, važi? Zar ne treba i ti da imaš odmor?

– Petsi treba uskoro da se porodi. Ako budem u Engleskoj, moraću da budem uz nju. Možda posle? Gde ću odsesti? Matjeu nisam potrebna u stanu bez blizanaca.

– Kod mene, naravno, u vili, tu nema pogovora. Aneka će pripremiti gostinski apartman i paziti nas. – Zagrlio ju je. – To će biti divno, *chérie*. Samo ti i ja. Da se propisno upoznamo. Plivaćemo, opuštati se, odlaziti u Italiju.

Nanet mu se osmehnula. – Zvuči divno. Možda će se, dok se ne vratim, sve ovo s Matjeom i Takjanovim razrešiti. Je li Matje prihvatio tvoju ponudu da mu pomogneš?

Žan-Klod je slegnuo ramenima. – Navodno nema mnogo toga što bih mogao da uradim. Naprosto čekam u prikrajku, spreman da se pokrenem kad on zatraži. *Ako* zatraži.

---

[23] Fr.: Moj bože. (Prim. prev.)

– Možda je tako najbolje – rekla je Nanet. – Od početka je govorio kako treba da mu veruješ – on zna šta radi.

– Što se ne može reći za tebe sinoć – kazao je Žan-Klod. – Nisam mogao da poverujem kad se Matje javio i rekao kako mu je Zak kazao da provodiš noć s njim.

– Nisam mogla da spavam, a činilo mi se da je to savršena prilika da se otarasim paketa – rekla je Nanet. – Da sam znala da je Zak na brodu, svakako ne bih otišla. – Uznemireno je pogledala Žan-Kloda. – Nisi valjda poverovao u ono što su te reči nagovestile?

– Ne. Nisam verovao da bi dragovoljno provela noć s njim, ali sam se užasavao toga da bi te on primorao – tiho je rekao Žan-Klod.

Bojažljivo je počela da mu priča o događajima prethodne noći. Ublažila je užas kad je shvatila kako su se uputili na more. Znala je da bi Žan-Klod bio žestoko zaštitnički nastrojen.

– Bar je Zak konačno priznao istinu o saobraćajnoj nesreći – rekla je. – On je vozio one noći. Lagao je *pompiers* i *gendarmes*. Moj gubitak pamćenja mu je veoma zgodno došao. – Duboko je udahnula. – Rekla sam mu da idem vlastima kako bih skinula ljagu sa svog imena. Doduše, on računa da bih samo gubila vreme jer mi niko ne bi poverovao. – Ugrizla se za usnu. – Sve do prošle noći nisam shvatala kako su duboki ožiljci, kako mi je prošlost upropastila sadašnjost. Odlučila sam da ne dokazujem kako nisam kriva. Jednostavno ću tome okrenuti leđa. Potrebno mi je da to ostavim u prošlosti i zaboravim. Da nastavim sa sopstvenim životom i da ostavim Zaka da živi svoj.

Žan-Klod ju je stegao u zagrljaj.

– Nikad mu neću oprostiti to što je uradio, ali ne vredi opet sve izvlačiti – rekla je Nanet kad je sagnuo glavu da je on poljubi. – Ti, Petsi i oni do kojih mi je stalo znaćete istinu, a jedino to mi je sad važno.

41.

Kad se taksi zaustavio u dvorištu farme, vozač koji je poznavao Petsi i Nanet klimnuo je glavom prema crvenom ulubljenom miniju parkiranom uz senik.

– Računam da si postala tetka – kazao je mudro. – Ono je auto doktora Ovena.

– Računam da bi mogao biti u pravu – kazala je Nanet, tražeći po torbi novac za vožnju.

Iz kuhinje je užurbano izašla Helen. – Dečak je! – uzviknula je, kad je ugledala Nanet. – Zamisli, imam unuka!

– Mogu li da se popnem i vidim ih? – upitala je Nanet nestrpljivo. Pošto je ostavila blizance s Vanesom i Ralfom, vožnja do farme joj se činila kao čitava večnost.

– Trenutno je doktor s Petsi. Dođi u kuhinju, a ja ću skuvati čaj. Možeš ga odneti i Petsi.

Tek posle pola sata Nanet je otvorila vrata spavaće sobe i gvirnula. – Zdravo, mama! Čestitam!

Grleći tek rođenog sina, Petsi joj se sanjivo osmehnula. – Zdravo, tetka. Kako si samo dobro proračunala dolazak i propustila sve gadne trenutke? Upoznaj sestrića, svih tri kilograma i dvesta trideset grama. – Petsi joj je pružila mali zavežljaj, a Nanet je nesigurno uzela dragoceni teret u naručje.

– Žao mi je što nisam stigla na vreme da ti budem pri ruci tokom porođaja – rekla je držeći dragoceni zavežljaj i nežno ljuljuškala sestrića, pa se zamišljeno zagledala u njega. Hoće li ikad držati svoje dete ili je ovo nešto najbliže tome? – Ti si kriv, dečačiću, zato što si bio nestrpljiv i stigao nedelju-dve ranije – rekla je. – Predivan je. Ima mnogo kose. Helen mi je rekla da je sve išlo brzo. Je li tačno?

Petsi je napravila grimasu. – To je i babica rekla. Većini prve dece treba više. Ja mogu samo da kažem da su to bila veoma bolna tri sata.

– Jeste li već razmišljali o imenu?

Petsi je odmahnula glavom. – Helen je za Hju Trevor. – Nasmejala se zbog izraza Nanetinog lica. – Navodno su to veoma stara porodična imena. Brajanovo srednje ime je Hju. Meni se dopada Dilan Robert.

– Novopečena baka je van sebe od radosti – kazala je Nanet. – Pretpostavljam da joj neće smetati kako god ga krstite, samo da joj bude dozvoljeno da ga razmazi. Dilan je lepo ime. – Nanet se nasmešila bebi.

– Brajan i ja se nadamo da ćeš mu ti biti kuma – rekla je Petsi.

– Volela bih da budem.

– Dobro. Imaš li neki predlog koga bi volela da vidiš u ulozi kuma? – upitala je Petsi nevino.

– Sigurna sam da ti i Brajan možete da odaberete nekog prikladnog i bez mog doprinosa – kazala je Nanet, smejući se i odbijajući da je Petsi navuče na pitanje koje ju je zapravo zanimalo. – Da stavim Dilana u kolevku?

– Molim te. Koliko dugo možeš da ostaneš? – upitala je Petsi, posmatrajući kako Nanet nežno pokriva usnulu bebu.

– Nekoliko dana. Vanesa i Ralf su odveli blizance u Kornvol, i ja sam zvanično na odmoru sledeće dve nedelje.

– Zašto onda ne možeš da ostaneš duže?

– Obećala sam da ću se vratiti u Monako i provesti neko vreme sa Žan-Klodom – odgovorila je Nanet i porumenela.

Petsi je radoznalo pogledala sestru. – Hoćeš li mi reći nešto više?

Nanet je odmahnula glavom. – Sad neću. Sigurna sam da treba da se odmaraš. Obećavam da ćemo pričati kad ustaneš. Trebaće mi sestrinski saveti.

Dva dana kasnije, dok su pijuckale hladnu limunadu u hladu divljeg kestena koji je natkrilio skriveni vrt uz kuću, a Dilan spavao u kolicima pored njih, Nanet je iznela Petsi svoje brige za budućnost.

– Moram da rešim šta želim da radim. Vanesa se vratila raspaljenog poleta da u Brazilu pokrene zadrugu *Plodovi šume*. Blizanci rastu i više im ne treba dadilja dvadeset četiri sata dnevno, pa mi ona nudi da joj pomažem u vođenju zadruge, pronalaženju pokrovitelja, trgovaca, i sa svim pravnim zavrzlamama, znaš već.

– Zvuči kao nešto u čemu bi ti uživala – rekla je Petsi. – Pretpostavljam da bi povremeno putovala i u Brazil i Amazoniju.

– Stvar je u tome što bi ceo posao verovatno bio smešten u Velikoj Britaniji a... – uzdahnula je.

– Žan-Klod je u Monaku – dovršila je Petsi rečenicu umesto nje. – Jel' to među vama ozbiljno?

– Za Žan-Kloda već nekoliko nedelja – priznala je Nanet. – Sad kad se meni vratilo pamćenje i kad se sve ono sa Zakom Juartom okončalo, osećam se slobodno da mu uzvratim ljubav. Misliš li da je razlika od četrnaest godina prevelika? – uznemireno je upitala sestru.

Pre nego što je Petsi uspela da odgovori, Dilan se promeškoljio u kolicima i Nanet je ustala da pogleda sestrića. Podigla ga je i zaljuljala u naručju, pa opet sela u hlad.

– Mnogo ljudi sklapa brak s takvom razlikom u godinama. Koliko sam uspela da primetim, vas dvoje ste savršeni jedno za drugo. On te obožava i – ne, naravno da nije prestar – rekla je Petsi. – Mogla bi da proveriš s njim šta misli o bebama ako razmišljaš da zasnuješ porodicu s njim. Možda on smatra da je kroz to već prošao, pa te želi samo za sebe.

Nanet je zamišljeno klimala glavom. Moguće da je Petsi u pravu, ali ipak se nadala da bi Žan-Klod s radošću prihvatio pomisao da imaju dete. Prema onome kako je pričao o Matjeu i Ameliji, pretpostavljala je da bi. Međutim na to pitanje je samo on mogao da pruži odgovor.

42.

U ponedeljak posle podne Nanet je kupila časopis i novine iz novinarnice u delu za odlaske, pa sela da sačeka let za Nicu.

Uživala je u danima provedenim s Petsi i bebom Dilanom, ali joj je strašno nedostajao Žan-Klod. Radosno se osmehivala za sebe – još nekoliko sati i njih dvoje će biti zajedno, bez obaveza o kojima treba da se brinu, naprosto će samo uživati što su zajedno.

Novine su bile pune Zakovog nastupa na Gran priju Austrije prethodnog dana. Prema rečima izveštača, besprekorno je vozio trku i ubedljivo pobedio. Njemu najbliži rival za šampionsku titulu stigao je tek deveti, čime se Zakovo vođstvo znatno povećalo.

Nanet je bez ikakvih osećanja posmatrala sliku Zaka kako likuje na podijumu, pa je prešla na ženske stranice. Zak Juart više nije deo njenog života. Neće traćiti vreme čitajući o njemu.

Tri sata kasnije, protezala je noge kad se iz zvučnika začuo glas pilota boinga 737.

– Dobro došli na Francusku rivijeru. Temperatura u Nici i duž Azurne obale je trideset tri stepena, a vremenska prognoza za narednih nekoliko dana je povoljna.

Uzela je kofer s pokretne trake i pogledala kroz stakla prema sali za dolaske. Kao što je obećao, Žan-Klod ju je tamo čekao. Veselo se nasmešila i mahnula. Kad je prošla i poslednji carinski punkt, pošla je prema njemu radujući se njegovom poljupcu dobrodošlice.

Prepustivši se zagrljaju, nesvesna gomile koja se kretala oko njih, osetila je napetost njegovog tela.

– Nešto nije u redu? Da se nije nešto dogodilo Matjeu?

– *Non*. Nije Matje. Hajde da popijemo kafu pre nego što se odvezemo kući – rekao je Žan-Klod, pa uzeo njen kofer i poveo je pokretnim stepenicama na četvrti sprat.

Seli su za sto uz prozor s pogledom na piste u salonu restorana *Badjan*, a Žan-Klod je naručio dve kafe i zatim nežno uzeo Nanet za ruke.

– Posle pobede na Gran priju Austrije, Zak je krenuo kući i svratio da prenoći kod prijatelja, Olivijeovih. Oni imaju farmu u brdima, sećaš se?

Nanet je klimnula glavom. – Žive blizu Antrevoa. Često smo išli kod njih. Matje je nedavno tamo vodio blizance.

– Imam loše vesti, *ma chérie*. Rano jutros, Zak je krenuo od njih i doživeo nesreću na jednom od sporednih planinskih puteva.

– Kakvu nesreću?

– Neki automobil se prevrnuo u oštroj krivini i u njemu su ostale zarobljene majka i beba. Kad je Zak naišao na to mesto, samo je drvo zadržavalo onaj auto da ne upadne u klisuru. Zak je uspeo da izvuče majku, pa se vratio po dete. – Žan-Klod je načas zaćutao. – Dok se mučio da otkopča bebino sedište, automobil je buknuo u plamen.

Nanet je nehotice uzdahnula i pokrila usta šakom. – Je li izvukao bebu?

– Jeste, uvio ju je u ćebe. Ali on je zadobio opekotine trećeg stepena. Lekari su uzdržani po pitanju krajnjeg ishoda.

Nanet se okrenula i zagledala se nevidećim očima u avion koji je sleteo i zarulao po pisti. Misli su joj se rojile i jedva je registrovala Žan-Klodove sledeće reči.

– *Ma chérie*, znam da je među vama gotovo, ali stvar je u tome da je u delirijumu dozivao tebe. Da li bi podnela pomisao da bdiš uz njegovu postelju?

Nanet je čvrsto stezala Žan-Klodovu ruku kad su ušli u *Bolnicu princeze Grejs* u Monaku. Zaka su pronašli u maloj privatnoj sobi prikopčanog na veliki uređaj iz kojeg se čulo ujednačeno pištanje. Nanet je progutala knedlu pri pogledu na figuru u krevetu, svu u zavojima, i nije mogla da spazi nijednu prepoznatljivu crtu, pa je pomislila da bi to mogao biti bilo ko.

Tiho je prišla krevetu.

– Zak? – oslovila ga je blago.

Nije bilo odgovora.

Upitnog izraza lica, okrenula se bolničarki koja je beležila očitavanja uređaja.

– Žao mi je – rekla je medicinska sestra. – Mesje Juart je pre sat vremena pao u komu.

Nanet je pogledala Žan-Kloda.

– Zašto ne sedneš ovde? – rekao je on i privukao joj stolicu uz krevet. – Otići ću da nam nađem kafu.

Sedeći tamo i posmatrajući Zakovo nepomično telo, Nanet je osećala kako joj naviru suze. Onih godina koje su proveli zajedno očvrsla je, očekujući najgore svaki put kad bi Zak seo u bolid. Oduvek je znala da je to opasan sport u kojem, i pored svih savremenih bezbednosnih mera i propisa, dolazi do nesreća sa smrtnim ishodom. Naučila je da živi s tim strahom, zadržavala zabrinutost za sebe i nikad ih Zaku nije pominjala. Radio je ono što voli i živeo kako je želeo, pa je smatrala da nije u redu da ga ona u tome sprečava.

To što ga je gledala kako leži u bolničkoj postelji zato što je pomogao nekome smatrala je okrutnom ironijom sudbine. Ugrizla se za usnu, rešena da ne zaplače pred takvom nepravdom.

Nesigurno je vrhovima prstiju nežno dotakla njegovu ruku u zavojima s praznom nadom da će on otvoriti oči. Koliko god da ju je povredio, kako god da ju je ponizio, nekad je volela tog čoveka.

– Ovde sam, Zak – prošaputala je. – Molim te, nemoj da umreš.

Žan-Klod se vratio s kafom i sendvičem za nju. Odmakla se od kreveta, pa zahvalno prihvatila plastičnu čašu s kafom koja se pušila, ali je odmahnula glavom na ponuđen sendvič.

– Hvala, ali ne bih mogla ništa da pojedem.

Jedan iznenadni, neskladan *bip* uređaja pored Zaka uveo je žurno u sobu drugu medicinsku sestru, ali nekoliko sekundi kasnije uređaj se vratio ujednačenom pištanju.

Medicinska sestra je odmahnula glavom kao odgovor na Nanetin zabrinut pogled, ali nije ništa rekla i izašla je iz sobe. Nanet je duboko uzdahnula i ponovo prišla krevetu, terajući sebe da misli pozitivno, i moleći se da Zaku budu dobro.

* * *

Tek kasno uveče Žan-Klod je ubedio Nanet kako je vreme da krenu kući.

– Treba malo da odspavaš, *ma chérie*. Nešto da pojedeš. Ako preko noći bude promene u Zakovom stanju, uveravam te da će nas pozvati iz bolnice, pa ćemo se odmah vratiti – rekao je. – Ovde ništa ne možeš da uradiš.

Dok su izlazili, Nanet se okrenula i u sebi izrekla molbu upućenu Zaku. *Molim te, molim te probudi se sutra. Hoću da znaš kako svi mislimo da si bio veoma hrabar.*

Kad su se dovezli do vile, u njoj su gorela svetla, a Matjeov auto bio je parkiran na prilazu. On im je i otvorio vrata.

– Kako je Zak?

– Od jutros je u komi – tiho je odgovorio Žan-Klod. – Otkud ti ovde? Imaš li neke novosti? Neki problem?

Matje je odmahnuo glavom. – Nema problema. Hteo sam da čuješ kako je danas Borisu konačno odobreno da položi kauciju i da je pušten iz pritvora. Naravno, morao je da preda pasoš i primoran je da se svakodnevno javlja policiji. – Pogledao je oca. – On misli da mu ja i dalje pomažem, tako da bar još nekoliko dana nastavljam da se pretvaram. Nadam se da će mi konačno reći ime saradnika koji u Brazilu ugovara krijumčarenje dijamanata. Tad mogu policiji da predam upotpunjen dosije.

– Zna li Boris za Zaka? – pitao je Žan-Klod.

– Zna. Zamolio me je da mu javim istog trena kad dođe do promene. Kaže da on i Zak imaju još neki nedovršeni posao.

– Ono što sam stavila u sef! – kriknula je Nanet. – Misliš li da je i dalje tamo?

Matje je slegnuo ramenima. – Ko zna? Možda ga je Zak izvadio pre nego što je pošao na Gran pri Francuske. Nedovršen posao bi mogao biti i nešto u vezi sa osnivanjem *Odmora na suncu*.

Te večeri se javila Petsi. – Upravo sam na *BBC*-ju čula za Zaka. Jel' zaista onako ozbiljno kao što kažu?

– Jeste – uspela je da odgovori Nanet. – Džej-Si me je odveo pravo u bolnicu jer je izgleda Zak tražio mene, ali kad sam stigla tamo već je bio u komi – objasnila joj je Nanet. – Da budem iskrena, izgledi nisu dobri. Možemo samo da se molimo da se izvuče. Idem ponovo ujutru, ali ne mogu ništa da uradim. Zvaću te sutra.

Nanet je provela nemirnu noć u Žan-Klodovom gostinskom apartmanu. Nije mogla da spava, pribojavala se da će telefon zazvoniti i da će je pozvati natrag da sedi uz Zakovu postelju.

Kad je sišla u dnevnu sobu, ranojutarnje sunce dopiralo je kroz francuski prozor. Žan-Klod je bio u kuhinji i slušao vesti s radija dok joj je pripremao doručak.

– Čim doručkuješ, odvešću te u bolnicu – rekao je dok joj je sipao kafu u veliku šolju.

Nanet mu se zahvalno osmehnula i obavila šake oko šolje. Novosti o Zakovoj nesreći dominirale su vestima lokalnih radio-stanica, a Nanet je napeto slušala kad se začuo glas žene koju je spasao. Veličajući njegov postupak i nazvavši ga herojem, žena je zajecala javno mu zahvaljujući što je spasao nju i njenu malu ćerku, i poželela mu je brz oporavak.

Žan-Klod se ćutke nagnuo i isključio radio. – Doručak, *ma chérie*, a onda idemo u bolnicu.

Kad su stigli, oko glavnog ulaza u bolnicu motala se grupica novinara. Jedan od njih je očigledno prepoznao Nanet, ali su ga Žan-Klodov ljutit pogled i oštro upozoravajuće *non* sprečili da kameru okrene prema njoj.

Zakova soba bila je puna lekara i bolničarki, pa su zabrinuta Nanet i Žan-Klod morali da pričekaju ispred pre nego što su im dozvolili da uđu.

– Da li mu se stanje imalo popravilo? – pitala je Nanet.

– Mesje Juart je noć proveo stabilno – obavestila ih je mlada bolničarka – ali i dalje je bez svesti.

Nanet je celog dana sedela uz njegovu postelju, udaljivši se samo nakratko kad je Žan-Klod insistirao da mora malo da izađe na svež vazduh i nešto pojede.

Rano posle podne Zak se kratko promeškoljio i blago stisnuo Nanetinu šaku. Taj jedva primetan pritisak ispunio ju je nadom, ali ostatak poslepodneva prošao je bez daljeg napretka u njegovom stanju.

U osam sati, kad je Žan-Klod rekao kako bi trebalo da razmišljaju o odlasku, Zak je neočekivano otvorio oči i pogledao ih.

Nanet je osetila da joj je srce poskočilo pa mu se nasmešila. – Zdravo, Zak.

– Izvini. Nije trebalo da lažem. – Te reči je izgovorio tako tiho da ih je Nanet jedva čula. Nagnula se nad njim, željna da čuje šta još ima da kaže. – Molim te, oprosti mi.

– Naravno, Zak. To je prošlost. Samo se ti oporavi. – Nanet je podigla pogled jer je uređaj počeo da emituje niz ubrzanih pisaka, a u sobu je uletela bolničarka da ga proveri.

– Hoćete li molim vas sad da odete, pa da dođete opet sutra? – Bolničarkin ton je nagoveštavao više naredbu nego zahtev.

Kad je Nanet krenula, Zak je promrmljao njeno ime: – Nanet, hvala ti.

Nanet mu se osmehnula i odmahnula glavom. – Hvala *tebi*, Zak. Postoji jedna veoma zahvalna majka s bebom koja celom svetu priča kakav si heroj. – Blago se nagnula i spustila poljubac na njegovo čelo, jedini deo lica koji nije bio pokriven zavojima. – Videćemo se sutra, Zak.

Pošla je prema vratima na kojima ju je Žan-Klod čekao, pa se ponovo osmehnula i nečujno izgovorila „zdravo“. Čula je kako je prošaputao reči: – Budi srećna, Nanet – pa opet zatvorio oči.

Žan-Klod ju je čvrsto držao za ruku i brzo ju je proveo pored novinara koji su i dalje čekali u foajeu.

– Ima li novosti? – doviknuo je jedan.

– *Non* – odgovorio je kratko Žan-Klod.

Nanet se iznenadila kad ih Žan-Klod nije odvezao pravo u vilu nego u Kap d’Aj i parkirao auto.

– Dođi, šetnja plažom će te malo razmrdati – rekao je. – Potreban ti je svež vazduh pre nego što odemo kući na večeru.

Šetajući sa Žan-Klodovom rukom čvrsto oko ramena, Nanet se osetila neobično udaljeno od stvarnosti. Poslednjih trideset šest sati prošlo je u magnovenju. Tek sad je počela u potpunosti da shvata šta se dogodilo.

Zakovo dozivanje u delirijumu dovelo ju je do njegove postelje iz sažaljenja i zbog sećanja na njihovu nekadašnju ljubav. Sad dok joj je mediteranski vetar mrsio kosu, razmišljala je o toj ljubavi. Kako su tu ljubav Zakovi postupci izmenili – kako se ona promenila nakon udesa.

– Ako... kad Zak izađe iz bolnice, i dalje će mu još neko vreme trebati mnogo pažnje – rekao je Žan-Klod tiho i prekinuo joj misli. – Verovatno neprekidno dežurstvo.

Nanet je klimnula glavom. – Naći ću najbolje za njega. Negovaćemo ga dok se ne oporavi. Hvala bogu, on može da priušti svu negu i pomoć koje su mu potrebne.

Na te reči Žan-Klod je stao i okrenuo Nanet prema sebi. – Ti ćeš pomagati u nezi?

– Ne, neću ga negovati, ali pobrinuću se za njegove svakodnevne potrebe. On nema nikog drugog. Bio je jedinac, a roditelji su mu davno umrli, mnogo pre nego što je postao vozač Formule.

Žan-Klod je zamišljeno klimnuo glavom. – Šta misliš kako će reagovati na ožiljke koje će sasvim izvesno imati? Savremena plastična hirurgija može mnogo, ali usudiću se da nagađam kako je njegov lep izgled zauvek nestao.

– Nikad nije bio ogorčen, možda pomalo nadmen i sebičan – odgovorila je Nanet polako. – Mislim da će čim shvati opseg povreda krenuti da poboljšava ono što može i jednostavno prihvatiti sve što ne može. Oduvek je bio jak u tome.

– A ti, *ma chérie*? – Žan-Klod ju je netremice gledao. – Koliko si ti jaka? Kako ćeš se nositi sa oštećenim Zakom Juartom u svom životu?

– Džej-Si, ne mogu naprosto da mu okrenem leđa. – Pomisao *kao što je on meni* odmah je odbacila.

– Ne bih to ni tražio od tebe. Samo ne želim da opet patiš.

– Neću, uveravam te. – Nanet je podigla ruku i nežno pomilovala Žan-Klodovo lice. – Mogu li nešto da ti kažem? Dok sam sedela pored Zakovog kreveta razmišljala sam o tebi i meni, i zapitala se kako bih se osećala da si ti u tom krevetu. – Propela se i poljubila ga. – To ne bih podnela. Tad bih zaista patila.

Držao ju je čvrsto u zagljaju nekoliko sekundi pre nego što je pustio. – Hajde da se prošetamo.

Kad su se vratili u vilu spuštao se mrak. Matje ih je dočekao na vratima ozbiljnog lica.

– Zvali su iz bolnice. Ubrzo po vašem odlasku Zak je pretrpeo moždani udar. Nanet, žao mi je, učinili su sve što su mogli, ali nisu uspeli da ga spasu.

43.

Nanet je ležala na dušeku i provlačila prstima po osvežavajućoj vodi dok je besciljno plutala po bazenu. Žan-Klod ju je terao da ode da pliva, ali jednostavno nije imala snage.

Prethodne večeri, dok je s njim šetala po plaži, gledala zalazak sunca i, mimo svake verovatnoće, verovala da će se Zak oporaviti pošto je povratio svest, osećala se tako pozitivno i planirala je kakvu će mu negu naći.

Obamrlost koja se spustila na nju kad im je Matje saopštio tužnu vest istisnula je iz nje svaku razložnu misao i svu energiju. Samo tiho Žan-Klodovo prisustvo puno ljubavi održavalo ju je usredsređenu na sve ono što je trebalo da se uradi.

Nanet je znala da će svet Formule 1 hteti da oda počast svom članu, ali usred pretrpane trkačke sezone prisustvovanje sahrani bi izazvalo svakakve logističke probleme vozačima i njihovim timovima. Žan-Klod joj je pomogao da za Zaka organizuje skromno, privatno opelo narednog dana u crkvi na groblju. Objavili su pojedinosti pomena koji su nameravali da održe u decembru, na kraju trkačke sezone.

Izvesni mesje Mil je telefonirao i tražio da se hitno sastane s njom istog tog poslepodneva. Žan-Klod je bio neobično uzdržan na pomen tog čoveka i rekao je samo to da mu se ime čini poznato, ali da nije siguran, a kako je mesje Mil odbio da preko telefona iznese ikakve pojedinosti, Nanet je morala da pričeka da vidi o čemu se radi.

Nevoljno je odveslala na dušeku prema stepenicama bazena. Tajanstveni mesje Mil trebalo je uskoro da stigne. Morala je da se istušira i obuče. Možda će je ta obamrlost spasti sutra, kad njena saga sa Zakom konačno bude sahranjena s njegovim napaćenim, izgorelim telom.

Kad je pola sata kasnije Žan-Klod upoznao Nanet s mesjeom Milom, ispostavilo se da je on Zakov advokat.

– Madmoazel Veston, ovde sam da vam izrazim saučešće i ponudim svoje usluge. Treba da vam saopštim kako ste jedini naslednik imovine mesjea Juarta. – Pružio je Nanet pravni dokument i koverat sa svežnjem ključeva.

Zaprepašćena, Nanet ga je s nevericom gledala, a Žan-Klod je preuzeo razgovor i počeo da ispituje advokata.

– Nema greške. Mesje Juart je pre tri godine poverio meni na čuvanje testament sa uputstvom da, u slučaju njegove smrti, treba da pronađem madmoazel Veston, obavestim je i ponudim joj svoje usluge.

– Samo što je pre tri godine... – Nanet je ućutala.

– Mislim da ste u to vreme imali gadnu saobraćajnu nesreću – rekao je advokat. – Mesje Juart je bio zabrinut zbog vas. – Ustao je i pružio joj posetnicu. – Ostaviću vas da pročitate testament gospodina Juarta. Ukoliko imate pitanja, ovo je moj broj. Čitav postupak iziskuje vreme, ali biće neophodno da dođete u moju kancelariju i potpišete dokumenta. Možda sledećeg meseca.

Dok je Žan-Klod pratio advokata, Nanet je ostala u dnevnoj sobi zbrkanih misli. Zašto Zak otad nije promenio testament? Da li je to bio njegov način da se iskupi? Ili je samo greškom zaboravio? Šta god da je razlog, bilo je prekasno.

Prsti su joj drhtali dok je otvarala debeo dokument. Greške nije bilo – šest-sedam redova niže, njeno ime ispisano masnim slovima označavalo ju je kao korisnika imovine Zaka Juarta. *Pol pozicija*, stan u Fonvjeju, čije ključeve je advokat obzirno stavio u koverat, i Zakov bankovni račun sad su bili njeni. Bez reči je pružila papir Žan-Klodu kad se vratio.

– Bićeš bogata žena – rekao je.

– Ne želim to – odgovorila je i pogledala ga.

– Mislim da ne možeš da odbiješ – blago je rekao Žan-Klod. – Kad budeš potpisala sva pravna dokumenta, možeš da uradiš šta god hoćeš s tim.

– Onda ću sve razdeliti. Svakako ne zaslužujem to nasledstvo.

Žan-Klod ju je gledao zamišljeno. – Mislim da bi trebalo da pogledamo da li je paket koji si stavila u sef i dalje tamo. Ne želim da budeš umešana u Zakove kriminalne radnje samo zato što je jahta sad tvoje vlasništvo.

– Potreban mi je svež vazduh. Hoćemo li odmah da odemo? – pitala je Nanet. – Da završimo s tim. Samo da uzmem tašnu.

Dok su izlazili iz vile zazvonio joj je telefon. Vanesa.

– Samo sam htela da ti javim kako dolazim sutra na sahranu. Matje će me dočekati u Nici, a rezervisala sam sobu u hotelu *Kolumbo.*

– Dolaze li i blizanci?

– Ne. Ralf ih vodi na nekoliko dana kod svojih roditelja na selo. Mislim da su još suviše mladi, mada je Pjer užasno pogođen zbog Zaka. Mislim da se radovao hvalisanju da mu je Zak prijatelj kad ovaj postane svetski šampion u Formuli 1. – Zastala je, pa rekla: – Držiš li se? Sutra ćemo se ispričati.

– Da – odgovorila je Nanet. – Dobro sam. Kad dođeš ovamo imamo mnogo toga za priču.

U luci je bila gužva kad su se Nanet i Žan-Klod probili do *Pol pozicije.* Dok su prilazili, ugledali su *Lutalicu Mediterana* kako se gnjezdi uz kej i mnoštvo putnika koji su izašli na palube da prvi put vide Monako.

Nekoliko policijskih kola bilo je parkirano duž ulice uz obalu i zakrčilo čitavu kolovoznu traku. Glasno trubljenje vozača iživciranih zastojem mešalo se s bučnom sirenom broda koji je upozoravao manja plovila da se sklone s puta.

Nanet je lako podgurnula Žan-Kloda. – Zar ono nije Boris u kafeu? Oh, a eno i Matjea.

Žan-Klod je pratio njen pogled. – Zar nije *Lutalica Mediterana* bio na Zakovom spisku? Možda Boris čeka da se sastane s nekim.

Samo da Matje ne obavlja prljav posao za njega. – Žan-Klod je uznemireno pogledao prema sinu.

– Da sačekamo i vidimo?

Žan-Klod je odmahnuo glavom. – Ne. Moram da radim kako Matje kaže i da mu verujem. Još se osećam loše zbog toga što sam sumnjao u njega. Hajde da pogledamo sef.

Kapetan Fil je bio sâm na jahti i spremno je izjavio saučešće Nanet. – Teško je poverovati. Kakva tragedija. I to van trkačke staze – rekao je. – Znate li išta o tome šta će dalje biti?

– Sahrana je sutra. Veoma diskretna i privatna. Planiramo pomen početkom decembra – odgovorila je Nanet, nevoljna da Filu odmah otkrije kako je sad ona vlasnica *Pol pozicije*. Ionako će uskoro saznati. – Sećate li se onoga što je trebalo da stavim u Zakov privatni sef? Treba da proverim da li je još tamo. Potrebno nam je samo pet minuta – kazala je Nanet i uzela Žan-Kloda za ruku čime ga je primorala da uđe s njom u glavnu kabinu, pa zatvorila njena vrata.

Kleknula je ispred ormarića u kupatilu, izvadila peškire i policu. Pažljivo je izokretala brojčanik i otvorila vrata. Paket i pištolj i dalje su bili tamo.

Prigušeno *merde*[24] otelo se Žan-Klodu. – *Désolé*.[25] Nadao sam se da je Zak već odneo to. Dobro, pištolj nije prevelik problem. Možemo ga naprosto predati vlastima. Nije nezakonito posedovati pištolj, ali paket predstavlja problem. Svakako ga ne možemo ostaviti ovde.

– Da ga stavim u tašnu? – upitala je Nanet. – Odnesimo ga u vilu, pa da razgovaramo s Matjeom. Možda će on nešto predložiti.

– *D'accord* – rekao je Žan-Klod, uzeo pištolj i proverio je li kočnica na mestu, pa ga spustio u unutrašnji džep sakoa.

Fil ih je čekao na pramcu. – Znači sef je prazan? – pitao je znatiželjno ih pogledavši.

– Jeste – rekla je Nanet. Nije trebalo da zna kako je prazan zato što se sadržaj sefa sada nalazi u njenoj tašni.

Pošto su se Nanet i Žan-Klod iskrcali, trotoare su zaposeli putnici s broda za krstarenje. Saobraćaj duž ulice u luci praktično je i

---

[24] Fr.: Sranje. (Prim. prev.)

[25] Fr.: Mnogo mi je žao. (Prim. prev.)

dalje stajao, a ogromna gomila ljudi posmatrala je kako *gendarmes* iz *Lutalice Mediterana* izvode nekog s rukama na leđima.

Dok su prolazili pored kafea u kojem su ranije videli Borisa, Nanet se osvrnula na vreme da ga spazi kako se umešao u gomilu i Matjea koji ga zamišljeno prati pogledom.

Kad ih je spazio, Matje je tromo digao ruku da ih pozdravi, pa pošao prema njima. – Kruz je uhapšen. Očekujem da će sad krenuti sve da se odvija – rekao je. – Izgledaš veoma ozbiljno, Nanet. Da li se nešto dogodilo?

– Trebalo bi da dođeš u vilu – odgovorio je Žan-Klod, pre nego što je Nanet uspela. – Moramo hitno da rešimo šta ćemo uraditi sa izvesnim paketom.

Zakova sahrana je bila privatna baš kao što se Nanet nadala da će biti. U crkvi je bilo svega devetoro njih da odslušaju vikarov hvalospev o Zakovom životu i hrabrim postupcima zbog kojih ga je izgubio.

Olivijeovi su doputovali i sedeli pored žene čiji je život i bebu Zak spasao. Bio je tu i Fil, a gospodin Mil je seo pozadi. Matje i Vanesa su sedeli iza Nanet i Žan-Kloda.

Slušajući pohvalne reči o čoveku koji je nekoliko godina bio deo njenog života i koji će preko svog zaveštanja nastaviti da bude trajno prisustvo, Nanet je shvatila kako se bori da zadrži suze. Žan-Klod joj je bez reči pružio maramicu.

Posle kratkog opela svi su pozvani u vilu. Olivijeovi, gospodin Mil i spasena žena su se zahvalili i odbili navodeći različite razloge, ali Fil je prihvatio.

– Dakle, ako se može verovati glasinama – počeo je nespretno kad mu je Nanet ponudila piće – vi ste mi nova šefica. Hoćete li zadržati *Pol poziciju*?

– File, žao mi je, ali prerano je da o tome išta kažem. Nisam odlučila šta ću da učinim s dosta toga, pa i s *Pol pozicijom*. Kad smislim, obećavam da ću vam javiti. U međuvremenu, bila bih vam zahvalna da ostanete njen kapetan.

Iz daljine je primetila kako je Matje u ozbiljnom razgovoru sa Žan-Klodom i Vanesom, ali tek kad je Fil otišao i kad su njih četvoro ostali sami, saznala je o čemu su pričali.

– Borisu je ukinuta kaucija – ispričao joj je Matje. – Kad ga je policija privela, Kruz je propevao kao ptičica. Izgleda da je bio mnogo više od kurira. Mogao je policiji da obezbedi imena veza, kanale i još neke podatke koji su im nedostajali. Nisu čekali da Boris dođe na svoje dnevno prijavljivanje. Sinoć su ga ponovo uhapsili i pronašli sudiju koji mu je ukinuo kauciju.

– Da li je Kruz na bilo koji način umešao Zaka? – upitala je Nanet tiho.

Matje je odmahnuo glavom. – Ne.

Nanet je uzdahnula i upitala: – Šta si uradio sa šamponima?

– Rekao sam policiji odakle potiču i predao im ih. Ne brini – nastavio je kad je video njen uplašen pogled. – Oni neće biti korišćeni kao dokaz. Kad sam video da postoji dovoljan broj ljudi spremnih da svedoče protiv Borisa i pošto je ponovo u pritvoru i ne može više da im preti, „izgubio" sam dosije o Zakovim delatnostima. Ne verujem da će se policija baktati mrtvim herojem. Naravno, protiv Borisa ću morati da svedočim.

– Zna li on već da si ga prevario? – pitao je Žan-Klod.

– Ne. Policija taj podatak čuva za suđenje. Zaista mi je mrsko što sam te obmanjivao.

– Pošto znam istinu, moram reći da se ponosim tobom – kazao je Žan-Klod. – Pravilno si postupio. I žao mi je što sam sumnjao u tebe. Sledeći put ću biti pametniji.

Matje je odmahnuo glavom. – Neće biti sledećeg puta, u to te uveravam. Samo mi je drago što je sve gotovo i što mogu da se vratim normalnom životu – rekao je gledajući oca.

Nastala je tišina pre nego što je Žan-Klod ponovo progovorio. – Da li povratak normalnom životu podrazumeva da ćeš se više angažovati u mom poslu, kao i u svom? Nadao sam se da ćemo ih spojiti, pa da uzmem neplaćeno nekoliko meseci.

– Hoćemo li sutra ujutru da održimo poslovni sastanak i da se bacimo na posao? – upitao je Matje.

Žan-Klod je oklevao. – Hteo sam da predložim da povedem Nanet u Zakov stan, ali kad se vratimo sasvim bi mi odgovaralo.

– Džej-Si, ne brini o tome – rekla je Nanet. – Sama ću se odvesti tamo. Slobodno razgovaraj o poslu s Matjeom. Vanesa će poći sa mnom, zar ne? – Nanet se okrenula prijateljici.

– Naravno.

– Sigurna si? – upitao je Žan-Klod.

– Sasvim. Moj kabriolet već predugo čami u tvojoj garaži. Vreme je da ponovo budem u voznom stanju.

Nanet je znala da će trenutak kad prvi put otključa vrata Zakovog stana i shvati da sve što je u njemu sad pripada njoj biti nabijen osećanjima i da će verovatno prizvati mnoge uspomene, kako srećne tako i tužne. Bolje je da Vanesa bude pored nje u slučaju da – dok bude u stanu – ne uspe da zadrži plimski talas tuge zbog načina na koji se okončao Zakov život, a koji je usrdno potiskivala, nego da se slomi pred novim muškarcem u svom životu.

44.

Sutradan ujutru Nanet se s Vanesom odvezla kroz Monte Karlo do Fonvjeja i parkirala se u jednoj od podzemnih garaža u blizini cirkuske šatre.

– Ne smeta ti da odavde prošetamo do stana? – pitala je Vanesu. – Usput mi možeš ispričati kako napreduju planovi za zadrugu.

Trgla se kad je izuzetno bučan helikopter doleteo preko mora i spustio se na heliodrom na obali, samo nekoliko metara od mesta na kojem su stajale.

– Još tragam za pokroviteljima za prvu godinu. Glavni razlog za dolazak ovamo je Zakova sahrana, ali nije i jedini. Želela bih da porazgovaramo o *Plodovima šume*.

Nanet ju je posmatrala i čekala.

– Znam da si rekla kako ne želiš da učestvuješ zato što nameravaš da više vremena provodiš ovde, a ja sam želela da vodim *Plodove* iz Velike Britanije. E pa, predomislila sam se. Ralf i ja ćemo se preseliti ovamo. On može da radi bilo gde, blizanci vole svoju školu i više će se viđati s Matjeom, a moj posao i zadruga će, naravno, imati koristi od poreskih olakšica koje Monako pruža. Dakle, hoćeš li se predomisliti?

– O, Vanesa – rekla je Nanet. – Izvini, ali odgovor je i dalje ne. Žan-Klod bi voleo da zajedno malo putujemo. Ali znam nekoga kome je posao potreban i ko bi bio savršen. Ivi. Njen šef se upleo u tu petljavinu s krijumčarenjem, pa je nedavno izgubila posao.

– Taj Boris Takjanov je zaista daleko pružio poslovne pipke, jelda? – rekla je Vanesa. – Neverovatno je da tako duboko u džungli nabasamo isto na kriminalnu organizaciju kojom upravlja Boris a Matje je istražuje. – Stresla se, setivši se Ralfovog nesrećnog slučaja. – Jedini put kad sam se zaista uplašila bilo je kad su nas seljani optužili da smo na njih bacili urok zbog toga što Borisov sin nije poštovao dogovor s njima.

– Meni je neverovatna činjenica da se Zak upleo u to – rekla je Nanet. – Podlo je što je pokušao mene da umeša u *Odmor na suncu* kako bi delovao pošteno. – Odmahnula je glavom. – Upravo sam to shvatila kao konačni dokaz da ga boli uvo za mene, a onda se desilo ovo – rekla je i zamišljeno pogledala zgradu pred kojom su se zaustavile. – Tako sam shvatila da mu je ipak bilo stalo, na neki njegov način.

Portir ih je učtivo pozdravio i pokazao kojim liftom treba da idu do stana 210 na dvanaestom spratu i nastavio da zaliva krinove u velikim saksijama koje su krasile ulaz.

Kad je izašla iz lifta i gurnula ključ u bravu, Nanet je zadrhtala.

Vanesa ju je pogledala i upitala: – Jesi li dobro?

– Dobro sam. Verovatno je ovo odgovor na prethodnih nekoliko dana. Čitava priča u vezi sa Zakom i dalje mi se čini nestvarnom.

– Ne moramo ovo danas da obavimo, zar ne? – pitala je Vanesa. – Ne moraš da žuriš sve odmah da središ.

– Ne, ali treba da počnem – rekla je Nanet pa odlučno okrenula ključ. – Ovo je potpuno nestvarno – promrmljala je, osvrćući se po minimalistički nameštenoj dnevnoj sobi. U njoj se nalazio nameštaj koji je prepoznala iz Zakovog starog stana, nameštaj koji su zajedno birali. Dva bela kožna dvoseda jedan naspram drugog i između njih niski sto sa staklenom pločom, muzički stub, persijski tepih, kao i veliki klavir Zakove babe. Prepoznala je i nekoliko umetničkih dela na zidovima koji su tamo stigli s *Pol pozicije* kad je jahta preuređivana. Sve je to izazvalo bolne uspomene iz vremena kad je bila s njim.

Utrla je suzu, pa prišla klaviru i s njega podigla fotografiju u srebrnom ramu. Na njoj je bio opušteni i srećni Zak u kokpitu *Pol pozicije*.

– Nikad ti nisam čestito zahvalila što si čuvala blizance i vratila se u Monako – rekla je Vanesa neočekivano. – Znam da ti je bilo teško da se odlučiš na povratak.

– Drago mi je što sam došla. Vratilo mi se pamćenje, raščistila sam stvari između mene i Zaka. Zamisli kako bih se osećala da je Zak umro, a da nikad nismo razgovarali o saobraćajnoj nesreći.

– Nanet je još jednom pogledala fotografiju, pa ju je pažljivo vratila na klavir i okrenula se prema Vanesi.

– Time što si na pet meseci otišla u Amazoniju zadužila si me na više načina. – Nanet se nasmešila prijateljici i pošla prema vratima spavaće sobe. – Zahvaljujući tebi, sad u životu imam Žan-Kloda.

– Prašuma je bila ogromno iskustvo. Ne mogu ti opisati koliko sad drugačije gledam na sve – tiho je rekla Vanesa.

Nanet jedva da je i čula prijateljicu dok je posmatrala Zakov noćni stočić. Dve stvari su joj privukle pažnju. Još jedna slika u srebrnom ramu – a kad ju je ugledala Nanet nije uspela da zaustavi suze. Slikana one večeri kad su proslavljali veridbu u *Automobilskom klubu* u Monaku, a ona i Zak stoje izukrštanih ruku u tradicionalnom maniru i nazdravljaju jedno drugom šampanjcem, dok njen verenički prsten blista pod blicem.

Oklevala je pre nego što je podigla belu kutijicu koja je stajala pored fotografije. Nije valjda? Kad je otvorila kutiju, veliki četvrtast safir okružen dijamantima zablistao je na suncu. Njen verenički prsten. Onaj koji je Zaku poslala iz Devona kad je shvatila da ju je napustio. Zatvorila je kutijicu i vratila je na noćni stočić.

– Misliš li da Zak ima čaja? Čini mi se da bi nam prijala po šolja – rekla je Vanesa. – Dođi, hajde da pregledamo kuhinju. Nežno je povela Nanet iz spavaće sobe.

Kad je Vanesa našla čaj i napravila pun čajnik, Nanet je prestala da plače.

– Izvini. Mislila sam da sam isplakala sve suze za Zakom Juartom, ali izgleda da nisam. – Duboko je udahnula. – Kakav gubitak, ali život ide dalje. Barem će nedirnuta ostati njegova reputacija sjajnog vozača. Neće morati da se suoči sa optužbama za kriminal koje čekaju Borisa i ostale. – Otpila je gutljaj čaja.

– Ovo je sjajan stan – rekla je Vanesa osvrćući se. – Hoćeš li ga zadržati i živeti u njemu?

– Verovatno ću ga prodati. Nekako mi se čini da ne bih mogla da živim ovde. Ako ga zadržim, izdavaću ga. Oh! – uzviknula je Nanet i pogledala Vanesu. – Zašto ti i Ralf ne biste od njega napravili svoje sedište kad se preselite ovamo?

45.

Pošto je Vanesa otputovala u Veliku Britaniju, a Žan-Klod se dogovorio o poslu s Matjeom, navalio je da zajedno uživaju u preostalim danima Nanetinog zvaničnog odmora.

Poslednjeg dana su se odvezli u unutrašnjost i ručali na seoskom trgu, u hladu prastarog platana. Kad im je konobar doneo paradajz-salatu s mocarelom za predjelo, Žan-Klod ju je pogledao.

– Presrećan sam što si rešila da ne žuriš nazad u Veliku Britaniju s Vanesom. Uživam kad si u blizini.

Nanet mu se osmehnula, a on joj je podigao šaku i stegao je.

– Jesi li već razmišljala šta ćeš s nasledstvom?

– Jedino to i radim – odgovorila je Nanet. – Jedna zamisao mi se vrzma po glavi i želim s tobom da razgovaram o njoj.

– I dalje želiš sve da razdeliš?

Nanet je odmahnula glavom. – Ne, to je bila šašava ideja. Zadržaću ga, ali želela bih, ako je ikako moguće, da uradim nešto korisno s tim. – Sipala je sebi vodu iz boce koju je konobar spustio na sto, pa nastavila: – Razmišljala sam o *Pol poziciji*. Mogli bismo malo da se provodimo s njom, ili bih možda mogla da je prodam i uložim novac. Šta ti misliš? Voliš li da jedriš? Priznajem da ja naginjem prodaji.

Žan-Klod se osmehnuo. – Moram priznati da nisam ljubitelj jahti. Samo što kročim na brod dobijem napad *mal de mer*.[26] Ali imaš li predstavu šta bi uradila s tim novcem? Ona vredi bar dva miliona dolara – rekao je Žan-Klod.

– Nisam znala da vredi toliko, ali to bi bilo sjajno. – Nanet mu se neodlučno osmehnula, pokušavajući da pogodi kako će reagovati na njene sledeće reči. – Razmišljala sam da taj novac upotrebim za

[26] Fr.: morska bolest. (Prim. prev.)

pokroviteljstvo *Plodova šume*, bar prve godine, i u Zakovo ime. Čak i ako se zadruga uknjiži kao dobrotvorna ustanova, iziskivaće velike injekcije priliva da bi se pokrenula.

– Znači ne misliš na uobičajeno ulaganje? – pitao je Žan-Klod, smešeći se. – E pa to ti neće doneti bogatstvo, ali će promeniti život mnogim ljudima u prašumi.

– Prema onome što kaže mesje Mil, Zak mi je ostavio poprilično bogatstvo. Nije potrebno da pravim još jedno – tiho je rekla Nanet. – Dakle, prva odluka je doneta: od nedelje ću pronaći brokera i staviti *Pol poziciju* na prodaju.

Ućutala je i posmatrala ženu koja je pored njihovog stola gurala kolica sa uspavanom bebom, a za ruku držala dečačića. Setila se Petsinih reči o Žan-Klodu koji ne želi novu porodicu.

– Druga odluka? – podstakao ju je Žan-Klod.

– Ako ostanem u Monaku, treba da smislim gde ću živeti. Ne želim da živim u Zakovom stanu u Fonvjeju. Osim toga, već sam ga kratkoročno ponudila Vanesi i Ralfu.

– Šta fali tome da živiš u vili sa mnom? – upitao je Žan-Klod. – Gostinska soba nikad nije imala željenijeg stanara.

– Ne želim da se namećem – rekla je Nanet. – Trebalo je da budem ovde samo dok sam na odmoru.

– *Ma chérie*, znaš šta osećam prema tebi. Nikad mi nećeš smetati. Možda da pređeš iz gostinskog apartmana, ali da ostaneš u vili. Dakle, doneli smo i drugu odluku. – Ne obraćajući pažnju na ostale goste restorana Žan-Klod se nagnuo i nežno je poljubio. Na njegove reči Nanet je osetila kako joj talas sreće zapljuskuje telo, pa mu je uzvratila poljubac.

Kasnije, dok su išli prema kolima, prošli su pored one majke s dvoje dece koja se s njima igrala u parku pored crkve. Dečačić je loše šutnuo loptu i ona je doletela do Žan-Klodovih nogu.

Ovaj ju je odmah šutnuo nazad, pa su se on i dete živahno dodavali loptom dok je Nanet razgovarala s majkom.

– To me je vratilo u prošlost – rekao je Žan-Klod kad se konačno oprostio od mališana. – Pre mnogo godina sam igrao fudbal s Matjeom.

– Očigledno voliš decu – rekla je Nanet.

– Pre nego što je sve krenulo naopako sa Amelijom, uvek sam se nadao da će Matje imati brata ili sestru. – Slegnuo je ramenima. – Večno ću žaliti zbog toga.

– Pa nije prekasno, zar ne? – rekla je Nanet. – Siguran sam da bi Matje i dalje voleo da ima polubrata ili polusestru – izazivala ga je uz osmeh.

Žan-Klodovim licem preleteo je izraz neverice i zadivljenosti, a Nanet mu se primakla i poljubila ga.

Radosno se osmehivala jer je dobila odgovor koji je želela. Sad je znala i gde joj je sudbina.

Te večeri kad se u Monte Karlu održavala gala svečanost za Svetski dan okeana, Nanet je pažljivo preko glave navlačila večernju haljinu od tananog svetložutog šifona. Bilo joj je neverovatno što je i dalje u Monte Karlu i što zapravo ide na gala večeru za koju je Žan-Klod pre nekoliko nedelja kupio karte. U međuvremenu se mnogo toga dogodilo. Posebno to što se uselila u vilu, živela sa Žan-Klodom i nikad nije bila srećnija.

Gala svečanost je bila vrhunac nekoliko veoma ispunjenih nedelja: nadgledala je sređivanje Zakovih poslova i prodaju *Pol pozicije*, pomagala Vanesi i Ralfu da se usele u stan u Fonvjeju i ubeđivala Vanesu da joj dopusti da iskoristi prihod od prodaje *Pol pozicije* za jednogodišnje pokroviteljstvo *Plodova šume*.

– Jesi li sigurna? To je užasno mnogo novca da bi ga maltene poklonila.

– Potpuno sam sigurna. Zak je kupio *Pol poziciju* pre oko osam godina i, prilično sam ubeđena, od novca od pobeda i pokroviteljskih ugovora iz tog vremena, ali ko zna? – Slegnula je ramenima. – Ne znamo pouzdano koliko dugo je bio upleten s Borisom, pa ako je išta od novca koji sam nasledila poteklo od krijumčarenja brazilskih dijamanata ili pranja novca, onda je ovo način da ga vratimo u zakonite okvire.

Nanet je obula zlatne sandale s visokom potpeticom i zakopčala ih. Zlatni roleks koji joj je Žan-Klod poklonio za rođendan u poslednje vreme je stalno nosila na ruci, a sad je uzela večernju tašnu-pismo s perlama.

Žan-Klod ju je čekao u dnevnoj sobi. – Izgledaš prelepo – rekao je i zagrlio je. – Lepotica bala. Dođi, ostali čekaju. Hajdemo u provod.

Žan-Klod je pozvao Vanesu i Ralfa da im se pridruže te večeri, kao i Matjea i Ivi. Otkad je počela da radi za *Plodove šume*, ona i Matje su se sprijateljili i – na Nanetino potajno oduševljenje – ubrzo se sve češće pričalo o njima kao paru.

Te večeri kao da je ceo Monte Karlo zahvatilo praznično raspoloženje. Šampanjac je tekao u potocima, ljudi su jeli i pili, i svi su satima plesali.

Pred ponoć su se ona i Žan-Klod pomešali sa ostalim učesnicima u zabavi na terasi kazina u kratkom predahu pre nego što počne vatromet. Vanesa i Ralf su uspeli da im sačuvaju mesta s dobrim pogledom, a ubrzo su stigli i Matje i Ivi.

Stojeći među prijateljima, obgrljena Žan-Klodovom rukom, Nanet se zadovoljno obazrela. Narednog dana će ona i Žan-Klod odleteti u sasvim drugačiji svet, u posetu Velikoj Britaniji zbog Dilanovog krštenja. Žan-Klod je bio oduševljen kad je Petsi telefonirala i zamolila ga da uz Nanet bude kum Dilanu, pa je smislio svakakva iznenađenja za njega i njegove roditelje koji nisu ništa slutili. Ta dva potpuno različita sveta ponovo su bila sastavni deo njenog života. Jedno leto u Monte Karlu promenilo joj je život onako kako nikad ne bi očekivala.

Na zvižduk prve rakete, svi su pogledali u nebo osim Žan-Kloda, koji je nežno privukao Nanet sebi.

Iznenađeno ga je pogledala, a on ju je uzeo za ruke.

– *Ma chérie, ja t'aime.*[27] Hoćeš li da se udaš za mene?

Nebo je prasnulo u hiljadama srebrnih zvezda istovremeno kad i njeno srce, i Nanet je drhtavim glasom prošaputala: – Da, hoću.

Žan-Klod joj je stavio prsten na ruku, a nebo nad Monte Karlom ispunili su novi zlatni, srebrni, crveni i plavi bleskovi, koji su poput kiše zasipali Sredozemno more.

Predajući se Žan-Klodovom zagrljaju, Nanet je znala da je njegova ljubav za nju bez ikakve sumnje drugo i istinsko zaveštanje Monaka.

---

[27] Fr.: Dušo moja, volim te. (Prim. prev.)

Epilog

Druga je nedelja decembra i Monte Karlo odbrojava dane do Božića. Božićna rasveta visi preko ulica i oko prozora, a na sve strane stoje okićene jelke. Ima čak i lutaka Deda Mraza koje vise s prozora i terasa nekih stambenih zgrada. Trg Kazino je pretvoren u gomilu treperavih bleštavih svetiljki. Štandovi s božićnim suvenirima naređani po keju svakodnevno su veoma posećeni, a lokalno stanovništvo i posetioci uživaju u prazničnoj atmosferi i suncu što sija na bledoplavom zimskom nebu dok vazduh ispunjavaju zvuci božićnih pesama.

Nanet je u vili, u svojoj i Žan-Klodovoj spavaćoj sobi, sprema se za Zakov pomen u Kapeli Svete Devote i razmišlja ne samo o poslednjih nekoliko meseci već i o daljoj prošlosti.

Prošle su četiri godine od poslednjeg puta kad je bila u Kneževini u ovo doba godine. Dok je bila Zakova lična pomoćnica, te tri nedelje pred Božić uvek su bile vrhunac njene godine. Sezona Formule 1 prekidala se na tri meseca, što je vozačima omogućavalo da se opuste i oporave uz prijatelje i porodicu pre nego što opet sve počne posle nove godine. Tih nedelja decembra uživala je, provodeći dosta vremena sa Zakom u Monaku. Bila su to lepa vremena i nije bilo naznake da će se ikad završiti. No, završila su se, a njoj su ostale gorko-slatke uspomene. Današnji pomen će biti poslednja uspomena na Zaka Juarta i na to kako je on uticao na njen život.

Pripremanje današnjeg događaja, na koji će svako ko je nešto u svetu Formule 1 doći da oda poštu vozaču koji će zauvek biti upamćen kao jedan od najboljih i koji, nažalost, nikad nije osvojio prvenstvo ali je umro kao heroj, palo joj je teže nego što je očekivala.

Uzdahnula je. Uporno ju je pekla savest zbog nasledstva od Zaka. Doduše, dala je sve od sebe, upotrebivši novac od prodaje

Pol pozicije u dobre svrhe time što je osnovala *Fond Zaka Juarta* u korist nove dobrotvorne zadruge *Plodovi šume*, koju je Vanesa užurbano pripremala. A kao i svi ostali, Nanet je bila zadovoljna što je Boris Takjanov dobio dugogodišnju zatvorsku kaznu i što je dobro čuvan iza rešetaka.

Začulo se tiho kucanje na vratima i ušao je Žan-Klod. – Taksi je stigao, *ma chérie*. Spremna si?

– Da, spremna sam – odgovorila je tiho. Poslednji meseci su joj bili teški čak i pored ljubavi i pomoći Žan-Kloda, ali svakako je spremna da se suoči sa svetom i seća se Zaka Juarta kao heroja kakav se na kraju ispostavilo da jeste.

Spremna je i za nov život sa Žan-Kodom. Sledeće nedelje odlaze da se pridruže Petsi, Brajanu i bebi Dilanu na prvom porodičnom Božiću. Posle toga, u novoj godini treba da pripremi venčanje. Žan-Klod želi da se venčaju u proleće, a ona se zadovoljno složila s tim. Mada, venčanje će morati da bude u rano proleće zato što ima novu tajnu koju namerava da mu otkrije posle pomena. Tajnu koju jedva čeka da podeli s njim i za koju zna da će je primiti sa oduševljenjem.

Izjave zahvalnosti

Roman *Jedno leto u Monte Karlu* je prvobitno objavljen pod naslovom *Prati svoju zvezdu*, a uživala sam ponovo u toj priči uz prepravljanje i proširivanje dodatnim scenama i poglavljima.

Hvala timu *Boldvuda*, posebno urednici Kerolajn Riding na preko potrebnim savetima i primedbama, lektorki Džejd, i Rouz, korektorki sokolovog oka, na njihovim neprocenjivim primedbama kako bi ova priča bila najbolja moguća.

Uređivanje ove knjige za vreme karantina 2020. značilo je da je život neobično lišen društvenih kontakata, i to mesecima, te moram da uputim jedno veliko hvala prijateljima na internetu – kako onim virtuelnim, tako i onim iz Pravog Života – na razgovorima, mimovima za podizanje duha i naprosto zato što su bili „tu“ na mom računaru kad god mi je bio potreban podsticaj.

Od srca hvala i mojim čitaocima, koji su mi omogućili da nastavim s poslom koji volim. Zaista je divno dobijati imejlove od čitalaca u kojima kažu koliko su uživali u knjizi koju sam napisala.

S ljubavlju,
Dženi

Beleška o autoru

Dženifer Bonet je autorka preko dvadeset bestselera. Poreklom je sa zapada Engleske, ali sad živi u divljinama seoske Bretanje u Francuskoj.

Knjige Dženifer Bonet
u izdanju Izdavačke kuće TEA BOOKS d.o.o.
(digitalna i/ili štampana izdanja)

Leto na Francuskoj rivijeri
Vila sunca i tajni
Jedno leto u Monte Karlu
Randevu u Kanu

www.ingramcontent.com/pod-product-compliance
Lightning Source LLC
Chambersburg PA
CBHW060758310726
48980CB00002B/141

* 9 7 8 8 6 6 1 4 2 1 7 6 1 *